孩子

Das Kind

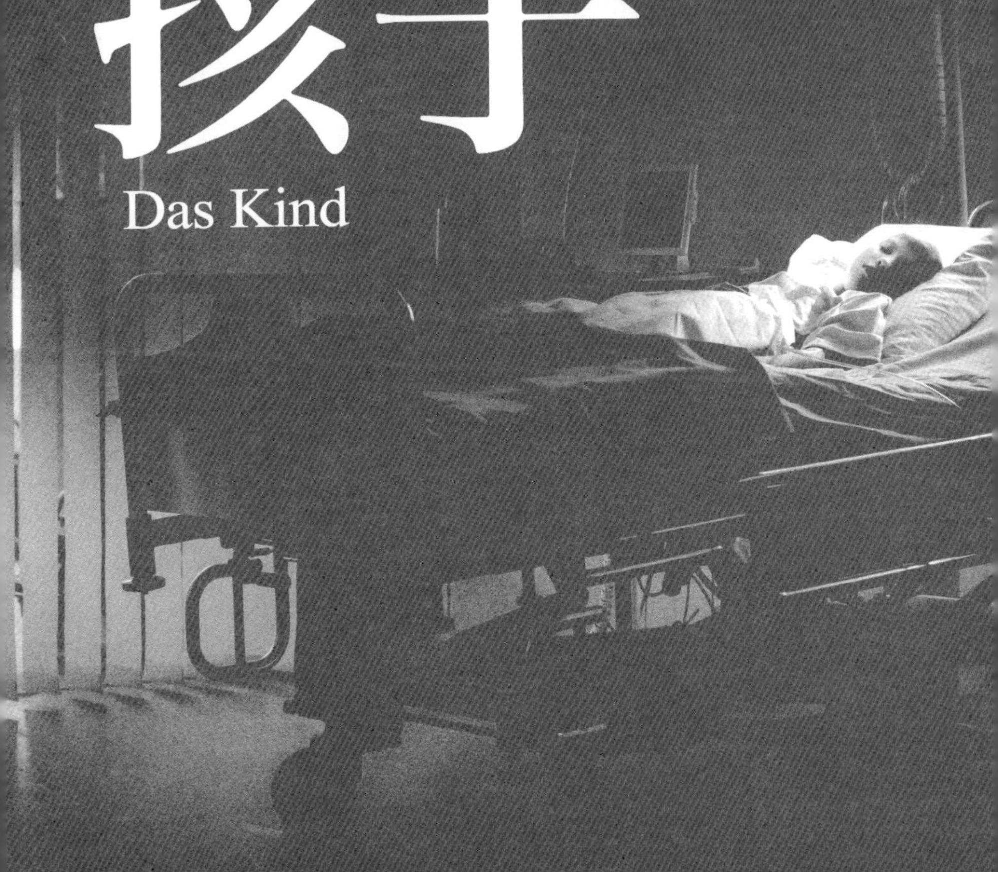

謹獻給我的父母以及拉倫茲醫師（Viktor Larenz）

第一部
相遇

從孩子嘴裡說出來的，往往是真話。

——古諺

1

幾個鐘頭前，當羅伯・史坦答應這詭異的約會時，他不曉得自己其實是在和死神約會。更沒有想到，死神只有一百四十三公分高，穿著運動鞋，在偏僻的工地上，言笑晏晏地踏進他的生命。

「沒有啊，她人還沒到。我也沒有興趣再在這裡枯等了。」

史坦坐在他那輛豪華轎車裡，透過霪雨霏霏的擋風玻璃，眺望幾百公尺外那座沒有窗子的工廠大樓，一面對助理破口大罵。她忘了通知他父親，他沒辦法去探望，而他爸現正在插撥電話裡數落著他。

「妳撥電話給嘉麗娜，問問她，他媽的她到底人在哪裡。」

史坦猛力撳下方向盤上的一個按鍵，在一陣刺耳的電話干擾聲後，聽到父親隔著話筒咳嗽的聲音。那個七十九歲的傢伙是個老菸槍，就這麼一點等候的空檔，他也要點根菸抽。

「抱歉，老爸，」史坦說：「我知道今天要一起吃晚飯，可是得延到禮拜天了。我有個臨時的會要開。」

你非來不可。拜託。我不知道該怎麼辦了。他從來沒有聽過嘉麗娜在電話裡這麼憂心如焚的聲音。如果她是在演戲，那麼她肯定可以拿到一座奧斯卡金像獎。

「我是不是要付你五百歐元的鐘點費才能見到你呀，」父親怒氣沖沖地咒罵著。

史坦嘆了一口氣。他每個星期要去探望他三次，可是現在說這些一點意義也沒有。就算打贏了幾百場刑事訴訟，或搞砸了自己千瘡百孔的婚姻，他還是不知道在和父親吵架的時候該怎麼說服他。每次和老頭拌嘴，他總覺得自己又變回了那個成績滿江紅的小孩，而不是現在這個四十五歲的羅伯・史坦，蘭史丹法律事務所資深合夥律師，柏林首屈一指的刑事辯護律師。

「老實說，我也不知道自己現在在什麼地方，」他想辦法讓他們的對話輕鬆一點。「這裡絕不會比在捷克好一點，我的衛星導航好不容易才帶我找到這裡來。」他打開車燈，照亮前方沒有鋪柏油的空地，那裡堆滿了扭曲變形的鋼架、生鏽的電纜線盤以及其他工業廢棄物。這以前或許是生產各種塗料的工廠吧，當他看到堆積如山的空鐵桶時，心底如此推測。眼前搖搖欲墜的磚房及傾斜的煙囪，活脫是世界末日電影裡的布景。

「但願你那個什麼衛星導航的玩意兒以後找得到我的墳墓，」父親又咳了起來。史坦不禁自問，這種自怨自艾是會遺傳的嗎？無論如何，他心裡一直是這麼相信的。已經十年了。

自從腓力走了以後。

嬰兒室裡的喪慟經驗使他更能夠體會父親的心境。現在的史坦已經是蒲柳之姿，望秋而落。以前他只要有空，就會去籃球場練習投籃。而今就算只是把幾個空瓶罐扔進辦公室的字紙簍裡，也會投個籃外空心。

那些和他不是很熟的人，大多會被他挺拔頎長的身材與寬闊的肩膀給騙了。其實，藏在那完美衣架子底下的，是欠缺訓練的肌肉，天生的褐色皮膚掩飾了他的黑眼圈，巧妙修剪的頭髮優雅遮覆了斑白的鬢角。每天早晨，他差不多要花上一個小時才有辦法洗去臉上的疲憊。走出浴室時，他覺得自己活像是個行屍走肉、過度包裝的空殼子、光鮮亮麗的設計家具，只有站在自家起居室的吸頂燈下，才看得到隱藏的瑕疵。

就在這時候，插撥電話的嘟嘟聲突然響起。

「不好意思，我接一個插撥來電，馬上回來，」史坦在父親還沒來得及開口臭罵之前就切換，接起了女助理的電話。

「讓我猜一猜，是嘉麗娜取消會面了嗎？」這像是她會幹的事。在職場上，她是個盡責且優秀的護士，而她該盡的個人義務卻與她的感情生活一樣，混亂、善變且笨拙。三年前，他們交往了幾個星期就分手了，儘管如此，還是會時不時打電話給對方，偶而甚至會在咖啡廳碰個面。不過都是以吵架收場。

「沒有，很抱歉我找不到弗來塔小姐。」

「沒關係，謝謝。」史坦發動引擎，在凜冽的秋風下，一陣突如其來的驟雨打在擋風玻璃上，讓他著實嚇了一跳。他打開雨刷，端詳了一下附著在雨刷凹槽上的楓葉。接著轉過身來，嘎吱嘎吱地倒車輾過礫石路面。

「如果嘉麗娜打電話來，請妳告訴她，我不想再留在這裡……」史坦回過頭來想要排到一擋時，卻頓時說不出話來。前方兩百公尺處閃著警示燈、像跨欄賽跑似地朝著他疾馳而來的，不會是嘉麗娜那輛破舊的小型車。那是一輛廂型車正越過坑坑窪窪的路面疾馳而來。

在電光石火之際，史坦心中懷疑那輛車的駕駛莫不是想要撞死他。但那輛救護車猛地來了個漂移急轉，在他面前停了下來。

「老爸，」羅伯和他的助理道別後，切換到另一支電話。「我的當事人來了。不能再講了。」不過父親老早掛掉了電話。於是他頂著一陣烈風，打開沉重的車門下車。

見鬼了，她沒事開救護車來做什麼？

嘉麗娜跳下了駕駛座，踩進水坑，她的白色護士服濺了一身深黑色的泥濘，可是她似乎渾不在意。她那酡紅色的長髮紮了個馬尾，顯得格外俏麗動人，史坦忍不住想要把她擁入懷中。不過她的眼神讓他打消了綺念。

「我他媽的倒大楣了，」她掏出一盒菸來。「這次我真的捅了一個大簍子。」

「什麼事情這麼大驚小怪？」史坦問道。「怎麼不約在我的事務所裡碰面，偏偏要選在這個……這座戰場？」

沒有了密不透風的車門保護，他才感覺到十月冰冷的風有多麼刺骨。他凍得縮起了肩膀。

「別浪費時間好嗎？這輛救護車是我借來的，得儘快還人家。」

「好吧。不過如果是妳幹了什麼壞事，最好還是找個文明的地方聊聊。」

「不，不，不。」嘉麗娜不停地搖頭揮手。「你不明白！有麻煩的人不是我。」她踩著沉著的腳步繞了救護車一圈，打開後車門，朝裡頭一指說：「你的當事人在裡面。」

史坦一臉狐疑地瞅著嘉麗娜。這種表情他見多了，身上中了槍的銀行搶匪、犯罪集團的人質，或是行跡可疑而身分不能曝光的當事人，他早已司空見慣。他只是納悶嘉麗娜究竟在搞什麼鬼。

她沒再說話，於是他緩緩踩過鐵架，探身到救護車裡頭，第一眼就看到擔架上一動也不動的身體。

「這是怎麼回事？」他回頭瞪了嘉麗娜一眼，她站在車後，點起一根菸。她很少抽菸，只有在極度緊張的情況下才會抽一、兩根。「妳偷偷載了一個小男孩出院？為什麼？」

「那得要他自己跟你說。」

「這個小鬼看起來不像是……」能說話，史坦欲言又止，因為那個蒼白得像屍體一樣的孩子看起來很冷淡。但當他回頭看向擔架時，卻見男孩坐了起來，兩隻腳在擔架邊不停擺盪。

「我不是什麼小鬼，」他抗議道：「我已經十歲了。前天是我的生日。」

男孩穿著有襯裡的燈芯絨夾克，裡頭則是一件黑色T恤，再搭配熨著骷髏頭的補丁牛仔褲，雖然很潮，但史坦覺得那條褲子的破洞未免也太大了。但他懂什麼呢？也許四年級的孩子就流行這種調調：把褲管捲起來，再穿上滑板鞋，上頭還有奇異筆的塗鴉。

「你是律師嗎？」男孩嗓音沙啞地問道。他似乎滴水未沾很久了，說話有點困難。

「是的，我是個律師。更確切地說，是刑事辯護律師。」

「很好，」男孩微微一笑，露出整齊潔白的牙齒。這個秀氣稚嫩的孩子不必露出齒槽就可以笑得融化他祖母的心。單單那對像火柴棒那麼長的深色睫毛，以及豐潤而微翹的嘴脣，就夠讓人心疼的了。

「非常好，」他又說一次，背對著史坦，小心翼翼地爬下擔架。他那頭剛洗過不久的淺褐色微鬈頭髮披肩，從背後看過去，真會被誤認成女孩子。羅伯注意到他頸部的頭髮遮住了一塊信用卡那麼大的貼布。

男孩又轉過身來，微笑還掛在臉上。

「我叫西蒙。西蒙．薩克斯。」他對羅伯伸出纖細的手，羅伯猶豫了一下，還是和他握了握手。

「你好，我是羅伯．史坦。」

「我知道。嘉麗娜給我看過你的照片，她一直放在手提包裡。她說你是最棒的。」

「謝謝，」史坦有點不知所措的喃喃道。就他記憶所及，已經很多年沒有和小孩子說這麼多話了。

「我可以幫什麼忙嗎？」他問得有點笨拙。

「我需要一個律師。」

「我明白了。」史坦回頭疑惑地看了嘉麗娜一眼，她面無表情地吸了一口菸。

為什麼要找上他？為什麼她要約在廢棄的工地，讓他見一個年僅十歲的孩子，她明知道自己沒辦法和孩子打交道？自從那場悲劇毀了他的婚姻和他自己以後，他看到孩子總是避之唯恐不及。

「你為什麼覺得自己需要一個律師？」他強忍著怒氣問道。也許以後他可以拿這件怪事在休庭期間來說笑。

史坦指著男孩頸部的貼布。「是為了這個嗎？那是誰在學校替你貼的嗎？」

「不是因為這個。」

「那麼是為了什麼？」

「我殺了人。」

「什麼？」史坦愣了半晌，不敢相信這麼殘忍的字眼出自一個十歲孩子之口。他就像是看網球賽的觀眾一樣，來回端詳著嘉麗娜和男孩，直到西蒙大聲且清楚地重複一次：

「我需要一位律師。我是殺人凶手。」

遠方有一隻狗在吠叫，夾雜著左近高速公路上持續不斷的汽車呼嘯聲，但就像救護車頂不規律的雨滴聲響一樣，史坦什麼都聽不到。

「呃，你是說你害死了某個人？」史坦愣了好一會兒才問道。

「是的。」

「我可以問那個人是誰嗎？」

「我不知道。」

「啊哈，你不知道。」史坦乾笑幾聲說：「或許你也不知道自己是怎麼害死他的，又為什麼要害死他，也不知道那人在哪裡，因為這一切都只是個惡作劇，而且……」

「用一把斧頭，」西蒙低聲說。

雖然只是短短的耳語，卻聲如淵雷。

「你說什麼？」

「用一把斧頭。砍在頭部。那是一個男人的頭，其他的我就不知道了。那是很久以前的事了。」

史坦緊張地眨了眨眼。「什麼叫很久以前？那是什麼時候發生的事？」

「十月二十八日。」

史坦瞧了一眼手錶上的日期。

「那不就是今天嗎？」他沒好氣地說。「你卻說是很久以前的事。現在是怎麼回事？你倒是把話說清楚。」

史坦很想用他在法庭交叉詰問時對付腦袋簡單的證人的那套，三兩下就把男孩給打發掉。十歲的孩子，第一句證詞就自相矛盾。不過這只是他一廂情願的想法。

「你不明白我說的話，」西蒙神情悲傷地搖搖頭。「我殺了一個男人。就在這裡。」

「這裡？」史坦說，不知所措地看著西蒙輕輕從他身邊擠了過去，跳下救護車，興致勃勃的在外頭四處張望。史坦跟著他往外看，視線停留在數百公尺外的低矮樹叢旁邊，堆得搖搖欲垮的廢棄物上。

「是的，就在這裡，」西蒙握著嘉麗娜的手，像心裡的大石頭終於放下似的。「我在這裡殺死了一個男的。在十月二十八日。十五年前。」

2

羅伯下車要西蒙等他一下，接著他粗魯地抓著嘉麗娜的手腕，把護士拽到距離他轎車後車廂三步之遙。濛濛細雨漸漸停歇，天色也跟著暗下來，風更大了，溫度也下降許多。不管是嘉麗娜的護士服或是他的黑色西服，對這種雨僝雲僽的天氣來說，都太單薄了點。可是她卻似乎一點都不覺得冷。

「我只問幾個問題，」他低聲說，雖然遠處的西蒙不可能聽到他們在說什麼。颼颼的秋風和高速公路上如潮浪般的轟隆聲吞噬了其他嘈雜的聲音。「你們兩個到底是誰的腦袋有病？」

「西蒙是我在神經科的病人，」嘉麗娜說，一副這麼講就夠清楚了的樣子。

「他轉到精神科似乎會好一點，」史坦氣急敗壞地說：「他說什麼在十五年前殺了人，那是怎麼回事？他是不會算術還是有精神分裂症？」他用遙控器打開車後行李箱，接著打開行李箱照明燈，才不致於在昏暗的陰雨天裡伸手不見五指。

「他有腦瘤，」嘉麗娜用拇指和食指比了個圈，示意腦瘤有那麼大。

「他們說他還有幾個禮拜可活。也許只有幾天。」

「天啊，那個玩意兒會有這種併發症嗎？」史坦俯身從行李箱中拿了一把雨傘出來。

「不，那是我的錯。」

「妳？」他手握著雨傘回頭望著她，那把傘是時下流行的設計名品，他還不知道該怎麼使用，甚至找不到撐開雨傘的按鈕。

「我說過我捅了個大簍子。你知道嗎，那個小鬼智商超級高，又敏感得不得了，就他的出身背景而言，我只能說這簡直是個奇蹟。他四歲的時候，人們從他那有反社會傾向的母親身邊把他給救了出來。那是一間髒亂不堪的公寓，他們在浴缸裡找到他的時候，他幾乎要餓死了，旁邊還有一隻死老鼠。接著他被送到了育幼院。他在那裡顯得格格不入，因為相較於和同年齡的孩子打打鬧鬧，他更喜歡讀百科全書。他一直喊頭疼，但老師認為對一個整天枯坐冥想的孩子來說，頭疼是很正常的事。不過後來真的檢查出他的大腦裡有個東西。自從他住進我負責的病房，除了醫院裡的工作人員以外，他再也不曾認識其他人。真要說起來，他只認識我而已。」

現在嘉麗娜真的覺得冷了，她的嘴唇抖個不停。

「我還是不明白妳想要說什麼。」

「前天是西蒙的生日，我想送他一份特別的禮物。我的意思是，雖然他才十歲，但是他一生的際遇和疾病使得他比同樣年紀的其他孩子成熟許多。我想那對他來說或許不算太早。」

「什麼東西不算太早？妳送了他什麼？」史坦最後放棄了撐開雨傘的念頭，現在則像指揮棒一樣拿它指著她的胸口。

「西蒙害怕死亡。所以我安排了一次觀想前世今生的催眠課程。」

「一個什麼？」史坦問道，雖然他不久前才曾在電視上看過相關的節目。

嘉麗娜很喜歡那些怪力亂神的流行玩意兒。而不管哪個年齡層的人，似乎都相當熱中於前世今生的話題。對於超自然界的渴望，成了那些冒牌治療師的理想溫床，他們靠著「前世催眠」的課程賺取可觀報酬：透過催眠喚起前世的記憶和經歷，像是六百年前被燒死在火堆上，或是被加冕成為法國國王。

「你別用那種眼神看我。我知道你對這種東西的看法。你連自己的星座都不研究。」

「妳怎麼可以讓孩子接觸那種騙人的玩意兒呢？」

史坦真的很吃驚。電視節目裡也提醒過那些催眠可能會導致嚴重的心理傷害。當庸醫對病人說，他們現在的心理問題和前世沒有解決的恩恩怨怨有關，性格比較脆弱的人往往會因而崩潰。

「我只是想讓西蒙明白，人死了以後不是什麼都沒有了。他不必因為生命短暫而悲傷，因為前頭還有一大段路要走。」

「妳不是在開玩笑吧？」

她搖搖頭。「我載他去看提芬瑟醫師，他是個執業精神科醫師，也在大學教書。不是你所想的那種江湖郎中。」

「後來呢？」

「他為西蒙催眠。其實也沒怎麼樣。在催眠狀態下的西蒙幾乎什麼也不記得。後來他只是說他在一座陰暗的地下室裡，聽見了一些聲音。殘忍的聲音。」

史坦的臉上露出痛苦的神情。侵肌的寒風使他漸漸感覺難以抵受，然而那不是讓他想要趕緊離開此地的唯一原因。遠方的貨運列車正費力地駛往下一個車站，而此時的嘉麗娜則像剛才史坦那樣悄聲低語。

「提芬瑟醫師想要把他從催眠中喚醒，一剛開始他沒有立刻清醒過來。西蒙陷入深層睡眠的狀態。等他終於醒過來時，就告訴我們剛才對你說的那個故事。他認為自己以前是個殺人凶手。」

史坦摸了摸濃密的褐色頭髮，想揩去手上的雨水，可是頭髮也在霪雨裡濕透了。

「你們太瘋狂了，嘉麗娜。妳自己也明白。我只想問，這一切和我有什麼關係？」

「西蒙的正義感太強烈了，他非要去找警察不可。」

「沒錯。」

羅伯和嘉麗娜驀地一起轉身望著那個男孩，原來他趁著兩人在激辯的時候躡手躡腳湊了過來。颯颯秋風吹拂他額頭上的鬈髮，史坦有點納悶，他的頭髮怎麼還能如此茂密。他應該做過化療吧。

「我是殺人凶手。那是不對的行為。我要去自首。可是如果沒有我的律師在場，我就要行使我的緘默權。」

嘉麗娜無奈地苦笑。「這句話他是從電視裡學來的。很抱歉，你是我唯一認識的刑事辯護律師。」

羅伯不想與她四目相接，於是低頭凝視著泥濘不堪的地面，彷彿他的手工皮鞋可以告訴自己該怎麼應付這件瘋狂的事。

「然後呢？」他聽到西蒙問道。

「什麼然後？」他抬頭直視著那孩子的臉，心想這孩子怎麼還笑得出來。

「你現在是我的律師了嗎？我也可以付錢委託你。」西蒙費力從他的褲袋裡掏出一只小錢包。

「因為我有錢。」

史坦搖頭嘆息。起初還不是很明顯，接著就像撥浪鼓一樣搖起頭來，一副不以為然的姿態。

「我真的有錢呀，」西蒙抗議說：「真的。」

「不是的，」他面有慍色地轉頭瞪著嘉麗娜。「這根本不是錢的問題，我說的沒錯吧？妳不是為了找個律師才要我來這裡的，是嗎？」

現在輪到她低頭不語了。

「不是，」她低聲承認說。

史坦長嘆一聲，把沒有撐開的雨傘扔回後車廂，挪開裡頭的公事包，打開側邊的塑膠蓋，從工具箱裡取出一只手電筒，朝著西蒙剛才說的那一堆歪斜堆積的廢棄器具方向照了一下，測試手電筒還管不管用。

「好吧，我們先暫且把這事拋到腦後。」

他用空著的那隻手摸一摸西蒙的頭，說出從沒想過會對十歲男孩說的一句話：「告訴我，你是在哪裡殺死那個人的。」

3

他們兩人跟在西蒙後頭，繞著那堆破爛走了一圈。多年前這裡應該有一棟兩層樓的工廠。可是後來它慘遭祝融，如今只剩下焦黑的斷垣殘壁，宛若殘廢的手掌，在烏雲密布的夜空裡兀自佇立著。

「你瞧，這裡什麼也沒有。」

史坦的手電筒在廢墟裡迂緩游移。

「他一定就這裡的某個地方，」西蒙說話的口氣好像是在找一只遺失的手套，而不是一具屍體。他手裡也有一支螢光棒，折斷它就會在夜裡發出螢光。

「那是從他的魔術箱裡變出來的，」嘉麗娜對史坦解釋說。除了前世催眠之外，那個孩子顯然還有其他比較正常的生日禮物。

「我想他就在底下，」西蒙往前踏了一步，激動地說。

史坦順著他伸出去的手，照亮原本該是樓梯間的位置，現在只剩通往地下室的入口。

「但是我們不能下去，會有生命危險。」

「怎麼會呢？」西蒙問道，用他的運動鞋踩了踩腳下鬆垮垮的一堆磚頭。

「孩子，別亂踩，地板會塌下去的。」嘉麗娜的擔憂溢於言表。以前她在西蒙面前總像是個歡樂的化身，彷彿要以對生命無止盡的熱愛消融壓抑在他心裡的憂鬱。可是現在她似乎很擔心西蒙像是一隻掙脫皮繩的淘氣小狗，一股腦地往前跑。

「你們瞧，這裡有個入口。」他倏地喊道。他們兩人還沒來得及制止，他那一頭鬈髮就消失在一根鋼梁後面。

「西蒙！」嘉麗娜驚叫道。史坦踉踉蹌蹌地踩著瓦礫趕緊跟上他們的腳步。他在黑暗中跌跤了好幾次，西裝褲也被生鏽的鐵線扯破了。好不容易走到地下室的入口，看到底下覆滿了煙煤的樓梯，那男孩已經走下了二十幾層階梯，隱沒在轉角處。

「你馬上給我出來！」史坦對著坑洞叫道，各種咒罵的語詞不假思索地脫口而出。往日種種情景一時間紛至沓來，相較於眼前的境況，更加令他心肝摧折。

親愛的，出來吧。我可以幫妳……

當時他隔著浴室深鎖的門扉對著蘇菲呼喊的，不是他唯一說過的謊言。但一切終歸枉然。那四年之間，兩人嘗試過一切可能。他們試了所有技術和療法，總算接到渴望已久的婦產科醫院電話。陽性反應，懷孕了。那差不多是十年前的事，他覺得彷彿有一位大能者重新校正了生命的指南針。指針突然指向幸福，而且是最完美的幸福。然而它駐足得太短暫，只夠讓史坦在孩子房間的天花板上用螢光壁貼佈置成滿天星空，和蘇菲一起去添購嬰兒的換洗衣服。腓力一次都沒有穿過。他被埋葬的時候，還穿著護士在嬰兒室裡替他穿的連身長褲。

「西蒙？」律師放聲大喊，把自己從哀傷的回憶裡給叫了回來。身邊的嘉麗娜也跟著喊，把他給嚇了一跳。

「我想就是這裡了！」他們聽到男孩沉悶的聲音從底下傳來。

史坦罵聲不斷，用腳試踩第一層階梯。「沒辦法了，我們非得下去不行。」這句話又使他想起他生命中最殘酷的片刻。蘇菲抱著她死去的嬰孩躲進醫院廁所裡，不肯把他交出來。「嬰兒猝死症」，令她完全無法接受的診斷結果。就在分娩兩天之後。

「我也一起下去，」嘉麗娜說。

「別講傻話了。」史坦小心翼翼地往下探步。樓梯剛才承受了三十五公斤的重量，現在得看看它是否撐得住兩倍的體重。

「我們只有一把手電筒，而且如果兩分鐘內沒有人上來，必須有人援助我們。」每一步踩在腐爛木頭上的軋軋聲，聽起來就像是潮浪拍打在帆船索具上一般。史坦不確定是他的平衡感在惡作劇，或者真的是越往下樓梯就搖晃得越劇烈。

「西蒙？」他肯定喊了五次之多，可是只能聽到不遠處金屬的鏘鏘聲。那孩子彷彿在用螺絲起子敲打暖氣管。

不多久後，他走到樓梯底層四下張望，心臟撲通撲通猛跳。頭上一片漆黑，他看不清楚嘉麗娜的輪廓。手電筒朝右方照亮地下室，前方有兩條通道，各自有一處大約五公分深的爛泥坑。

簡直難以想像那孩子居然有辦法在這麼泥濘的廢棄工廠裡行走自如。

史坦選擇了往左邊的通道，因為另一條通道裡的頭幾公尺處，有一具傾倒的保險箱擋住了入口。

「你在哪裡？」他問道，冰冷的汙水滲入腳踝，他覺得凍僵了。

西蒙沒有回答，但至少傳達出了一點生命跡象。他在咳嗽。就在史坦前方幾步之遙。儘管如此，手電筒還是照不到他。

我又招惹到死神了，他思忖著，感覺褲腳的濕冷如吸墨紙一樣往上鑽。這時手機鈴響，他同時發現前面約莫十公尺處有一道木板牆。

「他在哪裡？」嘉麗娜以近乎歇斯底里的聲音問道。

「我哪知道。我猜大概是在隔壁吧。」

「他說了什麼？」

「什麼也沒有。他在咳嗽。」

「天啊，趕緊帶他出來！」嘉麗娜激動得聲音驟變。

「妳以為我不想嗎？」他朝她埋怨說。

「你不明白啦。那是腫瘤。他每次都這樣。」

「妳是什麼意思？都怎樣？」

史坦又聽見西蒙的咳嗽聲。這次更靠近一些。

「在休克之前，會有一陣支氣管痙攣。沒多久他就會喪失意識，」嘉麗娜的尖叫聲音之大，史坦不用手機就聽得到她在地下室外頭的叫聲。

他的腦袋會栽進水坑裡，然後淹死。就像……

史坦拔腿就跑，恐慌不斷湧上心頭，沒有注意到燒得像焦炭一樣黝黑的木梁，整個頭部猛地撞了上去。可是驚恐令他顧不了疼痛，他以為有人襲擊他，於是抬起雙臂抵擋。當他發現自己搞錯時，一切為時已晚。手電筒掉落水坑中，兩秒鐘後就在落下的地方熄滅了。

「真該死！」他伸出手指頭，朝著右方摸索地下室的牆壁。接著他一步步往前走，心想千萬別在黑暗中失去方向感。但是他現在一點也不在意是否能找得到通道。讓他更擔心的是西蒙不再咳嗽了。

「喂，你還在嗎？」他聲嘶力竭地叫道，驀地耳朵裡一陣噗噗聲，就像飛機乘客在降落時要不停吞嚥以平衡鼓膜的壓力。接著他聽到輕微的呼嚕聲。從前方十公尺處的木牆後面角落處傳來。他必須想辦法去隔壁找到西蒙。腳下的汙水絆住了他的腳步，但是他衝得太快了，沒辦法阻止不幸的連鎖反應。

「西蒙，你能來……救我嗎？」

話還沒說完，人已經撲倒在地。腳被舊式的電話線給纏住了，就像野豬陷阱一樣，臭不可聞的汙水裡藏了一條繩子。史坦的手指猛摳牆上潮濕的灰泥，折斷了兩片指甲，仍免不了往前撲倒。

他在重摔之際才想到，自己顯然走到了地下室走道的盡頭，因為他的手撐在軟泥般的木牆上。發出的碰撞聲有點像剛才試踩樓梯的聲音，只不過清脆許多，聽起來像是膠合板。或者是一扇門。驚慌失措的他覺得自己就像是隨時會塌陷的礦坑或是深不見底的水井，不過他只是下陷了幾公分，就趴在堅實的地面上。唯一令他感到慶幸的是，汙水顯然還沒有淹到地下室的這處角落，只是有什麼東西從天花板和牆壁間重重掉落在他懷裡。

天啊。他不敢伸手觸摸懷裡那個圓滾滾的物事，心底浮現出一個有如夢魘般的念頭，以為自己會摸到泛紫的嘴唇和浮腫的臉：死去的腓力的臉。

周遭漸漸亮了起來。好一會兒後他才明白這意外的微光是從哪裡來的。直到嘉麗娜站在他面前，用泛著綠光的手機螢幕，照著他倒臥在其中的木頭箱子，他才認出她來。

史坦先是看見她要驚聲尖叫的模樣，接著才聽到聲音。瞠目結舌的嘉麗娜愣了一秒鐘，緊接著四周的水泥牆就鼓蕩起她那刺耳的尖叫聲。史坦想閉上眼睛。

不過他還是鼓足勇氣低頭看了看。

接著他忍不住想要作嘔。他懷裡的頭顱宛如窗簾桿上的裝飾頭，嵌在一具骸骨上。史坦既難以置信、噁心而又恐懼莫名，隨即認出了斧頭在髑髏上劈開的裂痕。

4

那個警察淚水盈眶，不住擠眉弄眼。馬丁・恩格勒把頭往後一仰，閉著嘴巴悶聲不響，同時閉著眼睛在偵訊桌上亂摸一通，終於找到他要的東西。他在最後一秒鐘抓起那盒面紙，抽出一張，掩住鼻子。

哈……啾。

「對不起，」重案組探長兀自猛擤鼻涕。史坦心想，恩格勒在打噴嚏的同時會不會也在暗罵「這個混蛋」。

管他的。在恩格勒親手抓到的幾個嫌犯被史坦聲請無罪開釋之後，他就不再是恩格勒的好朋友了。

「嗯嗯。」

坐在恩格勒身旁的胖子乾咳了幾聲，史坦轉頭瞅著那位探員，他雙下巴底下偌大的喉結顯得特別突出。他一走進沒有窗戶的偵訊室時就自我介紹說他叫湯瑪斯・布蘭德曼。沒有職等也沒有部門。而在那聲咳嗽之前的五分鐘裡，他始終沒有吭聲。史坦不知道這是哪一號人物。恩格勒任職警界二十年了，簡直就是刑事警察局的註冊商標，但這個大個兒他卻從來沒見過。他的沉默寡言有可能意味著整場偵訊將由他來主導的。或者正好相反。

「你也來一顆嗎？」恩格勒掏出一盒阿司匹靈。「你看起來也需要吃一顆。」

「不了，謝謝。」史坦摸了摸前額突起的腫塊。在地下室摔倒以後，他一直感覺頭昏腦脹，而面前雙眼滿佈血絲、鼻水流個不停的探長，看起來居然比他還有精神，這更令他感到惱火。日光浴的長椅和晨跑的效果，顯然和在事務所電腦面前度過漫漫長夜截然不同。

「好吧，那麼我總結一下。」

探長拿起他的筆記本，布蘭德曼雖然默不作聲，卻又哼哼唧唧乾咳起來，讓史坦著實忍俊不住。

「你在今天下午五點三十分左右發現屍體。當時有一位名叫西蒙．薩克斯的男孩，在另一位名叫嘉麗娜．弗來塔的護士陪同下，和你約在犯罪現場見面。上述的西蒙年約十歲，罹患腦瘤，正在……」

恩格勒翻到下一頁。

「……在位於威斯特恩的湖屋醫院神經科接受治療。他宣稱自己殺死了一個男子，而且是在上輩子。」

「十五年前，是的，」史坦糾正說。「如果沒算錯的話，我已經跟你說了八遍。」

「是的，你說過，可是……」

恩格勒欲言又止，忽然把頭往後仰，動作讓史坦嚇了一跳。接著他轉向隔牆，用大姆指和食指捏住鼻翼。

「別理會我，」他說話的鼻音很重，聽起來像是個喜劇演員。「真該死，又流鼻血了。每次我感冒都會這樣。」

「你最好別再吞阿司匹靈了。」

「它會使鼻血流得更快，我知道。啊，剛才我們說到哪兒了？」恩格勒對著灰撲撲的天花板說話。「對了，八遍。沒錯。這麼荒唐的故事，你居然對我瞎扯了八次。而且每次聽時我都在想，為什麼不把你抓去驗一下毒。」

「請便。如果你想要繼續侵犯我的權利的話，我很樂意。」史坦雙手一攤，彷彿手掌裡有藥片似的。「我雖然生無可戀，但是控告你以及你的團隊一定會是滿有意思的消遣。」

「請不要激動，史坦先生。」

羅伯嚇了一跳。

真是個奇蹟。恩格勒旁邊那個兩百公分高的巨人居然會說話。

「你不是嫌疑犯，」布蘭德曼說。

史坦不確定有沒有在他的句子裡聽到「還」這個字。

「只是現在還沒有嫌疑罷了，是嗎？」羅伯好不容易才忍住不像對方一樣清嗓子。「我是個律師，我沒有發瘋。我不相信什麼轉世、輪迴和那些怪力亂神的鬼扯淡。我也不想浪費休假時間去挖掘死人骨頭。你去問那孩子吧，別再問我了。」

「別急，我們會的，只要他醒過來。」布蘭德曼點點頭說。

他們在地下室隔壁找到西蒙。所幸休克不像兩年前第一次發作時那麼猝不及防。那次發作是在剛剛診斷出西蒙前額葉有腫瘤的時候。他在走到教室前方的黑板時突然癱瘓跌倒，前額撞到講桌，血流不止。這次他在淹水的地下室甬道裡還能勉力支撐著倚牆而坐。雖然昏睡不醒，看起來倒無大礙。

嘉麗娜駕駛救護車儘速送西蒙回醫院，恩格勒和他的探員偕同鑑識小組趕到犯罪現場時，只剩下史坦一個人。

「你們最好也去找一找那個心理治療師。」史坦又建議他們說：「誰曉得那個提芬瑟在西蒙被催眠時對他說了什麼？」

「嘿，這個主意很好。那個心理學家！兄弟，我壓根兒沒有想到他。」

恩格勒冷冷一笑。他的鼻血已經止住了，於是又和史坦大眼瞪小眼。

「你的意思是說，被害人已經躺在那裡十五年？」

史坦哼的一聲說：「不。不是我說的，是西蒙。不過或許他是對的。」

「為什麼？我雖然不是病理學家，但是地下室那麼潮濕，死者又陳屍在黝黑的木箱裡，就像一具密不透風的堅固棺材。雖然如此，一部分屍體還是出現完全腐爛的現象。很可惜我手裡的骷髏頭也都腐爛了。那意味著……」

「……意味著死者不是昨天才被棄置於該處的。沒錯。」

史坦訝異地轉身往後看，他完全沒有聽到有人走進來。克里斯提昂．海茨利希懶洋洋地倚著門框，灰黑的頭髮，戴著鍍金眼鏡，看起來更像是個老態龍鍾的網球教練，而不像是刑事警察局的局長。史坦心想，他們剛才激烈的脣槍舌劍，到底被恩格勒的頂頭上司偷聽了多少。

「多虧現代法醫學，我們很快就會知道確切的死亡時間了，」海茨利希說。「可是不管是五年、十五年，或者還要往前推算五年……」他走近一步說：「……有一件事無論如何是確定的：西蒙不會是犯案者。」

「我也這麼認為。訊問完了嗎？」史坦站起身來，忿忿放下襯衫的袖子，故作姿態地看了看手錶。差不多十點半了。

「當然，你可以走了。我和這兩位先生沒什麼急事要問的了。」

海茨利希把一直夾在腋下的卷宗拿在手裡，像拿獎盃一樣的在他的同事們面前炫耀著。

「案情有了峰迴路轉的發展。」

5

馬丁．恩格勒等到律師反手把門關上後，再也抑遏不住滿腔的怒火，整個人陡然彈了起來，使得椅子往後翻倒。

「他到底在鬼扯什麼？」

布蘭德曼乾咳幾聲，似乎要說些什麼。可是海茨利希搶先把卷宗擱在桌上，背面朝上。

「怎麼會呢？偵訊進行得很順利啊。」

「廢話，那根本不叫偵訊，」恩格勒對他的直屬長官反脣相譏說：「我從來不幹這種蠢事。」

「那麼你何必這麼激動？」

「因為我覺得自己也在搞笑。沒有哪個笨蛋會落入這種『黑臉白臉』的圈套。尤其是像羅伯．史坦這樣的老手。」

海茨利希低頭看了看他那沾滿汙泥的亮面皮鞋，鞋帶都繫了死結。然後不可置信地搖搖頭。

「我以為你很懂方法學的，恩格勒。」

方法學，那是什麼白痴玩意兒？恩格勒怒氣沖天。

自從布蘭德曼被派到他們部門以後，至少每個星期都得去上一堂什麼偵訊心理學的課。三個禮拜前，這個巨嬰才被借調支援聯邦刑事警察局的一個訓練課程，他們認為他是心理剖繪的箇中好手。在職稱上他算是恩格勒團隊的顧問，可是後來他的位階似乎更像是個特勤組調查員。就連偵訊的時候，恩格勒都要在一旁忍氣吞聲。

「我認為海茨利希局長說得有道理，」這個刑事心理學家和顏悅色地加入他們劍拔弩張的戰局。「其實一切都照著教科書走。」他又乾咳一聲。「首先，史坦會因為久候而心情緊張。接著他會因為我不發一語而搞不清楚誰是偵訊的主導者。而這些與你剛才形容的過時偵訊手法又有點差別，恩格勒先生。」

布蘭德曼頓了頓，馬丁心想，剛才他對這傢伙大放厥詞的時候，對方幹嘛對他傻笑。

「正因為我不是扮演『白臉』，所以史坦才會摸不著頭緒而手足無措，他想要激怒你，卻又不得其門而入，所以最後他也惱火了。」

「好吧，如果我們真的引他入彀，或許他會露餡。我只想知道，為什麼你這麼會作戲？」

「誰按捺不住動了氣，他就會犯錯，」海茨利希又開始說教了，恩格勒不只一次心想，有些人的名字取得真不恰當，在整個轄區裡，他還找不到一個可以和他的老闆稱兄道弟的人一起慶祝耶誕節（譯按：海茨利希 Hertzlich 的諧音是 herzlich，是「熱情」、「誠摯」的意思）。

「除此之外，我們還必須讓史坦產生各種情緒波動，才能觀察他的視覺反射分析。」

視覺反射分析、眼動追蹤、瞳孔測量法。那都是趕時髦的垃圾。上個星期，他們才剛在那間方才對罵的偵訊室裡，為了測試而安裝網路。一架隱藏攝影機正對著被訊問者的眼睛。因為就理論上來說，嫌犯在訊問時會不斷眨眼、縮小瞳孔、視線游移。在實務上，恩格勒支持這些說法，但認為有經驗的調查員不必憑著這些鬼扯淡就能察覺嫌犯有沒有在說謊。

「我們只能祈禱史坦沒有發覺我們在暗地裡攝影。」他指著身後的牆。「那個傢伙可是柏林首屈一指的律師。」

「也可能是凶手，」海茨利希說。

「這句話恐怕連你自己說了都不相信吧！」恩格勒嚥下口水，思忖著回家的路上哪裡有藥房。他得趕緊買一點局部止痛藥往喉嚨裡噴。

「那傢伙的智商比艾佛勒斯峰還要高。如果人真的是他殺的，他怎麼會告訴我們被害者的屍體在哪裡？」

「正因為如此，才叫棋高一著。」

探長推了推他的黑框眼鏡，揉一揉眼鏡在紅通通鼻梁上留下的痕跡。恩格勒想不起來自己什麼時候正眼看過他的老闆。轄區裡甚至有人打賭說他一定和這個怪物上過床。

「也許他真的腦袋有病，」海茨利希對著布蘭德曼的方向自言自語。「靈魂轉世的孩子的故事，在我聽起來不很正常。」

「他看起來是有點心神不寧，」那個心理專家附和說。

恩格勒翻白眼說：「我再說一次，我們搞錯對象了，這是在浪費時間。」

海茨利希訝異地轉頭看他。「我以為你很討厭他，不是嗎？」

「是的，史坦是個渾蛋。但他不是凶手。」

「你有什麼憑據？」

「憑我二十三年的經驗。這種事我的鼻子可是很靈的。」

「是啊，我們今天都見識到它的厲害了。」

這個笑話只有他一個人笑出來，而布蘭德曼似乎並非一味阿諛奉承局長，這點恩格勒倒是滿欣賞他的。可惜他還找不到理由解釋為什麼羅伯．史坦沒有能力用斧頭殺死一個男人。正想著，突然他的鼻子又鮮血直流，把手中的面紙都染紅了，他只好再次把頭往後仰。

「啊呀，又來了……」

海茨利希一臉狐疑地打量著他。「剛才我還以為流鼻血只是演戲的橋段。你真有辦法在這種情況下進行偵察嗎？」

「沒問題，只是鼻涕有點倒流而已。」

他撕了兩條乾淨的面紙，捲起來塞到鼻孔裡。

「我們繼續吧。」

「很好。召集你的幹員，十分鐘後到我辦公室來。」

恩格勒心裡叫苦連天。現在已經十點半了。撇開自身的健康狀況不談，他還得趕緊回去把查理放出來。那隻可憐的小狗已經關在他的小公寓裡十幾個小時了。

「別一張苦瓜臉，恩格勒。不會很久的。你看看檔案就會明白，為什麼我要你盯著史坦，給他一點壓力。」

恩格勒拿起桌上的卷宗。

「為什麼？裡頭有什麼東西？」他對著轉頭要離開偵訊室的海茨利希叫道。

「一個老朋友的名字。」

海茨利希回頭轉身。

「我們現在知道死者是誰了。」

6

第二天夜裡，大約過了十一點，史坦回到郊外的住宅，剛進玄關就被語音信箱裡難過的聲音嚇一跳。過去二十四小時裡，嘉麗娜沒有打過一通電話給他，只是留了一則語音簡訊。那段時間裡，她也在接受偵訊，到了早上，醫院院長叫她回去休個假。

「西蒙現在很好。他有問到你。可是恐怕你現在多了兩個需要律師協助的當事人，」她勉強擠了個笑話出來。「他們會不會因為我偷偷把西蒙帶出醫院，以誘拐未成年人的罪名起訴我？」嘉麗娜在掛上電話前不安地笑了笑。

史坦按了兩次「7」，刪掉簡訊。他明天才會回電，也就是星期六，前提是如果他會打的話。他再也不想管這件事了。畢竟自己也是泥菩薩過江，自身難保。

他沒脫外套，腋下夾著郵件就走進起居室。一打開吸頂燈，映入眼簾的是一個宛如被竊盜集團洗劫過、所有貴重家具與珠寶一掃而空的房間，史坦呆若木雞，愣了好一會兒，接著關掉刺眼的電燈，因為這裡使他想起昨天被恩格勒和布蘭德曼訊問的那個簡陋的偵訊室。經歷了這一個星期的種種事件，只有把燈熄掉，他才能忍受這個猶如廢墟一般的家。

史坦踩在櫻桃木地板的聲音在環堵蕭然的房間裡迴盪著。他想走到沙發那邊，卻踢到一張翻倒的庭園椅和一株乾枯的室內植物。這屋裡書架、窗簾、櫥櫃和地毯都杳無蹤影。只有一座不見了燈罩的立燈歪歪斜斜地杵在沙發旁邊，就算打開燈，也沒辦法照亮整座起居室，因為四顆燈泡缺了三顆。空蕩蕩的壁爐旁兩公尺左右的地方，有一台老舊的映像管電視機躺在地板上，那是起居室裡唯一的光源。

史坦坐在沙發上，摸到遙控器，閉上眼睛，任憑螢幕上閃爍著白雜訊。

十年了。

他不覺陷入沉思，手指在沙發皮上滑動，摸到蘇菲在除夕夜因為開懷大笑而將手中的仙女棒落在椅子上的燒灼痕跡。十年前，那時候她的月事已經遲了兩個星期。

和他正好相反，在腓力死後，蘇菲選擇逃避，為了找個避風港而再婚。不管怎樣，她後來又生了兩個孩子，是一對雙胞胎。那對姊妹顯然是蘇菲沒有淹沒憂鬱症的唯一原因。

我也是。

史坦睜開眼睛，往昔的種種回憶戛然而止。他拿起一瓶擱在地板上好幾天的葡萄酒，拔掉軟木塞，裡頭還剩半瓶。味道很噁心，但是有得喝就行了。他息交絕游很久了，冰箱裡空空如也。如果有同事突然造訪，應該會很納悶他為什麼不願意讓客人進屋吧。

他每年都要找一家保全公司，在門窗上裝設最新的防入侵系統，其實是有理由的。他當然也知道，技師們一定認為這人是個瘋子。因為整幢房子裡根本沒什麼值錢的東西。

然而史坦不是擔心有人入侵。他是害怕有人會發現什麼。他以價值不菲的西裝、烤漆得皎皎灼灼的豪華轎車、窗外可以遠眺布蘭登堡門的寬敞邊間辦公室，悉心打造出一道外牆，卻擔心有人會發現裡頭的那個沒有靈魂的羅伯・史坦。

他又喝了一口酒，卻笨拙地灑了一身，白色襯衫染了一大片紅酒漬。他低頭端詳，不由自主地想起那塊紅色胎記：是蘇菲先發現的，那時候她脫下腓力一出生就穿上的保暖蝴蝶衣，把他摟在臂彎裡替他洗澡。起初他們還很煩惱，他肩頭的胎記會不會是什麼惡性的皮膚病變，可是醫師告訴他們別擔心。「看起來還真像一張義大利地圖，」蘇菲在替他塗抹嬰兒油時如是說。於是她很開心地決定第一次家庭旅行要去威尼斯。但最後，他們只去了森林墓園。

史坦把酒瓶擱在一旁，檢視郵件。兩封廣告信、一張罰單，以及銀行每個禮拜的對帳單。其中屬於私人的郵件，是網路上租借的ＤＶＤ。自從有了影片郵寄服務以後，他就不再每個星期跑一趟影音出租店了。他沒看片名是什麼就拆開紙盒。也可能早就知道那是什麼電影。史坦基本上不會租借內容有孩子或太多愛情場景的影片，因此可以選擇的並不多。

他把ＤＶＤ放入播放器，脫掉外套，隨手丟在地板上，又斜躺在沙發上。他累得像條狗似的，很可能像每個週末一樣，看幾分鐘電影就在沙發上睡著。幸好明天一早不會有人跑來找他。沒有家庭，沒有朋友。更不用說一個女主人了。

律師按了播放鍵，以為會看到片頭沒辦法快轉跳過的可笑著作權警告，它會告訴你，如果非法複製以下影片，就會去坐牢。

然而，畫面不停地晃動，宛如照明不足的假日旅遊影片。史坦皺著眉頭坐直起來。他倏地認出了影片的拍攝地點，頓時驅走了所有的瞌睡蟲。彷彿所有事物都從知覺範圍裡一秒一秒地消失。他既感覺不到酒瓶從手中滑落，也沒有注意到剩下的紅酒都倒在白襯衫上。外在的刺激瞬間隱沒，只留下他和眼前的電視機。就連電視機也變形了。史坦看到的不再是平面的螢幕，而是一扇灰塵滿佈的窗戶，窗外是一個寬敞的房間，那是他這輩子都不想再踏進一步的房間。當攝影機鏡頭拉近時，他有點擔心自己會失去理智。但是，他只感覺到自己眨了一下眼睛。

7

畫面凍結在嬰兒室綠沉沉的背景上，一個沙啞的聲音劈頭就說：

「你相信死後的生命嗎，史坦先生？」

從喇叭傳出來的話語帶著刺耳的金屬聲，卻有一種莫名的臨場感，史坦不由得轉頭查看，以為有個活生生的人在他背後說話。

驚駭之餘，他滾下了沙發，一步步匍匐爬到電視機前，不可置信地觸摸那充滿靜電的螢幕表面，用手指頭輕撫顯示日期的數字符號，宛如觸摸點字一般。

即使沒有任何註記，他也知道這段影片是在何時何地拍攝的：十年前，在醫院裡，當時臉頰紅潤的腓力躺在那裡向世界招手，四十八個鐘頭之後，帶著冰冷而泛紫的嘴唇離開。

他死了。

史坦的手指滑到螢幕中央，他剛出生的孩子正躺在壓克力保溫箱裡，和其他許多嬰兒床並排著。**而且腓力還活著！**他正揮舞著纖細的小手，彷彿想要觸摸頭上的吊飾，那是羅伯與蘇菲在他出生前親手用棉球做成的，他們把它掛在嬰兒床的鐵架上。

「你相信轉世或輪迴嗎？」

羅伯被電視發出的聲音嚇得往後彈，彷彿兒子的鬼魂正與他說話。淺藍色嬰兒睡袋裡的孩子模糊的影像令他神魂顛倒，幾乎忘了影片裡那個微弱的聲音。

「你不清楚自己為什麼落得這般田地是嗎？」

史坦魂不守舍地搖搖頭，彷彿他真的可以和那個不知名的說話者對談似的，他的聲音聽起來就像是癌症病人透過喉震式麥克風傳出來的。

「很抱歉我不能透露自己的身分，你很快就會知道為什麼。我用這個方法和你聯繫是再合理不過的了。你家裡的保全系統像是個天險要塞一樣，史坦先生。除了一個地方：你的信箱。請不要介意我偷偷換掉ＤＶＤ而打亂你假日的例行娛樂，可是請相信我：等一下我要給你看的東西，絕對比你原本租借的動物紀錄片還要緊張刺激。」

史坦目不轉睛地盯著腓力，眼淚奪眶而出。

「不管怎樣，請你務必專心觀看。」

鏡頭焦距縮小，腓力的臉也變大了一些，但對於史坦而言，卻像是胸口挨了一腳。

這影片是誰拍的？他為什麼要拍？

一陣心悸令他無法深入思考。他很想掉頭跑進廁所，連同乏善可陳的午餐，把回憶一起吐掉，可是有一把看不見的老虎鉗固定住了他的臉。他只能直愣愣地盯著畫質粗糙的影像，看著兒子睜開眼睛。他雙目圓瞪。驚詫。難以置信。彷彿知道自己幼小的身體馬上就要停止所有生命反應。腓力費力地吸氣，開始顫抖，宛如吞了一大根魚刺，霎時間臉色發青。

到了這個地步，史坦再也按捺不住了。他俯身朝向櫻桃木地板狂吐。幾秒鐘後，他撐手抬頭再度盯著螢幕看，一切都已經結束了。剛才還在喘氣的兒子，此刻嘴巴微張，眼神空洞地瞪著攝影機，背景則看得到整間嬰兒室：一共有四張床。每張床都有嬰兒。只是其中一張床張安靜得令人毛骨悚然。

「我很遺憾。我知道腓力最後的畫面令你痛澈心脾。」

嘎嘎作響的話語有如剃刀一般劃傷了他。

「然而那是情非得已的，史坦先生。我有一件重要的事要告訴你。我希望你把我的話當一回事。現在我可以假設你有在注意聽了。」

8

羅伯·史坦恍惚中還以為他的腦袋這輩子再也不會清醒過來了。當他意識到潸潸淚水使得眼前一片迷濛，已經是好一會兒以後的事，而那個殘忍無情的聲音也已經消褪了。

那是真的嗎？剛才我真的看到我兒子的最後幾秒鐘？

他想要起身，把DVD從播放器裡抽出來，把電視機踢到窗外去，卻駭然發現自己的右手舉不起來。而全身唯一能動的地方，卻又不聽自己的使喚。他的腳不由自主地抖個不停。

有誰會對我做這種事？他為什麼要這麼做？

電視畫面切換了場景。他的恐懼更加強烈。

嬰兒房的畫面淡出，淡入的則是昨天嘉麗娜約定等候的工廠廢墟外觀。工廠的場景應該是後來拍攝的。那是個陽光豔麗的春天或夏天。

「你昨天下午在這座荒廢的塗料工廠發現了一具屍體。」

那個聲音靜默了一陣子。史坦瞇著眼睛端詳，認出了那堆廢棄的器具。

「該來的總是要來的，這件事我們等了很久。確切地說，已經十五年了。到此為止，那孩子的確是在說實話。多年來，我們一直以為會被流浪漢或野狗什麼的意外找到死者。可是偏偏是你。目標明確。陪著他們。所以你被捲進來了，史坦先生，不管你願不願意。」

鏡頭轉了三百六十度，可以看到傾圮的大樓旁邊停了一輛上頭沒有公司字樣的貨車，接著鏡頭聚焦在幾個鏡頭前史坦跟著西蒙闖入的燒焦建築物。

「我要你告訴我，昨天你在地洞裡找到的那個男人是被誰害死的。」

史坦一臉茫然地搖搖頭。

這是怎麼回事？這一切和腓力有什麼關係？

「到底誰殺死了那個男的？我自己也很想知道答案。」

史坦凝視著ＤＶＤ播放器上的藍色數字，彷彿這個銀色的金屬盒子裡藏著他心靈傷痛的根源。

「我要你接手西蒙的案子。如果你知道我是誰，你就會明白為什麼我沒辦法親自來。所以，必須由你來擔任他的律師。關於那具屍體，那孩子究竟知道些什麼，你要查個水落石出。」

那個聲音笑了笑。

「我知道律師沒有足夠報酬是不會接案子的，我們在商言商吧。你要不要接手，端看你怎麼回答我一開始的問題，史坦先生。你相信人死後有可能轉世嗎？」

螢幕上出現雜訊，宛如一架天線沒有裝好的老舊黑白電視機。接著畫質突然轉好。工廠廢墟消失。根據淡入的數字顯示，這段色彩鮮豔的新影片是幾個星期前拍攝的。史坦胃部又是一陣翻攪，更加噁心想吐。那拍攝日期正好是他兒子的生日，除了年分不同以外。

9

「那麼，你認識他嗎？」

那男孩曬得一身黝黑，微鬈的頭髮及肩，上身赤裸，只戴著一條黑色的珊瑚項鍊。他知道有人在拍攝自己，露出滿懷期望的表情，笨拙地從椅子上站起來跑開。史坦看到孩子肩上的斑點，心臟幾乎要停住。那暗紫色的胎記就在他的左肩上。看起來像是一只靴子。

這怎麼可能？不可能！

羅伯兩頰發燙，彷彿挨了兩記耳括子。那孩子的面部線條既陌生又熟稔得令他心痛，回到鏡頭前面時，孩子的手裡多了一把刀子。畫面外似乎有人在呼喚他。他赧然微笑，深深吸了一口氣，噘起嘴巴。接著攝影機往下移了約莫二十公分，捕捉到桌上生日蛋糕的畫面。黑森林櫻桃蛋糕。那孩子吹了兩口氣才吹熄插在奶油上的十根蠟燭。

「你看清楚一點，史坦先生。想一想剛才你看到的腓力的畫面。再回想一下你親自抬到墓園裡的棺材。然後請回答一個很簡單的問題：你相信死後的生命嗎？」

羅伯伸手想要觸摸螢幕。他的脈搏漸漸不聽使喚，一個不真實的感覺襲上心頭，他似乎是在凝視著一面可以讓人回春的鏡子。

這是……？不可能。腓力已經過世了。我把他從蘇菲的手裡接過來，他全身冰冷。他是我親手埋葬的，而且……

「看到這些畫面，當然會心生疑惑，不是嗎？」

……而且看著他死去。就在剛才！

史坦因為一口氣喘不過來而咳個不停。剛才他駭然倒抽一口涼氣，現在他的肺部卻在叫喊說它需要氧氣，而那難以置信的畫面仍然在殘忍地播放著。

螢幕裡的男孩正在切蛋糕。

這只會是……一定是個巧合。

那個十歲男孩是個左撇子。就像羅伯一樣。

史坦不由得全身顫慄。他以為看到了自己的複製品，那孩子和小時候的他好像是一個模子刻出來的。所有特徵都相符。頭髮，有點太寬的眼距，微微戽斗，笑起來只有右頰才會出現的酒窩。假使他跑到地下室，從搬家用的紙箱裡翻出老相簿，一定會找到和鏡頭裡的孩子一模一樣的泛黃相片。十歲的他。

而且那孩子有胎記。

當然現在的它大多了。但是比例上與蘇菲第一次把裸身的腓力抱在臂彎裡發現的胎記完全相符。

「我們來做個交易。」

那聲音再度吸引了史坦的注意力，聽起來越發殘忍無情。

「我用一個答案換你的答案。你告訴我十五年前是誰用斧頭殺死那個人，我就告訴你是否有死後的生命。」

話一說完，那個過生日的孩子影像就消失了，羅伯又被拋到十年前光線太強的嬰兒房大廳。兩個定格畫面以殘忍的節奏輪替著。嬰兒床裡的腓力。一會兒還活著，一會兒就死了。

「你找出凶手，我就告訴你剛才那個孩子的名字和地址。」

活著。死了。活著……

史坦想要站起身來把痛苦都叫喊出來，可是現在的他一點力氣也沒有。

死了。

「一個答案換一個答案。你把西蒙搞定。那個治療師就交給我們來處理。你有五天的時間。多一個鐘頭都不行。期限一到，你就再也聽不到我的聲音，也永遠無法知道真相。啊，還有一件事。」

現在那個聲音聽起來似乎有點不耐煩，就像藥品廣告結尾處的風險和副作用說明似的。

「不要去找警察。如果你通知警方，我就殺死那對雙胞胎。」

接著畫面一片漆黑。

10

「你是喝醉了還是怎的？」

蘇菲不想吵醒她的丈夫，握著話筒躡手躡腳地走出臥室，裸足站在門廳。再過幾個鐘頭派翠克就要到日本出差，現在得好好睡一覺。再說，已經十二點半，如果她先生問起，去年她過生日，她的前夫連一通電話也沒有打，為什麼今年偏偏選在三更半夜打來，她可要費好一番唇舌解釋了。

「很抱歉打擾妳。我知道孩子都睡了。她們都還好嗎？」

即使沒有回答她的問題，可是她從他的聲音裡聽出答案。聽起來很嚇人。

「是啊，她們都很好。她們都睡了。這麼晚了，正常人應該都在呼呼大睡吧？你到底想幹什麼？」

「我今天……」羅伯頓了頓說：「很抱歉，但是我有個問題要問妳。」

「現在？不能等到明天早上再問嗎？」

「那還要等很久。」

蘇菲在起居室外走廊的針織地毯上停下了腳步。

「你到底在說什麼啊？」深夜時分、他的聲音、欲言又止的暗示，電話裡的一切，都令她不安起來，難怪她冷得直打哆嗦，更不用說她習慣只穿著汗衫和內褲睡覺。

「當時妳是否懷疑……」

羅伯往下說的時候，蘇菲不由得閉上眼睛。沒有哪個語詞會像「當時」一樣喚起她的種種負面感受。尤其是出自那個把腓力從她懷裡搶走的男人之口。

「我的意思是，其實他根本沒有理由……」

「你到底是什麼意思？」她漸漸有點惱火了。

「妳在妊娠期間沒有抽菸，腓力也沒有穿著太暖的衣服，就只裹著防止趴睡的嬰兒睡袋。」

「我應該現在就掛掉電話。」蘇菲不明白羅伯為什麼把她從睡夢中叫醒，列舉嬰兒猝死的各種風險因素。雖然百分之四十的嬰兒死亡率可以歸類在這個神祕兮兮的通稱底下，但是人們至今對致死原因幾乎一無所知。難怪大家一遇到看似健康的孩子莫名其妙死去的病例，就把它擺到這個殘忍的死因裡。

「等一下，回答我這個問題就好了。」

「哪個問題？」蘇菲看了一眼穿衣鏡，被鏡裡自己的神情嚇一跳。她看到的是一張夾雜著悲傷、絕望和疲憊的臉。

「我知道自從那件事之後，妳一直很恨我。」

「你是發燒了嗎？」蘇菲問道。羅伯不僅一直胡言亂語，而且聽起來感冒得很嚴重。

「不，我什麼都不缺。就是少了一個答案。」

「可是我不明白你的意思。」一肚子氣沒地方發洩的她嗓門也變大了，好不容易才壓低聲音，不致於吵醒派翠克和兩姊妹。

「他不再有呼吸了，妳最後關上浴室門的時候，他已經全身僵硬了。」

羅伯停頓了一會兒，她聽到沙沙作響的聲音。

「我的疑問是：儘管如此，為什麼妳仍然不確定？為什麼妳仍然認為腓力還活著？」

蘇菲不想再講下去，任憑持著話筒的手頹然低垂。起初的疲憊感漸漸淡出，變成類似吞了安眠藥後的麻痺感覺，又像是逮到竊賊在屋裡翻找她的內衣褲。她慢慢走到孩子的房間，心裡在想，就是這種感覺。羅伯透過他的電話闖入了她的世界，打開她心底深處的一只抽屜，多年來，在她的第二任丈夫、可愛的雙胞胎以及資深的心理分析師的協助下，她好不容易才把它釘牢封死。

她屏息打開房門，弗麗妲抱著企鵝娃娃，睡得很香甜，被子被踢到床腳下。娜妲麗的胸膛也規律起伏著。她們出生後那關鍵的第一年裡，蘇菲每天晚上兩小時一次的起床看看孩子們。現在她只有在夜裡醒來上洗手間時才會去查看一下。從前那令她窒息的不安和恐懼，如今成了母愛的例行公事。一直到剛才。一直到羅伯打電話來。

「為什麼妳仍然認為腓力還活著？」

蘇菲坐在娜妲麗的床上，柔軟的床墊隨之陷了下去。她輕輕撥開女兒額頭上在睡夢中被

汗水濡濕了的頭髮，

「直到現在，我時或仍會這麼想，」她低聲說，接著溫柔地親了兩個女兒的額頭，開始輕聲啜泣。

第二部

尋找

正如我們此生做過成千上萬的夢，我們現在的生命也是成千上萬的夢的其中之一，我們從另一個更加真實的生命走進夢裡，死後則會回到那個真實的生命裡。

——托爾斯泰

隨著每個人的誕生，世界多了嶄新的東西，那是前所未有的、唯一的東西。

——馬丁．布伯

先天性缺陷和胎記是人們生死輪迴的證明。

——伊昂．史蒂文森（Ian Stevenson）

1

也許是疲勞過度的緣故。他之所以會撞上去，或許是因為視線沒有看著前方，而是在心裡重播著ＤＶＤ裡的畫面。昨天，史坦沒辦法鼓起勇氣再看一次ＤＶＤ。至少沒辦法整段看完。他不想再次看到腓力的垂死掙扎。因此，他把影片快轉到生日派對上的那個孩子。他一次又一次地盯著那個不知名的男孩。鏡頭放慢、定格畫面，接著鏡頭快轉。連續重播了十次以後，他的眼睛痠痛不已，想來ＤＶＤ也快要磨損了。今天早上，徹夜未眠的羅伯覺得自己就像是腓力喪禮那天一樣的無助而心碎。他身為法律人的理性大腦被訓練得凡事都要叩其兩端而問之。一個當事人不是有罪就是無罪。就此而論，他昨天遇到的個人夢魘和當事人的悲劇其實沒什麼分別，也就是說只有兩種可能：腓力不是死了就是還活著。前者是最有可能的。那個身上有胎記的男孩就算和史坦長得一模一樣，也不足以證明什麼。

要證明什麼？羅伯走出醫院電梯時心裡思忖著。每當他在思索一個難題時，就會在心裡築起一道白牆，在上面貼滿了想像的字條，寫著種種重要的假設。他在大腦裡為重大案件保留一處避難所，每當他要整理思緒時，就會躲到裡頭。腓力還活著，其中一張最大的字條以醒目的字體這麼寫著。

然而那怎麼可能呢？

在森林墓園那場葬禮之後的許多年，他也時常在想，腓力會不會被人掉包了。可是他是當年嬰兒室裡唯一的男孩。其他三張床都是女孩子。搞錯的可能性幾近於零。此外，他在相驗之前還確認過，那的確是他不幸的孩子。直到今天，他還記得自己是如何把死去的孩子從解剖檯上抱起來，撫摸著他的胎記與他告別。

那麼會是輪迴轉世嗎？

史坦撕下心底的字條，不想認真注視它。他是個律師。要解決問題的時候，他會訴諸法律條文，而不是超心理學。他的喪慟再怎麼椎心刺骨，還是必須遵守這個原則。**腓力＝死亡**，他在心裡寫了第三張字條，下次他的念頭再度翻來覆去的時候，就可以在心裡盯著它看。

可是為什麼有人會懷疑他到底死了沒有？這又和西蒙有什麼關係？那孩子怎麼會知道工廠地下室裡有個陳屍多年的男子？

史坦心想自己是不是發瘋了，為什麼要在星期六一大早跑到湖屋醫院，把最後一個問題查個水落石出？他的思緒亂成一團，沒有注意到面前一個看護正推著坐在輪椅上的老頭要去做物理治療。那兩個傢伙還一起哼著阿巴合唱團的經典名曲《Money, Money, Money》，在醫院大廳轉角和史坦撞個滿懷。

他砰的一聲撞上了鋁合金的輪椅，失去平衡，踉踉蹌蹌的雙手亂揮，想找個什麼東西撐住身體。他沒能抓住看護的袖子，只好撐著那位病人的頭，在跌倒時又抓著對方的手臂不放，扯掉了輪椅上病人的點滴管，很狼狽地摔倒在薄荷綠的塑膠地板上。

2

「天啊，羅森斯基先生你還好吧？」滿臉于思的看護焦急地跪在病人前面，卻看到他促狹地眨眼睛。

「沒事，沒事。我有個守護天使。」老頭說著說著，從他的汗衫底下抽出一條銀色十字架項鍊。「你還是先去照顧那位仆倒在地的朋友吧。」

史坦搓一搓手掌，他在伸手撐著乾燥的塑膠地板時把手給擦傷了。他不想讓場面太狼狽，也顧不得膝蓋的刺痛。

「真是對不起，」羅伯站起來抱歉地說。「你還好嗎？」

「那要看是哪一方面囉，」看護嘟囔著，小心翼翼地把老頭的襯衫袖子捲到手肘那麼高。「我們待會兒得把點滴管接回去，」他看著滿是老人斑的手背喃喃自語，並讓羅森斯基用棉花球壓住注射部位，接著摸看看瘦骨嶙峋的手臂確認有沒有瘀傷或流血。他的手臂像拳擊手那麼粗壯，但是動作卻相當細心體貼，幾乎可以用溫柔來形容。

「你是在跑路嗎？不然幹麼在神經科橫衝直撞？」

看護確認病人並無大礙，史坦見狀也鬆了一口氣。

「我叫羅伯．史坦。真是萬分抱歉，您是……？」看護罩衫上的名牌皺巴巴的，他認不出來上頭寫了什麼字。

「法蘭茲．馬克。和那個畫家同名同姓。可是大家都叫我畢卡索，因為我比較喜歡他的畫。」

「了解。我還是要再一次道歉。我剛才有點恍神了。」

「我們也完全沒留意到是吧，羅森斯基？」

畢卡索的耳垂下面緊貼著兩條鬢鬚，活像是魔鬼黏，沿著兩頰接到淺褐色的落腮鬍。他在微笑時露出了大暴牙，看起來像是隻巨大的山怪。

「任何我所造成的損失，我都會負責的。」

史坦從外套內袋裡掏出皮夾。

「喔，不……我們這裡不來這一套的，」畢卡索堅決反對。

「你誤會我的意思了。我只是要給你我的名片。」

「你可以留著，或者是羅森斯基先生？」

輪椅上的老頭頷首微笑，神情促狹地捻著眉毛。他的頭髮很稀疏，深陷的眼窩上面的雙眉卻活脫像是兩團鋼刷。

「我恐怕不是很明白你的意思。」

「你把我們倆嚇了一大跳。而且腓特烈已經是第二次心肌梗塞了，不能受到任何刺激，不是嗎？」

那老頭又點點頭。

「一兩張鈔票可不夠讓你神不知鬼不覺地脫身唷。」

「那麼我該怎麼辦？」史坦有點緊張地冷笑了一下，心想今天遇到兩個怪胎了。

「你得跟我們鞠個躬。」

史坦總算搞懂畢卡索是在開玩笑，在額頭上打了個爆栗，就打算要離開。他笑了笑，彎腰撿起那老頭剛才掉在他腳邊的黑色棒球帽，把它戴回老頭的頭上。

「好啦，現在我們要閃了，」畢卡索笑道，他照護的老頭則像小學生似的咯咯笑個不停。

「你是他們的粉絲嗎？」史坦問道。老頭細心地用雙手把帽子扶正。帽子正面金色的「ABBA」字樣相當醒目。

「那當然。他們的歌真是天籟。你最喜歡他們哪一首歌？」

老頭微微掀起帽檐，把頑固執拗的白髮塞到帽子裡。

「我不知道，」史坦有點不知所措地回答道。他是來找西蒙談談昨天的事件，沒打算瞎扯什麼七十年代的流行歌曲。

「我也不知道，」羅森斯基又是一陣咯咯笑聲。「每一首都很好聽。難分軒輊。」

畢卡索推動輪椅，全新的輪胎在光滑的地板上輕輕轆轆作響。

「你到底要去哪裡？」看護轉頭問他。

「我在找二一七號病房。」

「你要找西蒙？」

「是啊，你們認識他？」史坦挨近他們問道。

「西蒙・薩克斯，我們的孤兒。」那看護走了幾步，在貼著「物理治療室」字樣的鐵灰色門前停了下來。「我當然認識他。」

「誰不認識他？」那老頭被推進一個明亮的房間，兀自喃喃低語。治療室的地板鋪著泡棉墊，牆上有肋木架，運動器材不可勝數。他似乎在抱怨自己不是大家唯一的談話主題。

「他是我們的陽光，」畢卡索一臉心醉神馳的表情，把輪椅推到按摩椅旁邊。

「他的身世很坎坷。國家真應該褫奪他母親的監護權，他那個有反社會傾向的媽媽差一點把他給餓死，而現在他們又在他的腦袋裡發現了一顆腫瘤。醫生說是良性的，因為它沒有轉移。我呸！」

史坦一瞬間還以為看護真的要在他腳邊吐一口痰。

「真搞不懂怎麼會是良性的，那玩意兒明明越長越大，遲早有一天會讓他的大腦短路。」

隔壁辦公室的門打開，一個亞洲女子走進治療室，身穿柔道服和小號的足適鞋。羅森斯基顯然很喜歡她，因為他又哼起阿巴合唱團的歌來。可是現在他的《Money, money, money》聽起來卻像是建築工人看到迎面走來的大胸脯金髮女郎而吹起的口哨。

畢卡索走回熱鬧的走廊上，伸手指了指護士站左手邊的第二扇門。

「對了，就在那頭。」

「什麼？」

「是啊，二一七房。西蒙的單人病房。可是你不可以進去。」

「為什麼不可以？」

史坦早就做了最壞的打算。那孩子的情況真的差到訪客必須穿著無菌衣才能進病房嗎？

「因為你沒有帶禮物。」

「什麼？」

「探病訪客不是送花就是送糖果。你要探望一個十歲大的男孩，起碼也要送個音樂雜誌什麼的吧。你怎麼可以兩手空空站在一個可能活不了幾個禮拜的孩子面前呢……」

畢卡索欲言又止。史坦突然瞥見有什麼東西閃過，轉身向左查看。說時遲，那時快，他才看見一扇病房門上亮起紅燈，那看護已經一個箭步衝過去處理緊急狀況。他也緊隨在後，跟著看護跑進二一七號病房。

3

他不到四點鐘就醒了，撳鈴找護士。嘉麗娜沒有過來，那比胃裡翻騰欲嘔的感覺更讓他難受。每天清晨，他的食道都會覺得噁心，位置大約在喉頭和胃部之間，大多必須以四十滴MCP（單核細胞趨化蛋白）溶液加以抑制。有時候他太晚醒來，太陽穴宛如被馬蹄鐵猛敲似的頭疼欲裂，一直痛上好幾天，疼痛指數也到了四級的程度。

嘉麗娜會為他測量一般健康狀況。她每天早上做的第一件事，就是要他自主評估疼痛指數，「第一級」是不怎麼痛，而「第十級」則是痛得要死了。

西蒙不記得上一次低於第三級是什麼時候的事了。不管怎樣，如果那個一臉憂鬱的男子在他床邊多待一會兒，或許指數真的能夠降下。他很高興看到對方的臉。

「很抱歉把你們嚇了一跳。我只是想要打開電視機而已。」

「沒關係啦。」原來西蒙是不小心按到呼叫鈴，害得大夥兒虛驚一場。畢卡索確認了他真的沒事之後，就留下那個神情緊繃的律師和他獨處。

「嘉麗娜很喜歡你，」西蒙劈頭就說。「而我喜歡嘉麗娜，也很喜歡你。」西蒙盤起腿，把被子蓋在腿上。「她今天休假嗎？」

「呃，不。我是說我不知道。」史坦磕磕絆絆地拉了一張椅子到病房裡唯一的病床旁邊。西蒙注意到他的穿著和前天在工地見面時幾乎沒什麼兩樣。顯然他家的衣櫥裡掛著好幾件同款的深色外套。

「你哪裡不舒服嗎？」他問道。

「沒有啊，為什麼這麼說？」

「嘉麗娜一定會說你看起來就像是轉角的一灘死水。」

「因為我沒睡好吧。」

「那也不致於臉色這麼差。」

「有時候會喔。」

「我猜我知道你為什麼鬱鬱寡歡。對不起。」西蒙從床頭櫃的抽屜裡拿出一頂醫療用的真髮絲假髮。「你昨天完全沒注意到吧？這也是我自己的頭髮。他們在慕勒教授使用立可白之前先剪下了我的頭髮。」

「立可白？」

西蒙熟練地戴上假髮，遮住了頭頂稀疏柔軟的細髮。

「是啊，這裡的人有時候會把我當作三歲小孩。我當然知道化療是什麼東西，可是主任醫師總像對幼童說話似的對我解釋，我的腦袋裡有一大塊黑斑，而吞下去的藥片可以除去黑斑。就像立可白一樣。」

西蒙注意到律師探視的目光在探視著病床附近的儲物櫃層板。

「我已經不再打干擾素了。醫師說我現在可以不用打。可是嘉麗娜把真相都告訴了我。」

「什麼真相？」

「它的副作用太強了。」西蒙虛弱地笑了笑，把假髮掀開一下子。「即使完全清除了那個東西，我也會沒命。四個禮拜前，我的肺部感染，被送進加護病房。然後他們就不再做化療，也沒有放療了。」

「我很遺憾。」

「我不遺憾。至少我現在不再流鼻血，也只有早上才會噁心想吐。」

西蒙坐直起身子，拿了一個軟墊放在背後撐著。「至於你，」他說起話來老氣橫秋，應該是從電視偵探影集裡學來的。

「你要接我的案子嗎？」

律師放聲大笑，這孩子總算看起來沒那麼討人厭了。

「我還不知道。」

「事情是這樣的。我恐怕做了什麼壞事。我不想……」

……不想臨死前還不知道自己犯了什麼罪。他本想這麼說。可是每次他談到死亡，大人們的反應都很詭異。他們的神情變得很哀傷，伸手撫摸他的臉，或者趕緊轉移話題。西蒙不再說下去，因為他相信律師明白他要講什麼。

「我是來問你幾個問題的，」史坦說。

「問吧。」

「我想知道你生日那天到底做了什麼。」

「你是說在提芬瑟醫師那裡的前世催眠？」

「沒錯。」刑事辯護律師打開一本硬皮筆記簿，拿出一枝鉛筆準備做筆記。

「我想知道一切。你在那裡看到了什麼，關於那具屍體還知道些什麼？」

「什麼屍體？」西蒙收起笑容，顯然被羅伯．史坦的神情嚇到了。

「就是我們發現的那個男人。那個被你用……呃……」

「喔喔，你是說那個被我用斧頭殺死的傢伙，」西蒙鬆了一口氣，他誤會了律師的意思。只不過律師這下子更加如墮五里霧中。西蒙心想怎麼才能跟他說清楚，於是閉上了眼睛，如此才能專注於傾聽自己腦海裡的聲音，以及在每個無意識狀態下益發清晰的駭人畫面。

在車庫裡被人用塑膠袋悶死的男子。

在爐台上尖叫的孩子。

露營車內壁上的血跡。

他之所以能忍受這些畫面，只因為它們都是很久以前的事了。十多年前。在上輩子。

「屍體不只一具，」他悄聲說，接著睜開眼睛。「我殺了很多人。」

4

「等等。別這麼快，一件一件慢慢來。」

史坦走到窗台，手指輕撫貼在窗板上的一幅素描。西蒙用蠟筆畫了一座教堂，出人意料地生動立體，教堂前面則是綠草如茵。不知道為什麼，他在畫作上署名「布魯托」。

他轉身望著那男孩。

「這些可怕的記憶……你……」史坦不知道該怎麼說比較好，「……以前就出現過？」

他心想該如何對別人解釋他們的談話。西蒙顯然不只相信前世今生，甚至認為自己上輩子是個連續殺人犯。

「沒有。這些記憶一直到我生日那天才浮現。」男孩伸手拿起床頭櫃上一罐利樂包蘋果汁，把吸管插在預留的開口上。

「我以前從來沒有做過前世催眠。」

「你說說看，那到底是怎麼進行的。」

「我覺得很好玩。不過討厭的是必須脫掉我的新鞋。」

史坦微笑地看著西蒙，心裡卻在想，他可不可以早點切入比較有趣的主題。

「那位醫師的診所超讚的。他說柏林電視塔就在附近，可是我們去那裡的時候沒有看到。」

「你在他的診所時，他有讓你服用過什麼東西嗎？」

某一種藥物？迷幻藥？還是什麼精神科藥物之類的？

「有啊。一杯加了蜂蜜的熱牛奶。那個也很讚。然後他要我躺下來。地板上有一張藍色墊子。嘉麗娜在我身旁，她替我裹上兩條被子。很暖很舒服。只露出我的頭四處張望。」

「那麼，那位醫師做了什麼？」史坦猶豫該不該稱呼他為醫師，因為他確定那個提芬瑟的學位不是假的就是買來的。

「他其實什麼也沒做。後來我再也沒有看到他。」

「可是他還在房間裡？」

「是啊，當然了。他有說話。說了一大串。他的聲音又柔和又好聽。就像廣播劇的那種，你知道嗎？」

史坦注意到西蒙說話的語氣不再那麼見外，他很高興這個微不足道的改變。

「提芬瑟先生怎麼跟你說？」

「他說：『通常我是不會替像你這個年紀的孩子做催眠的。』」

真是不幸中的大幸啊，史坦心底譏諷。這個專門斂財的傢伙原來只會騙成年人。

「可是因為我的病，還有看在嘉麗娜的面子上，他就破例一次。」

嘉麗娜。史坦用鉛筆在筆記本上寫下她的名字，並信手塗滿名字字母的間隙，思忖著接下來要去問問她和那個江湖郎中到底是什麼關係。她一定不是隨隨便便挑中提芬瑟的。

「他問了我很多問題。我有哪些最美好的經驗。喜歡哪些地方。寒暑假、朋友或是遊樂場。他要我閉上眼睛，想像世界上有哪些最美麗的地方。」

讓受測者處於夢遊狀態。史坦不自覺地點點頭，他在西蒙娓娓道來的同時，回想起昨晚在網路上不斷看到的關鍵詞。在他冒冒失失打電話給蘇菲之後，就一屁股坐在電腦前面。他只下了一個搜尋指令，就彈出好幾千個鬼話連篇的超心理學和祕教的網址，不過其中也不乏嚴肅探討「前世催眠」這個主題的網頁。大部分文章都會提到它可能有什麼危險。但令人訝異的是，許多網頁不是在探討靈魂轉世是否可能的問題，而是在警告它對心理會造成的傷害，例如說，前世催眠的受測者有可能無法承受過去的創傷。

「我想去一處美麗的海灘，」西蒙說：「我和朋友在那裡開派對，一起吃冰淇淋。」

「接下來呢？」

「然後我覺得累斃了。不知道過了多久，醫生問我是否看到一個很大的開關。」

西蒙的眼神飄忽，史坦很擔心這個孩子會不會說著說著又失去意識。可是他連聲咳嗽也沒有。史坦曾聽嘉麗娜說過，自從西蒙得過肺炎以後，如果他咳個不停，大概就是癲癇或是休克的前兆。就像前天在地下室裡那樣。

「於是我在腦袋裡到處找開關。就像電燈的開關一樣。」

「你找到了嗎？」

「有啊。我找了好一會兒，不過還是找到了。有點毛骨悚然，因為我閉上了眼睛。」

史坦知道接下來會怎樣。為了控制病人，治療師必須停止他們的意識。以想像開關電燈的方式關閉真正的腦袋，那是很常見的做法。接著超心理學家可以好整以暇地對病人下指令。史坦只是不清楚提芬瑟要喚起哪些主題。為什麼偏偏是西蒙？為什麼是一個得了無法開刀治療的腦瘤而命不久矣的孩子？為什麼嘉麗娜什麼都沒有聽到？她可能有哪根筋不對勁，因而相信這種超自然現象，但是她絕對不會利用孩子去做什麼壞事，尤其是一個如此信賴她的病人。

「一開始我關不掉，」西蒙說話的聲音很平靜。「那個開關一直彈回來，很好玩。後來提芬瑟醫生給我一卷透明膠帶。」

「透明膠帶？」

「嗯，不過不是真的膠帶啦。只是個想像。他要我在腦海裡用膠帶把那個開關壓緊。不過真的很管用。那個開關固定了，我走進一座電梯。」

史坦默不作聲，他不想在這個關鍵的時候讓孩子分心。緊接著就來到了前世催眠的重頭戲。潛意識之旅。

5

「電梯裡有一塊鍍金的黃銅面板，上頭有許多按鈕。我可以挑一層樓，於是我摁了十一樓。接著電梯顫顫巍巍地顛簸往下走。走了很久。當電梯門終於打開的時候，我朝前踏一步走出電梯，然後就看到……」

……我出生前的世界，史坦在心裡替他接下去，但是西蒙卻出乎他意料之外的沒有那麼說。

「……眼前一片漆黑。我什麼也沒看到。四下伸手不見五指。」

西蒙又睜開眼睛，喝了一口蘋果汁。他把飲料放回床頭櫃的托盤上，掀起他的汗衫，史坦心下一凜。在那彈指之頃，西蒙露出胯骨處一道長條狀的胎記。

轉世者的疤痕！他心裡不由自主地冒出這個念頭。那塊黑斑和腓力的胎記完全不同，也和ＤＶＤ裡的男孩不一樣。可是他不禁想起早上讀到的一篇關於史蒂文森的文章。維吉尼亞大學已故教授、精神科醫師史蒂文森，對於輪迴轉世的個案研究是少數會被科學界拿來認真討論的。史蒂文森認為疤痕和胎記就像靈魂的地圖一樣，代表著人們在前世裡的傷痕。這位加拿大教授蒐集了數千個病歷和驗屍報告，意外發現所謂轉世的孩子們的身上都有胎記。

「這下子我真搞不懂了。」史坦回過神來專心聽西蒙在說什麼。「如果你在提芬瑟醫師那裡什麼也沒看到，那麼你是怎麼知道有屍體這回事的。」

「有啊，我確實看到了什麼。不過是在醒來以後。嘉麗娜說我沉睡了兩個多鐘頭。我還記得那時候我很傷心難過。那天是我的生日呢，可是外頭一下子就天黑了。」

「你醒來以後，那些可怕的記憶就全部湧上來了？」

「沒有馬上。一直到我坐上車，嘉麗娜問我催眠的情形如何。我就跟她說起了那些畫面。」

「哪些畫面？」

「我腦袋裡的。我只是模模糊糊看到一些輪廓。在黑暗中。就像我在早上快要醒來前做的夢。你也知道那種夢吧？」

「是的，也許。」史坦當然知道西蒙說的是什麼，但是他的白日夢早就沒有這麼病態了。除非是想起腓力。

西蒙轉頭若有所思地凝望著窗外。起初史坦猜想那孩子大概會覺得他們之間的談話索然無味，沒多久就要從床頭櫃裡翻出遊戲機來了。可是緊接著他就發現男孩的嘴脣正無聲地顫動著。西蒙顯然在找合適的語詞，心想要怎麼向他解釋當時的感覺比較好：

「在育幼院，有一次我負責去地下室換電燈泡，」他低聲說：「我們沒有人願意做這件事。每個人都害怕下去。於是我們用抽火柴棒來決定是誰下去，結果我抽中了。真是倒楣到家。天花板的電線上掛了一只電燈泡，沒有燈罩，看起來像一顆網球。那是黃光燈泡，上頭覆蓋了一層薄薄的蜘蛛網和灰塵。那燈泡還會發出怪聲。就像約拿一樣，他是我朋友。他可以掰他的指關節使它們喀喀作響。就是那種聲音。電燈忽明忽暗，每次它喀喇一聲，就像約拿在掰手指一樣，直到有個大人跟他說那樣做會得痛風和風濕，他才改掉那個習慣。」

史坦沒有插嘴問問題，讓他一路講下去。不過他低頭看到自己不自覺的雙手握緊，手指頭交叉，像是在禱告似的。

「我走到地下室的洗衣間，喀喇聲越來越大，電燈閃爍不定。忽開忽關。有時候亮了一會兒以後就是一片闃黑。可是就算電燈亮著，我也不是看得很清楚。那燈泡實在太髒了。而且由於它一閃一閃的，所有東西看起來都像在動。我當然知道：一邊掛著要晾乾的衣服還有毛巾。另一邊則擺了一只籃子，裡頭有我們的褲子與汗衫。可是燈光抖得比我自己還厲害，我害怕被單後面站了一個人要抓我。那時候我還很小，害怕得幾乎要尿褲子。」

史坦揚起眉毛，點頭如搗蒜。一方面是因為他完全了解男孩的恐懼。另一方面則是因為他漸漸明白那孩子想要跟他什麼了。

「現在又是那樣嗎？你看到的那個畫面？」

「是的。我在回想前世的時候，就像那天在育幼院裡的情景。我又回到地下室，而那盞髒兮兮的電燈依然閃爍不定。」

喀喇。喀喇。

「所以我只看到一些輪廓和影子。越來越模糊……可是我相信那燈光會一晚比一晚亮。」

「你是說你醒來之後記得更清楚？」

「沒錯。比如說，昨天我不那麼確定自己真的殺了那個男人。用斧頭。可是今天早上我就很清楚。就像這個數字一樣。」

喀喇。

「哪個數字？」

「六。它就寫在上頭。」

「寫在哪裡？」

「在門上。一扇鐵門。在水邊。」

史坦突然很想喝點什麼，他的舌頭上面有種怪味道。他想要漱漱口，把味道沖掉。就像西蒙的話語喚起的不祥預感。

「那裡發生了什麼事？」他其實不是很想知道答案。

門後發生了什麼事。上頭寫了個數字六的門？

外頭走廊上有個男子在吹口哨，門前的腳步聲漸行漸遠，可是史坦的腦袋過濾掉所有雜音，只剩下男孩的幾句話。幾句關於那個男子死前掙扎的話，那個在十二年前被西蒙殺害的男子。

在他出生的十二年以前。

史坦衷心期盼這時候有誰衝進來打斷他們的談話，這樣他就不必聽完所有細節。關於那把崩口的刀子，也許受害者在死前曾用那把刀奮力刺傷襲擊他的人。大概就在西蒙身上淡褐色胎記的位置。

史坦無奈地瞧了房門一眼，可是它文風不動。沒有半個醫生或護士進來打斷這個駭人聽聞的故事，西蒙以彷彿漠不相關的語調敘說著故事。他只得再度閉上他的眼睛。

「你知道所在地址嗎？」等那孩子好不容易把故事說完了，史坦長吁了一口氣問道。他耳朵裡的血液隆隆轟鳴，他幾乎聽不見自己在說什麼。

「我想我不知道。咦，也許我知道在哪裡喔。」

西蒙只說了一句話，就令史坦全身直起雞皮疙瘩。史坦知道那個地方。他以前曾在那裡散步過幾回。和蘇菲一起。那時候她正懷孕。

6

「不是，我沒有搜索票。而且我也不是什麼警察。」

史坦心想，這個穿著鼻環而且看似從來不洗頭髮的傢伙到底有沒有上過學？這個小混混的上脣外翻到牙齦上方，他訕笑個不停的時候，那一口大板牙特別顯眼。

「那可不行，」史萊把腿翹在辦公桌上嘟囔著說。史坦幾分鐘前走進一家倉儲公司位於一樓的小店面，隨便編了個可笑的假名對他自我介紹。

「你想去六號倉庫裡找什麼？那些個位數號碼的倉庫，我們早就不出租了。」

史坦在醫院裡記住的地址殘缺不全。不過單單「施普雷倉儲」就很足夠了。史坦認得莫阿比特區河邊那座搖搖欲墜的倉庫。這家柏林當地的公司總部，是一座緊鄰河畔的淺褐色磚造建築。後面錯落著若干簡易倉庫，提供顧客臨時儲放家具、電器和其他破爛雜物之用。自從只要一個鐘頭二點五歐元就可以找移工到府搬冰箱以後，這類公司的生意就江河日下，他們的倉庫也好幾年沒有整修了。破舊髒亂的辦公室裡瀰漫著香菸和廁所的臭味，史萊在吊燈上掛了芳香劑，以抵擋陣陣傳來的惡臭，一長條霉斑從低垂的百葉窗延伸到天花板。史坦不明白，在這樣一個霪雨霏霏的秋日裡，為什麼他們還把辦公室遮得暗無天日。

「我是遺產管理人，正在追查一筆可觀的遺產的下落，」史坦瞎掰了一個從醫院開車到此的路上想好的故事。

「六號倉庫裡可能有些對我們有用的線索。」他說著說著，隨手翻開皮夾，抽出兩張鈔票。史萊放下雙腿，訕笑的嘴巴咧得更大了。

「我可不想為了幾百塊錢丟了差事，」他假裝生氣說。

「啊哈，你會要的。」

史坦轉身看到一個氣喘吁吁的男人大聲嚷嚷地走進辦公室，於是把錢收回皮夾子裡。

「該死，這裡臭得像老鼠窩一樣，」那個滿頭大汗的光頭佬罵聲不絕，圓頭大耳，看起來活脫像一尊立佛似的。安迪．博舍身材魁梧，虎背熊腰，兩個肩膀的間距甚至大過一台液晶螢幕。

「你他媽的是誰？」史萊一躍而起，忿忿問道。臉上的訕笑彷彿被熨斗燙平了。

「沒事，你坐著就行了。」

博舍一手就把那個小混混按回他的椅子上，走到鑰匙板前面，旁邊的牆上掛了一張像海報那麼大的柏林地圖。

「那玩意兒在幾號倉庫，羅伯？」

「六號。」史坦心下思忖著，剛才打電話找他以前的當事人來助陣到底對還是不對。他知道安迪．博舍搞定問題的方法相當特立獨行，兩年前那些方法差一點讓他鋃鐺入獄。博舍當時是低成本「成人電影」的製片商。粗製濫造的愛情動作片讓他發了一筆小財，直到有一天，某個女優在攝影棚裡遭到強暴。所有證據都指證博舍涉嫌重大，可是史坦在引人矚目的審判中說服了法庭相信他是無辜的。他無罪開釋以後，憑著一己之力找到真正的加害者，狠狠海扁了對方一頓，而對方也不敢告他。此時現場出現這個意外結識的鬼見愁，憑著他種種嫻熟手段，倒也令對方不敢動手動腳。

「如果你報警，我就跟你沒完沒了，」博舍從架上找到鑰匙，對著史萊沉聲說。「而且會找上你家的門，你明白吧？」

史坦的這位前當事人不等倉庫管理員怯生生點頭稱是，撂下那句話，轉身走出辦公室，態度著實讓史坦忍俊不住。

他緊挨著史坦，顛顛簸簸地踩著石子路走到倉庫區。

「又遇到了一個連高中都沒畢業的傢伙。」

博舍每邁出一兩步，他的拳擊靴就會踩到水坑，但是他老兄似乎滿不在乎。涔涔汗水沿著他的太陽穴滴下來。只要一點點體力勞動，他就會滿頭大汗，因而得到若干綽號：魯本斯牛皮沙發、相撲力士、汗腺……雖然沒有人敢當面那麼直呼他，但博舍都知道。

「我在電話裡只聽說你要找人幫忙，因為有個十歲大的孩子謀殺了一個男人。」

「正確地說，是好幾個，」史坦一路上對他解釋這個荒誕不經的故事，他說得越急促，他的前當事人面上不可置信的神情就越發溢於言表。兩人索性在一具儲放建築廢料的棕色貨櫃旁停步，一隻黑貓剛剛鑽了進去。

「你是說他殺死了他們？在十五年前，還是在上輩子？你是在唬我嗎？」

「如果有別的辦法可想，你想我會找你嗎？」史坦把頭髮往後撥，做了個手勢要博舍跟他進倉庫去。

「從昨天我發現那具屍體以後，馬丁・恩格勒就盯上我了，就是那個以前想揍你的人。」

「我破壞了他故人入罪的美妙計畫，他至今耿耿於懷。」

「我記得那個雜碎。」

恩格勒在偵訊時忘了確認博舍的病歷。博舍從青春期起就有勃起功能障礙。想當然爾，那意味著他幾乎是陽萎，必須在足夠的前戲以及熟悉的環境底下才能勃起。所以博舍根本沒辦法性侵那個女優。

博舍一直對史坦感念在心，因為史坦不僅讓他無罪開釋，而且對法庭聲請了不公開審理。一個沒辦法勃起的成人電影製片商，他會成為業界的笑柄。雖然多虧了史坦，法庭沒有對他不堪聞問的隱私大作文章，但在審判之後，他就不再拍片了，現在在柏林和近郊開了幾間舞廳，倒是經營得有聲有色。

「他現在應該很想要羅織構陷我入罪吧。」

「我一定幫你幫到底，只是我不明白你為什麼要蹚這個渾水？」博舍踢開腳邊的一只空啤酒罐。

「我就只是接了那個孩子的案子而已好嗎？」史坦顧左右而言他。

他不想對博舍多談ＤＶＤ的事，雖然那有助於說明為什麼他現在需要一個保鑣。博舍是他所認識的人之中最冷血的，他會二話不說就替自己幹任何髒活。但是他也擔心，如果他對博舍解釋為什麼要追查西蒙上輩子走過的小路，博舍很可能會認為他是腦袋燒壞了。

也許我的腦袋真的燒壞了？他心裡思忖著。腦袋燒壞了，就只為了那個兩分鐘的視訊；另一方面，關於腓力還活著的任何假設，違反了所有自然法則。但是西蒙記得自己上輩子殺了人的事，不也違反了自然法則？

「好吧，我不多問了，律師大人。」博舍雙手高舉，彷彿史坦拿槍指著他似的。

「但你別告訴我，我們現在要去搜尋另一具屍體。」

「沒錯。我去醫院找過西蒙，他跟我提到這個地方。」

秋雨乍歇，虹銷雨霽，史坦總算看得清眼前的事物，不必因為雨滴而一直眨眼。六號倉庫的鐵門就在前方五十公尺處，那是距離施普雷河只有一箭之遙的破舊建築。

「西蒙說他在十二年前砍斷了對方的腿，好塞入冰櫃裡。」

7

他們打開大門，史坦不知道自己到底期待看到什麼。或許是一堆老鼠拖著一隻胳膊穿過石面地板，或許是一群嗡嗡作響的果蠅和大頭蒼蠅，宛若烏雲一般的盤踞在半開的冰箱上方。他心想那些是發現死者的預兆，眼神也不由得跟著傷感起來。

當看到倉庫裡幾乎空無一物時，他應該要感覺如釋重負才對。沒有家具，沒有電器，也沒有書，灰撲撲的燈泡黯淡地照在兩座擺了老舊餐具的箱子上，還有一張破破爛爛的辦公椅。此外什麼都沒有。史坦覺得心裡彷彿打開了一道氣閥，所有希望都洩掉了。他慚愧地意識到自己其實很不理性地指望著在倉庫裡看到屍體。西蒙的記憶越是難以解釋，腓力和那個肩上有著胎記的十歲男孩之間的關連就越加可信。

史坦渾然不覺他的潛意識裡早就在這兩者之間畫上了不理性的等號。

「你哪裡來這麼多風水鬼話，」博舍哼的一聲說道。史坦不厭其煩向他解釋，中國古代建築以及庭院佈局哲學和靈魂轉世或輪迴無關。但身為舞廳老闆，任何看不見摸不著的東西，或是人們憑空想像的怪力亂神之說，他都不屑一顧。

不久以前，史坦的人生態度也是如此直截了當。

「現在又是怎麼回事？」博舍看著史坦整個人趴在地上，一臉詫異地問道。

但他沒有馬上回話，反而到處探觸滿是灰塵的地板溝槽。他的動作令博舍一頭霧水，好一會兒才站起身來。

「不對，」他起身拍掉駱駝毛大衣上的灰塵。「沒有雙層樓板。什麼也沒有。」

「真好笑。看你說得一副煞有介事似的，」博舍挖苦他說。史坦的額頭不知怎的又開始沁汗，雖然他現在一動也不動。

史坦走出倉庫，若有所思地回頭又看了一眼，讓他的助手關上笨重的大門。

「我不明白，」他兀自喃喃自語。「一定有什麼地方不對勁。」

「你這樣說我也覺得怪怪的，」博舍抽出鑰匙，笑咪咪地瞅著史坦。「誰會在這種淒風苦雨的天氣跑去一間倉庫找屍體？」

「不是，我不是這個意思。如果前天你也在現場，就會明白我的意思。我是說，那個孩子直到上個月都待在醫院裡，在那之前則住在一家育幼院中。他怎麼會曉得工廠地下室裡有一具屍體？還連大概的死亡時間都知道。」

「他的說法也被證實了嗎？」

「沒錯，」史坦說，卻沒有透露消息來源。直到現在，他仍然相信ＤＶＤ裡的那個聲音。

「那麼一定是有人告訴他的。」

「我也這麼想，可是又完全說不通。」

博舍聳了聳肩。「我聽說兒童會有看不見的好朋友跟他們說話。」

「也許吧，在他們四歲的時候。西蒙沒有精神分裂症，如果你是指這個的話。他沒有幻覺。那個腦袋被劈開的傢伙是真有其人。是我發現他的。而這裡，六號，」史坦指著門上斑駁不堪的號碼。「它就漆在門板上，和西蒙所形容的一模一樣。」

「那麼他一定來過這裡，看到過這個數字。」

「他是育幼院的院童。在卡爾斯霍斯特區。開車到這裡要一個鐘頭。那簡直是不可能的事。就算他來過，但毫無道理可言。如果是別人告訴西蒙的，他為什麼會認定自己是凶手？」

「這到底是什麼鬼玩意兒？猜謎節目嗎？我怎麼會知道？」博舍氣呼呼地說，可是史坦沒有在聽他說話。他又問了自己幾個問題，想要發現端倪，找出最後的答案。

「好吧，假設有人在利用西蒙，那個凶手為什麼偏偏要找個孩子來告訴我們屍體在哪裡？何必如此大費周章？他可以拿起話筒打電話報警就行了。」

「喂，你們！」驀地院子裡有個人朝他們大叫。潮濕的院中，一處斜坡上有個穿著藍色工作服的矮小老頭，正朝著兩人蹣跚走來。

「那老頭是倉儲公司的老闆，」博舍說。「也難怪，他一輩子都在扛箱子，所以得了椎間盤突出症，走路有點駝背。」

「你們兩個蠢蛋在我的倉庫裡幹什麼？」老頭朝他們揮手叫道，史坦心裡思忖著該怎麼編造另一套說詞。就在此時，老闆忽然站定，乾笑了幾聲。

「啊，是你啊，博舍，現在我明白我那個沒用的外甥為什麼尿了一褲子。」

「吉斯巴赫，都怪你當時不在那裡，而且我們有急事。」

「沒事，沒事。你幹嘛不打個電話過來就好了。」

那老頭從博舍手裡接過鑰匙，瞧了史坦一眼。

「六號倉庫，是嗎？」

羅伯很想仔細端詳老闆那張歷盡風霜的臉，卻又忍不住別過臉去，因為吉斯巴赫每講一句話就要把嘴角的口水吸回去，好像嘴裡含著一片芝心披薩似的。

「你們在那裡頭想找什麼？」

「我的兄弟要找個臨時住所，」博舍皮笑肉不笑地說。

「我只是問問，為什麼偏偏是六號倉庫。」

「為什麼說偏偏是？」史坦也充滿好奇地想知道。

「這是我唯一長期出租的屋子。」

「租給了誰？」

「年輕人。你相信嗎？我也很好奇怎麼會有人願意直接付現金，還預付了十年的租金？」

「為什麼那人願意租一座空蕩蕩的倉庫？」

「空蕩蕩？」

從那老頭嘲諷的笑聲裡，史坦馬上想到剛才在倉庫裡忽略了什麼。拖曳的痕跡。在灰塵裡。

「裡頭的東西都堆到天花板了。我們上個星期才因合約到期把它給清空。」

「什麼？」博舍和史坦異口同聲問道。

「你們把家具都扔哪裡去了？」

「就那裡啊，它們該去的地方。大型廢棄物回收場。」

史坦順著那位身形佝僂的倉儲公司老闆的眼光看過去，覺得心臟彷彿遭到兩次去顫電擊一般，霎時間它又回來了。希望。

「早兩年前就該把那些廢物清理掉的。我們沒發現合約已經過期了，反正以後不會再出租數字號碼的倉庫。這些房子應該要拆掉了。」

就像慢動作鏡頭一樣，羅伯轉身緩緩走向剛才經過的那座棕色貨櫃。他湊近透著一處邊角朝裡窺看，黑貓還在那裡。牠蜷伏在一堆舊報紙上，後面有一只泛黃的紙箱，貨櫃的缺口處流出淺黃色液體。史坦爬進貨櫃時，那隻貓似乎不以為意。只是到處舔著舊冰箱上的塑膠膜，十二年前市場上就沒有再販售這種型號的冰箱了。

8

「你要我怎麼做？」

嘉麗娜一腳踏進自動門，手機貼著耳朵，搭著醫院的電梯上樓。她不得不把車子停在醫院前方，因為空的停車位都被未經許可入內的車子停滿了。反正話說回來，她也不能把車停在醫院員工的停車區內。根據官方說法，她現在是在休假。而非官方說法則是讓她另謀高就了。

「醫院不是高度警戒區，」史坦對她說。他的聲音斷斷續續的，時或被路上的噪音淹沒。「我們還有機會把西蒙接出來。」

這通電話讓她很不舒服。整整兩天，她都在擔心史坦的安危，卻是音訊全無。現在他打來劈頭就在講這些事情！他不但沒有心平氣和對她解釋那些莫名其妙的事，反而替她找來更多麻煩。

「你要西蒙做什麼？」

「就是妳要我幫忙的事啊。我照著他的說法去循線追查了。」

這下子好極了。

又算在她頭上了。她好不容易讓他們兩人見了面。原本是想要他照顧那孩子的。

但不是以這種方式！

她不是要他擔任孩子的訴訟代理人。她安排兩人見面，只是基於一廂情願的天真想法。當然一開始是為了西蒙的事。多虧了她那個前世催眠的笨主意，西蒙對於死亡的恐懼現在被更焦灼的擔憂給覆蓋了。他認為自己是個凶手，她必須把這頭歧路亡羊給抓回來。

可是她原本不必讓羅伯到地下室去的。這種事或許找畢卡索去做更適合。不，她只是想讓羅伯和西蒙見個面而已。她一心希望能讓他們互相認識，一方面羅伯可以消解那孩子的擔憂，而他深鎖的心房或許也得以打開一道縫隙。那正是西蒙難以言喻的能力：雖然病痛纏身，只要有他在，醫院裡再悲傷的人都會被感染得笑逐顏開，籠罩著他們的憂鬱濃霧也會一掃而空。

是啊，我真笨，她心想。一步錯，步步錯。

嘉麗娜看了手表一眼，心想自從她的瘋狂計畫開始，真的才過了二十四小時嗎。現在是早上十一點，她不記得自己以前是否曾經在這個時候進入醫院。

「你到底還想知道關於他的什麼事？」她把手機湊在耳邊悄聲說。她的另一隻手拎著一只空手提袋，剛好有個女同事經過，她微微伸手與對方打招呼。嘉麗娜原是要回來拿走置放在更衣櫃裡的個人物品，順便與同事們道別。史坦要求她做的事，顯然不在她的日程表裡。

「我今天早上去探望他，他給了我一條新的線索。說來妳一定不會相信：我們真的找到了另一個。」

「另一個什麼？」嘉麗娜搭著手扶梯往上到了醫院大廳。背後一陣強風把她的頭髮往前吹，她打了一個哆嗦，彷彿有人用吸管朝她的後頸猛吹濕黏的空氣。

「一具屍體。藏在冰櫃裡。他是被人用塑膠袋悶死的，就像西蒙形容的那樣。」

嘉麗娜剛才和警衛打招呼時擠出的笑容登時垮了下來，拔腿朝電梯狂奔過去。

她覺得有點暈眩，心裡隱約覺得，什麼事一扯上羅伯・史坦就會替她惹來大麻煩。三年來，不管是別人或是她自己心底的聲音，都一再警告她不要被那個瘋子傳染了，可是她置若罔聞。他的憂傷宛如放射線，雖然看不見摸不著，卻對暴露在其中的人危害最烈；就連她自己也害怕因為太靠近他而感染了過多的負能量。儘管如此，她卻一再如飛蛾撲火般的接近他，而且沒有穿上任何防護衣。這次似乎靠得太近了。他們的共同經歷不再僅是危及彼此的心靈而已。

「我們除了屍體以外還發現了一些東西。」

我們？她的心裡有點納悶，不過還是先問比較重要的事吧。「什麼東西？」

她用手指頭摁了電梯按鈕，在上頭留下一點水漬。

「一張字條。在屍體身上。確切的說，是塞在它腐爛的手指之間。」

「上頭寫些什麼？」她其實一點也不想知道。

「妳早就讀過了。」

「你說什麼？」

「在西蒙的病房裡。」

「簡直是笑話。」

電梯門慢吞吞地打開，嘉麗娜神色倉皇地用指甲輕敲鋁門，很想一頭鑽進這座幽閉的蟲蛹中。

「那是一張兒童素描，」史坦說。「上頭畫了一片草地，還有一座小教堂。」

不會吧。

嘉麗娜摁了神經科樓層的按鈕，閉上眼睛。

貼在西蒙病房窗上的那張畫，是他三天前才畫的。在前世催眠之後。

「現在妳明白為什麼我必須見他了嗎？」

「是的，」嘉麗娜低聲說，雖然她一點也不明白。她覺得自己彷彿回到了三年前，兩人關係破裂的那個時候。史坦踩了煞車，因為對他來說，一切進展得太快了。

「請妳把西蒙帶到動物園來，」史坦說。「我們一個半鐘頭後在大象區的大門口見。我們和孩子在那裡比較不會引人注意。」

「幹麼那麼複雜？你為什麼不直接來醫院找他？」

「已經發現兩具屍體了，我又每次都是第一個到犯罪現場的。妳可以想像我在恩格勒的嫌疑犯名單裡排名第幾位吧？」

「了解，」嘉麗娜輕聲說。電梯門開啟，嘉麗娜好不容易才忍住跑回一樓的衝動。現在的她只想找個地方躲起來。

「所以我得要在警方趕到之前快點逃走。他們遲早會獲報發現屍體的人又是我。我只有一點時間優勢，但是我會善加利用它。」

「為什麼？」

史坦長嘆一聲才回答她，嘉麗娜從他的口氣裡聽到一絲不信任的意味，這時她正好推開二一七號病房的門。

「我還要去找一個人。妳的一位朋友。」

若是在以前，她會立刻追問他是什麼人。可是現在她卻默不作聲。她知道這個時間西蒙都會收看他最愛的偵探影集重播。然而現在她只看到電視機。

他的病床上空無一人。

9

「所以你打算偵訊他嗎？」慕勒教授潦潦草草的在一封寫給梅茵茲的主任醫師信上簽了名，闔上檔案夾。接著他拿了一把銀質的拆信刀，挑掉大拇指指甲裡的一顆淡藍色毛球。

「在這種情況下，我不會用偵訊這個字眼。」坐在正對面的警察乾咳幾聲說。「我們只是想問他幾個問題。」

一派胡言。他心裡嘀咕著，仔細打量這個自稱名叫布蘭德曼的警探。這才不是例行的詢問呢。

「我真的不知道是否該同意你這麼做。這是合法的嗎？」

「是啊，當然合法。」

真的嗎？慕勒難以想像這種事可以不必事先聲請許可。不管是他們的局長或甚至是檢察官。

「那麼你的夥伴在哪裡？」慕勒看了一眼桌上的行事曆。「我的祕書不是說還有個『登革熱』先生嗎？」

「是恩格勒，」布蘭德曼糾正他說。「很抱歉我的同事沒到。他得趕去另一個和本案有直接關聯的犯罪現場。」

「了解，」主任醫師嘴角往下拉，他每次看診時都會這樣。一時間這個坐在訪客椅上的過胖男子似乎不像是警察，而是除了節食以外還必須趕緊接受甲狀腺檢查的病患，他的甲狀腺就像脖子上的喉結那麼突出。

醫師搖搖頭，把拆信刀擱在他的處方箋上。

「不行。我的答案是不行。我不會讓我的病人遭受不必要的壓力。我想你知道他的病吧？」慕勒瘦長的手指交叉著。「西蒙・薩克斯羅患的是 S-PNET，『天幕上原始神經外胚層腫瘤』。它漸漸從右腦擴散到左腦。意思是說已經蔓延到胼胝體了。我親自為他做過活體組織切片檢查，那顆腫瘤長在沒辦法開刀的位置。」主任醫師勉強擠出一個和善的微笑。「用外行人聽得懂的話來說：西蒙病得很重。」

「正因為如此，我們想要儘快對他進行這項測試，他可以免去許多惱人的麻煩，我們也可以省下大量時間。我聽說這個男孩曾經差一點死於肺炎？」

啊哈，原來如此。

那孩子是他們最重要的證人。他們要在他還能答話的時候訊問他。

在化療和放療引發致命的肺炎之後，慕勒不顧同事的建議，決定進行侵入式治療。雖然不見得能夠延長病人的生命，但是一定可以緩解他的痛苦。

「沒錯，」教授回答說。「當時西蒙服用可體松治療腦腫脹，另外還有治療癲癇的癲通。我又替他安排一次複診，以確定是否要繼續進行放療，可惜機會微乎其微。」

這位神經科醫師從他的辦公椅站起來，走到窗邊的一張大講桌。

「你們其他方面的調查進行得如何了？你們到底知不知道，你們昨天在西蒙的協助下發現的那個被害人到底出了什麼事？」

「我這麼說好了……」布蘭德曼像烏龜一樣慢慢把他滿是皺褶的脖子轉向教授。「如果說西蒙真的是靈魂轉世，那麼他上輩子倒是幫了我們一個大忙。」

「死者是個罪犯？」

「是的，最窮凶極惡的那種。哈洛．祖克十五年前無聲無息的從電視螢幕前消失。國際刑警組織懷疑他涉及在南非的一樁凌虐致死案。可是顯然他沒有逃過制裁。」

「祖克？」慕勒心不在焉地翻閱擺在講台上的演講手稿。

他點頭稱是。這時大門倏地打開，他根本來不及說聲「請進」。他第一眼認出來的是眾人稱呼為畢卡索的那名看護，雖然慕勒從那傢伙笨手笨腳的外型看不出他有任何藝術氣質。畢卡索的右手搭在小男孩肩上，輕輕把他推進辦公室。

「嗨，西蒙，」布蘭德曼費力地站起身來，像熟識多年的老友一般與小男孩打招呼。他穿著打有補丁口袋的淺藍色牛仔褲、燈芯絨外套，以及全新的白色網球鞋。MP3 播放器的耳機在頸間晃個不停。

「今天還好嗎？」主任醫師從講台後面往前走了幾步。

男孩看起來氣色還不錯，但有可能是因為戴了假髮的緣故，讓人看不出他的蒼白臉色。

「還好，只是有點累而已。」

「很好，」慕勒趁著西蒙說話的時候挺直上身，顯然不想被警探的魁梧身材比了下去。

「這位先生是重案組的探員，他想要就昨天的突發事件詢問你一些問題。確切地說，他想要讓你做一個測驗，可是我不確定該不該同意。」

「什麼測驗？」

布蘭德曼清一清喉嚨，好不容易才擠出一個微笑逗他。

「西蒙，你知道什麼是測謊機嗎？」

10

在哈克市集附近，只有一家破爛的公司有停車場可以停車，他們到達羅森塔勒街，博舍的越野車沒有地方停，乾脆並排停車。從莫阿比特區到市中心一路上，史坦分別打了六通不同的電話，才查到一個叫作約翰．提芬瑟醫師的若干資料。他訝然發現那個傢伙不只是個心理學家，還是個精神分析師，也就是專業醫師；據說他也在洪堡大學擔任講師，教授催眠治療。

「等一下，羅伯。」史坦感覺到博舍的手像老虎鉗一樣扣住自己的手肘，令他無法掙脫。

「你或許可以愚弄那個叫嘉麗娜的女孩，但我可不會上你的當。」

「我不懂你的意思。」

史坦怎麼樣也甩不開他的手。

「你幹麼扮演掘墓人的角色？除非付費，否則別想要我所認識的刑事辯護律師走出他的別墅。他不可能去替一個精神錯亂的孩子辦事。你等一等，先讓我把話說完。」

史坦感覺他的手逐漸麻痺，博舍簡直快要捏碎他的手指頭了，渾然不理會路上來往車輛的喇叭聲。

「我可不是白癡。像你這樣的律師不會無緣無故躲避警察。你告訴我，我們幹麼不在倉庫那裡多等一會兒。」

「我只是不想招惹恩格勒。」

「胡說八道。你比吉斯巴赫那個老頭還會胡扯。你到底在玩什麼把戲？」

羅伯透著副駕駛座的隔熱玻璃車窗，望著熙來攘往的大街。現在才十月底，街角咖啡店的櫥窗卻擺了一個聖誕老人。

「你說的對，」他最終輕嘆道。他擺脫了博舍緊扣不放的手，用濕冷的手指拉開夾克的拉鍊。

史坦把ＤＶＤ遞到博舍的鼻頭前，博舍睜大了眼睛。

「昨天有人把這玩意兒投遞到我的信箱裡。」

「裡頭是什麼？」

羅伯沒有回答他的話，只是把ＤＶＤ放進車內播放器，導航系統的螢幕隨即亮了起來。

「你自己看。」

他閉上眼睛，以為車箱裡的喇叭會湧出如毒氣一般的可怕聲響，卻只聽到雜訊的聲音。

「你是在耍我嗎，羅伯？」

史坦睜開困惑的眼睛，端詳那閃著紅點的螢幕。

「我不明白，」他撳了按鍵，急忙從播放器裡抽出ＤＶＤ，檢查正反兩面是否有刮痕。

「它一定是壞了！昨天所有影像都在裡頭啊。」

或者那道磨損的痕跡不是他的錯覺？

「什麼東西都在裡頭？」博舍問道。

「所有東西。聲音、嬰兒室……」史坦神色驚惶不定，彷彿感覺恐慌症就要發作似的。

「……和腓力的死有關的影片。裡面的男孩長得很像我的兒子。」

他看見博舍一頭霧水的表情，於是細說從頭，他想辦法讓博舍明白昨晚的那個影片有多麼駭人。

「所以我不能找警察。他會殺了那對雙胞胎。我必須獨自調查西蒙是從哪裡得知那幾樁凶殺案的。我還有四天的時間。」史坦語畢，他的樣子突然看起來很可笑。如果幾天前有人對他瞎扯這麼荒誕的故事，他一定會嗤之以鼻，馬上把那個傢伙轟走。

博舍不予置評，從史坦手裡拿走那張DVD，打開車廂頂燈。由於連日陰雨，外頭灰濛濛的，宛如置身在土耳其浴的澡堂裡。

「你覺得呢？」博舍沉默了好幾分鐘，一直不說話，這時候史坦小心翼翼地問道。

「我相信，」他說，跟著把銀色的光碟片還給史坦。

「真的假的？」

「我是說，我相信你說昨天DVD裡頭還有東西。這玩意兒叫作EZ-D。」

「那是什麼鬼東西？」

「一種即拋式光碟片。我在當電影製作人時，這種東西還只是個原型，沒有量產。光碟上頭有一層特殊的聚碳酸脂塗料，它會氧化。播放後只要從光碟機拿出來，遇到光線和氧氣就會報廢。它原本是為了出租DVD開發出來的，顧客借回家去後不必歸還。」

「好吧，可是它還是個證據。我沒事為什麼要找一張即拋式光碟片來？因為裡頭有我不應該轉傳的資訊嘛。」

「史坦，你別著急，可是……」博舍抓了抓他那光禿禿的後腦勺。「……我們先是發現這具屍體，現在你又被一個陌生人勒索，他居然說你兒子還活著？也許那個聲音只存在於你的腦袋裡吧？」

史坦盯著博舍紅潤的臉龐，知道他的疑惑完全合情入理。

或許腓力的死在十年後的此刻再度使他心神喪失？一定是這麼一回事。所有客觀事實都明確證明腓力早已經離開人世了。但是DVD裡的那個冷酷聲音以及西蒙的回憶卻批郤導窾地釋放了他內心深處的某個東西，而他從來沒有意識到它的存在。一條顯然對於超自然現象特別敏感的神經。史坦驀然驚覺，只要有什麼神蹟可以讓他們父子重逢，就算沒有任何合理的解釋，他也不在意。博舍是對的。

他真的喪失理智了。他的眼裡噙著淚水，把手搭在博舍的肩上。

「我只抱過他三次，你知道嗎？」

史坦不知道自己為什麼要說這個。

「其中一次是在他要走的時候。」

他開始絮絮叨叨地說個沒完。

「有時候我會在夜裡醒來。今天也是。他又來到我床前。他的氣味。蘇菲的手指終於放開腓力的身體的時候，它早就冷掉了。可是他聞起來仍舊像是那天早上我第一次抱著他、替他搽嬰兒乳液的那個氣味。」

「而你現在是認真想要查明他是否……」

史坦聽得出來博舍說不出口的那幾個字。

「……是否復活了？」

「不算是。」羅伯的聲音有些哽咽。「我不知道，安迪。但是我必須承認，諸如此類的事，我沒辦法給自己一個合理的解釋。」

他接著提到那個吹熄蛋糕蠟燭的男孩身上的胎記。

「他身上胎記的位置和腓力一模一樣。就在肩頭上。那是很罕見的位置。一般會是在臉上或脖子上。當然，他的胎記要大得多，然而最令人毛骨悚然的是它的形狀。看起來就像一只靴子似的。」

「而腓力……」博舍有點遲疑。「就是你們親自下葬的那個嬰兒。他也有這個胎記？」

「是的，我親眼所見的。在他生前和死後。」

史坦閉上眼睛，希望自己剛才一頭撞上的那堵記憶牆可以漸漸隱褪。但是那病房以及他的兒子躺在上頭的解剖檯畫面卻怎樣也無法淡出。

「我很抱歉，」史坦不經意地摸一摸額頭，猶豫了片刻才下車。

「我知道為什麼你不相信我，而且再也不想蹚這渾水。」

他砰的一聲關上副駕駛座的車門，不顧博舍的反應，逕自走到大樓入口。

他瞥了一眼鏤花鐵門上中規中矩的門牌，就知道自己找到要找的人了。六樓左側。史坦剛剛想要撳門鈴，就注意到門上塞了一塊楔子，不讓門關上。他不確定這棟大樓的電梯是否像柏林的許多公寓一樣必須使用磁扣，於是選擇走樓梯上去，爬了好一會兒才走到頂樓。他呼吸困難，撐著斑駁磨損的樓梯扶手，驚嚇地停下腳步。令他擔憂的不是自己的身體狀況，而是診所的大門。它完全敞開著。

11

「西蒙，你還好嗎？」慕勒醫師問道，同時摁著對講機的按鈕。他隔著厚重的玻璃端詳隔壁的檢驗室，裡頭有一具白色的核磁共振成像儀。西蒙躺在檢查艙裡，只穿著汗衫和短褲，幾分鐘前他被推進去，就像是要送進烤箱一樣。這是他兩年內的第五次檢查，每次都要經歷半個鐘頭的程序。至今為止，對他進行磁振掃描攝影都只是要檢查腦袋裡到處擴散的癌細胞。今天卻破例不是要檢查他的腫瘤。

「我很好，一切都沒有問題。」

透過對講機，清晰傳來西蒙的聲音。

「那玩意兒真的管用嗎？」慕勒鬆開對講機的按鈕，不讓隔壁的男孩聽到他們的談話。他之所以同意這項測試，完全出於好奇，這個神經放射學的實驗，他至今只有在相關文章裡讀到過，因此很想親眼見證看看。電腦室裡除了他和探長以外，還有一個打扮中性的金髮女子。探長介紹說她是刑事警察局裡的偵訊專家，醫學院畢業的。她正在他腳跟前的講桌底下爬來爬去。

「是的，這個方法比傳統的測謊器精準多了。再說了，你應該不會允許西蒙在這種健康狀況下離開醫院吧。所以我們只好就地取材，使用湖屋醫院裡的測謊機。」布蘭德曼啞然失笑。「你一直不知道在你們醫院裡就有這種設備是吧？」

「慕勒醫生？」隔壁的西蒙透著對講機說。

「怎麼？」

「我覺得很癢。」

「你可以動一動，沒關係的。」

「他說什麼？」布蘭德曼問道。

「他的隔音耳塞。海綿過了一陣子會變熱，耳朵會發癢。」

「沒問題，你準備好了我們就開始。」金髮女子嘴裡嚼著軟糖，從講桌底下鑽了出來，總算讓她的電腦和醫院電腦連上線。她扯了一張辦公椅過來，坐在滑輪電腦桌前面，摁下對講機的按鈕。

「嗨，西蒙，我叫蘿拉。」她的聲音出乎意料的甜美柔膩。

「妳好。」

「我現在要問你幾個問題。大部分的問題只要回答是或不是就行了，好嗎？」

「這是第一個問題嗎？」

大人們聽了都很想笑出來。

「很好，我們很合得來。現在要開始嘍。還有一點：不管發生什麼事，你都不可以睜開眼睛。」

「好的。」

「各位，」蘿拉做了個手勢請他們湊過來。

慕勒很熟練地啟動磁振造影的電子系統。每次檢驗開始，照例都會有一陣單調的撞擊聲，宛如要把人釘在木樁上似的。雖然隔音門關上了，他們在前廳不只聽得到捶打的噪音，甚至能感覺到它的震動。幾分鐘後，接著是腹腔共鳴的女低音的聲音。

「請回答我第一個問題，告訴我你的姓名，」蘿拉說。

「西蒙・薩克斯。」

「你多大年紀？」

「十歲。」

「你的母親叫什麼名字？」

「珊卓。」

「你的父親呢？」

「我不知道。」

蘿拉抬頭看了慕勒一眼，他聳聳肩說：「他是個孤兒。他母親遺棄了他。他從來沒見過他的父親。」

女刑警又問了十來個是非題，才進行到下一個階段的測驗。

「好了，西蒙，我們要認真一點了。現在我要你對我說謊。」

「為什麼？」

「你以前看過掃描你大腦的電腦畫面嗎？」她反問道。

「有啊，它看起來像是個剖開的核桃。」

女刑警噗嗤一笑。「沒錯。現在我們要再來一次核桃攝影。待會兒你可以從影片裡看到它。如果現在你對我說謊的話，等一下就會看出它上頭有哪裡不對勁。」

「好吧。」

蘿拉看了布蘭德曼和教授一眼，接著進行她的訊問。

「你有駕照嗎？」

「有。」

慕勒興致勃勃地端詳著高解析度的3D攝影。男孩剛才回答所有問題時，影像沒有任何異狀。但是現在新皮質區前半部卻突然出現一個紅斑疹。

「那麼你開什麼車子？」

「一輛法拉利。」

「你住在哪裡？」

「非洲。」

「你看到了嗎？」蘿拉對著慕勒說。「丘腦和杏仁體的大腦部分過度活躍。你再看看主司西蒙情緒、衝突和思想控制的其他部位數值。」她用一枝被咬得體無完膚的鉛筆輕敲螢幕上閃個不停的紅點。「這是相當典型的反應。當人說實話時，這區塊的溫度會一直很低。可是在說謊的時候，受測者會激發自身的想像力，也會更專注。我們的軟體會把這些突出的腦波標示為紅色，就能看得到謊言了。」

「太神奇了，」慕勒脫口而出說道。難怪這套新系統遠勝於傳統的測謊器。一般的測謊機只會測量脈搏、血壓、呼吸和排汗的變化。接受過心理學訓練的受測者有可能在說謊時壓抑這些反射動作。可是沒有人能夠控制他大腦裡的生化程序。沒有經年累月的訓練是絕對不可能的。

蘿拉吞下嘴裡的軟糖，再度打開對講機。

「很好，你表現得太棒了，西蒙。我們最後再問幾個問題就可以結束了。從現在起，你必須實話實說，好嗎？」

「沒問題。」

「你收到什麼生日禮物？」

「一雙運動鞋。」

「還有呢？」

「前世催眠。」

「在提芬瑟醫師那裡嗎？」

「是的。」

「是嘉麗娜安排的？」

「是的。」

「你被催眠了嗎？」

「我不知道。我想我先是睡著了。」

「你怎麼知道？」

「嘉麗娜和醫生告訴我的。妳可以自己去查一下。」

「怎麼查？」就像探長布蘭德曼，蘿拉頓時一臉錯愕的樣子。他們沒有料到會有這個答案。

「提芬瑟醫師把整個療程都錄影下來。你們可以自己去看。」

「很好，謝謝你提供的線索。你醒來以後發生了什麼事？」

「我腦袋裡浮現這個記憶。」

「哪個記憶？」

「屍體。在地下室裡。」

「你以前曾經想起它嗎？」

「沒有。」

「有人對你提過『哈洛·祖克』這個名字？」

「沒有。」

「是誰告訴你，要你到工廠去的？」

「沒有人。我問嘉麗娜可不可以替我找個律師。」

慕勒瞧了布蘭德曼一眼，他正目不轉睛地盯著螢幕。那上頭一直沒有出現任何斑點。

「你為什麼想要找律師？」

「我想要自首。我做了壞事。我必須找個人說。在電影裡，他們都會要求律師到場。」

「很好，我們快要問完了。現在來到最重要的問題，西蒙：你是否殺了人。」

「是的。」

「那是什麼時候的事？」

「一個是十五年前，另一個是三年之後。」

這個時候慕勒也湊到螢幕前面，彷彿突然變近視似的。

「西蒙，現在我要你仔細想一下，最近幾個禮拜，幾個月，你跟誰說過話。不管是在醫院裡或外頭。想一想羅伯．史坦、嘉麗娜．弗來塔、提芬瑟醫師，還有你的醫生，不管是誰。有沒有人指示你，要你對我們說這些？」

「沒有。我知道，你們都以為我在瞎說。」西蒙的聲音聽起來很疲憊，彷彿憤怒多過於難過。「你們以為我是在自吹自擂。或者是把別人告訴我的故事套在自己身上。」

蘿拉和布蘭德曼不由得互看了一眼。

「但不是這樣，」西蒙的聲音越來越大。「是我，我殺了人。第一次是十五年前。我先是用斧頭殺死一個人，又悶死另一個人。後來還有幾個，但是我記不得有多少人。」

蘿拉轉向布蘭德曼和慕勒，一臉茫然地搖搖頭。

螢幕上的影像實在是令人難以置信。

12

在柏林，診所大門沒關不是什麼罕見的事。掛號處和候診室空無一人才是怪事。史坦好不容易才壓抑住自我防衛的本能，走進診療室，大聲呼喚醫師的名字。

「嗨，提芬瑟醫師在嗎？」

光是診所門口半透明的玻璃帷幕，就已經有違醫院常態。內部舒適怡人的裝潢也和史坦至今造訪過的診所大相逕庭。病人在訪客區可以舒舒服服地坐在英式莊園風的高背椅上。

史坦掏出手機撥了他剛才查詢的號碼。不到一兩秒鐘，裡頭的房間就響起了電話鈴聲。鈴響十聲以後，電話自動切換成答錄機的語音留言。史坦聽到精神科醫師在電話裡低沉的聲音，而指顧之間，約二十步之遙，又聽到同樣的聲音。走廊那端有個轉角，歪歪斜斜地朝左拐。史坦走到轉角，提芬瑟的留言聲音越來越清楚。醫師提示他的看診時間。今天是禮拜六，必須預約才能看診。

或許他正在看診，才會任由電話鈴響個不停？

史坦敲了敲屋裡第一扇關上的門，猜想那復歸沉寂的電話答錄機就在門後。沒有人應門，於是他逕自走入，立即看出它就是西蒙今天早上所形容的那個房間。地板上有一張淺藍色運動床墊，室內擺設講究而一塵不染。儘管在蕭索陰暗的秋日裡，只能憑著窗外流瀉進來的微光勉強辨識四下環境，卻難掩室內友善而愜意的魅力。

「有人在嗎？」史坦又問了一次。驀地隔壁傳來一陣沉悶的啪嗒聲，他不由得轉頭回顧。

那是什麼東西？

那撞擊聲響個不停。有點像木頭的聲音，更像是骨頭掉到地上。史坦衝回走廊，站在另一扇門前。他按下彎曲的黃銅門把，門卻打不開。這個房間上了鎖。

「提芬瑟醫師？」他跪下去透著鑰匙孔往裡頭瞧。因為精神科醫師的書桌燈既礙事又刺眼，他的眼睛過了好一會兒才習慣明暗變化。史坦眨一眨眼試圖看個究竟。只見一張翻倒的椅子，扶手抵著木質地板。起初他還搞不清楚那個像窗簾一樣不停搖擺的影子是打哪裡來的。可是這時候卻聽到一陣咕嚕嚕的喉音聲響，他再也無暇多想。猛壓門把，用盡全力搖晃它。沒有用。於是他開始撞門。再試一次。髹漆的松木門板不住顫抖，鉸鏈也伊伊牙牙地呻吟，直到撞了四次，阻力才消失。

史坦聽到清脆的碎裂聲，他的衣肩撞出了一道細長的裂縫，踉踉蹌蹌地跌進那間裝潢得相當有品味的諮商室。

13

別又來了！

史坦用手摀住嘴巴，呆若木雞地望著提芬瑟的腳。他的淡褐色法蘭絨長褲剛熨燙過，兩腳懸在一公尺處的半空中痙攣顫抖。他的視線往上游移，其實很想別過頭去。他不忍注視著那從眼窩裡迸出來的眼珠子，它們絕望地盯著他。可是最後使他陷入無止盡夢魘的，卻是精神科醫師的雙手。提芬瑟的手指一再從那緊緊勒住他脖頸的鐵鏈上滑下來。老舊的灰泥天花板上的掛鉤原本是用來懸掛沉重的吊燈的，因此完全可以承受身材壯碩的醫師的體重。

史坦愣了幾秒鐘才把椅子扶正。不知怎的，醫師顯然吊得太高了。他的腳完全搆不到剛才躍下的椅面。

或者是被推倒的？

他想抓住醫師的雙腳，可是它們不停亂踢亂踹。他沒辦法用肩膀撐住那雙腳往上頂。

該死，該死，該死……

「你撐著點，」他對著提芬瑟大喊，奮力搬動笨重的俾德麥雅辦公桌，想要推到垂死者的腳下。然而咕嚕咕嚕的喉音越來越弱。又過了幾秒鐘，精神科醫師原本劇烈的晃動越來越緩慢。史坦放棄了辦公桌，索性跳上椅子，抱住提芬瑟的雙膝，試圖把他往上抬。

「太遲了。」

此時意外響起了一陣沙啞的電話聲音，嚇得史坦差一點鬆開手。

「你是誰？」他咳個不停，沒辦法從椅子上轉身往後看。

「你不認得我了嗎？」

我當然認得你的聲音。就算想要忘也忘不了。

「你在哪裡？」

「就在你旁邊。」

史坦俯看剛才幾乎搬移不動的辦公桌。電腦螢幕上閃著紅燈的網路攝影機正對著他。那個凶手正透過網路與他搭訕。

「你這是什麼意思？」史坦上氣不接下氣地問道。提芬瑟越來越沉重，他心想不知道自己還能撐多久。

「我想你可以放下他了，」那個聲音建議說。

史坦往上一瞧，提芬瑟歪斜著頭，張大了嘴卻喊不出聲來。生命一點一滴從他的眼底流逝。儘管如此，羅伯仍不鬆手，死命撐住他。如果現在放手，無異於背棄了他。

「這到底是怎麼回事？」他絕望的吶喊聲在諮商室裡迴盪。

「問題應該是，你到這裡來想找什麼？我們不是約定好了嗎？你去照顧那個男孩，治療師交給我們。」

「你為什麼要殺死他？」

「我可沒有喔。他有個公平的機會。如果他肯告訴我凶手的名字，那麼他現在還有一口氣在。」

「你這個渾球！」

「你別朝我們發火。我們可是有對他好言相勸。」

史坦感覺兩隻手熱得發燙，彷彿抱著一只熾熱的烤盤。他再也撐不住了，於是放開提芬瑟。天花板上的掛鉤因為再度負重而嘎吱作響。

「提芬瑟原本可以不必當烈士的。可是他太頑固了。所以我的助手讓他站在椅子扶手上，我在屋外好整以暇地看他踮著腳尖可以支撐多久。他站了十二分鐘又四十四秒。以他這個歲數來說算是不錯了。」

「你是個變態。喪心病狂的傢伙。」史坦步履蹣跚地走到電腦前。

「怎麼？你應該也很開心才對啊。相信我，如果提芬瑟知道西蒙從誰那裡得知犯罪現場，他一定會在失足之前告訴我。」

史坦的手機在褲袋裡震動，可是他置之不理。

「這意思就是說，現在你的嫌疑犯少了一個。不管怎樣，你從現在起要好好把握時間。」

「你到底是誰？」

羅伯握住滑鼠，電腦上的螢幕保護畫面消失了。可是除了一般的使用者桌面之外，上頭什麼也沒有。就在他想要檢查網頁瀏覽器時，網路攝影機的發光二極體熄滅了。那個「聲音」下線了，有個外掛程式同時刪除了所有的瀏覽紀錄，電腦也自動關閉。「聲音」抹去了它的數位足跡。

該死的混帳。

史坦大汗淋漓地跌坐在辦公椅上，呆望著精神科醫師僵硬的身體，像個恐怖的鐘擺般懸掛在天花板上。

幾秒鐘後他才注意到辦公室電話仍顯示在通話中。

「你還在線上嗎？」他問道。

「當然，」那個聲音回答說。「可是你現在必須掛電話了。」

「為什麼。」

「你沒聽到嗎？」

史坦站起來走到門邊。

的確。樓梯間傳來電纜捲動的聲音。電梯。

「你有訪客到了。瞧瞧桌上的行事曆。」

史坦讀到一行畫了底線的記錄，不由得瞳孔放大：警方訪查——馬丁．恩格勒探長。

他看了一眼手錶。那個聲音哈哈一笑。

「我猜你還有三十秒的時間。」

該死。博舍為什麼沒有警告我？史坦掏出口袋裡的手機，上頭顯示四通未接來電，他不由得一陣反胃。他一定是不小心把電話切換成靜音模式了。這時，手機再度閃爍。突然間鈴聲響起。聲音特別大。尖銳的鈴聲不只充斥著諮商室，甚至傳遍整個診所，包括樓梯間和掛號處。史坦驚嚇了幾秒鐘，才發覺那不是他手機的聲音，而是大門的鈴聲。恩格勒已經站在大樓門口了。

14

「嗨，提芬瑟醫師在嗎？」

探長的聲音從診所門口穿過長廊直達診療室。恩格勒前天的感冒顯然越來越嚴重，轉移到支氣管了。他費力提高沙啞的嗓音，大聲呼叫精神科醫師。

「現在該怎麼辦？」史坦對著電話低聲說。他關掉了免持聽筒功能，才不致於讓警察注意到自己。探長還在掛號處，可是他很快就會穿過走廊，拐個彎就看到被撞破的門。然後……

「裡面有人在嗎？」恩格勒再度大喊，接著忍不住咳了起來。一陣很久沒有上油的鉸鏈聲輕輕的伊伊牙牙叫。史坦把手機緊貼著耳朵。那沙啞的聲音幾不可辨，彷彿恐慌響徹整個耳道似的。

「我該幫你嗎？」敲詐者輕聲笑道。「為什麼偏偏是我？」

「如果你不想要我報警的話，最好現在把我弄出去，」史坦忿忿的沉聲說。「也許大樓有後門？」

「沒有。而且你別想跳窗，那會摔死人的。」

「那麼我該怎麼辦？」

恩格勒一定是穿著鉚釘皮靴，腳下地板喀噠喀噠響個不停。他顯然離開掛號處到走廊上。史坦隱約聽到敲門聲。

「你躲到門後醫藥櫃旁邊。」

好吧。

羅伯躡手躡腳穿過諮商室，差一點被掉落地上的檔案夾絆倒。說時遲那時快，他的身體重量偏到一邊，剛好撞到提芬瑟的屍體，使得它再度像鐘擺一樣左搖右晃，天花板上的掛鉤也隨著嘎吱嘎吱直響。

「現在呢？」他走到門邊，站在門框和鑲著玻璃的白色醫藥櫃之間。

「打開櫃子。」

史坦依照他的吩咐做。

三個房間的門把依序被按下。恩格勒逐一查看每間診療室，又失望地關上門。

「看到從下面算起第二層抽屜裡有繃帶剪嗎？」

「是的。」

史坦抓起一把閃閃發光的剪刀，握在手裡覺得很冰冷。

「很好。你拿著剪刀等恩格勒進來。」那個聲音仍舊低語著。「你算準他看到屍體的瞬間，趁著他大吃一驚時……」

「然後呢？」

「然後用剪刀刺入他的心臟。」

「你瘋了嗎？」

史坦手裡的金屬突然像火一樣燒燙了起來。這到底是夢還是現實？他真的拿了把武器站在屋子裡，一具懸掛在天花板下的屍體搖擺不定，而他正在和心理變態講話嗎？

「你有什麼更好的點子嗎？」

「沒有，但是我不會去殺人！」

「有時那是最好的辦法。」

走廊再度傳來喀噠喀噠響。恩格勒走進另一間診療室。

那沙啞的聲音不住冷笑。

「我明白了，看來我得助你一臂之力才行。」

史坦感覺到大汗淋漓的臉上有一陣風吹拂過，彷彿不知哪裡打開了一扇窗子。不會是恩格勒，因為他還在走廊上。再走兩三步。他會拐彎看到地板上的木頭碎屑。接著自己應該會看到警察的鞋尖踏進房門。

「嗨？」倏地他聽到有人在呼喚。血液一股腦地湧到心臟，而腦袋裡的血液越流越慢。不會吧？

那個「聲音」。它一直都在屋子裡。在隔離的診療室裡。和恩格勒的腳步聲剛好相反，凶手的膠鞋踏在地板上幾乎無聲無息。

「你在找我嗎？」

史坦屏息凝神，侷促不安，耳朵裡有如雷鳴響個不停。突然間，他聽到周邊傳來更大的聲響，卻不是來自任何一個熟人的。

「請原諒我的裝束，我正在做一個實驗，」男子不再變聲，可是說話悶聲悶氣，好像用手帕摀著嘴巴說話似的。

「您是提芬瑟醫師嗎？」探長在走廊上狐疑地問道。

「不是，提芬瑟醫師剛好出外用餐。等一下，說曹操曹操就到，你真走運。他回來了。」

「在哪裡？」那是史坦聽到恩格勒所說的最後一句話。緊接著就傳來彷彿靜電放電的嗶嗶啪啪聲。

那是電擊棒，史坦心裡閃過一個念頭，很想衝到門口一探究竟。可是他太害怕了。不是怕恩格勒，也不是害怕自己被捕，而是害怕剛才清清楚楚聽到的那個聲音會做出什麼更瘋狂的事。

他不知道自己一直用手摀著嘴巴，這時才輕輕把手放下。緊接著又聽到腳步聲。膠鞋鞋跟踩地的聲音漸漸遠離，伴隨著很多顆球此彼落的彈跳聲。

史坦小心翼翼地離開剛才緊貼著的牆壁，兩腳兀自抖個不停地走到門廊，正巧看到一個長髮男子砰的一聲關上大門離去。史坦嚇了一跳，低頭打量恩格勒。一如所料，探長一動也不動地倒臥著，手腳不自然地攤在地上，好像在全速行駛時被甩下車似的。

史坦俯身探觸他的脈搏。所幸探長還活著，他如釋重負，戒慎恐懼地走到大樓門口。出了大門，他越走越快，走了幾階樓梯，接著三步併兩步地拔腿狂奔。可是他衝到熱鬧的大街上，就知道自己已經太遲。那個穿著白色醫師袍的長髮男子，剛才撂倒恩格勒，殺死提芬瑟的傢伙，早就消失在觀光客、攤販和行人之間。關於腓力的真相也跟著銷聲匿跡了。

15

夜行動物區位於掠食動物館的地下室裡。室內無止境的黑暗，讓史坦想起在電影開映後才進場的觀眾，就著伸手不見五指的放映廳，摸黑找尋自己的座位的樣子。他的鼻子倒是聞到了在悶熱寵物店裡經常嗅到的濕氣味。

「真酷！」西蒙拉著他湊到一片厚重的玻璃窗前，裡頭有幾隻毛絨絨的動物正瞪大眼睛來回逡巡。不知怎的，人們踏入黑暗的空間，總是會輕聲細語，就連男孩也悄聲說：「牠們看起來力氣很大。」

「懶猴屬，」史坦查看上頭有微弱燈光的解說板，卻對小狐猴瞧也不瞧一眼。他看起來一副驚魂未定的模樣。他逃出診所以後，博舍就載他到與嘉麗娜約定的地點碰頭。現在他人在柏林動物園的夜行動物區，一時間大腦還沒辦法處理任何新的訊息。幾個問題宛如死結一般在他腦海裡縈繞不去：

那個「聲音」到底是誰？西蒙怎麼會知道那些陳屍地點？是誰殺死那些人？為什麼有人會為了找出凶手而殺人呢？

史坦很訝異自己會基於一個理由而對這些問題感興趣：因為答案可能牽涉到自己的兒子。他閉上眼睛。

這太瘋狂了。

然而他又真心希望西蒙的記憶可以證明他是輪迴轉世，從而再證明腓力仍然活著。儘管一切客觀事實都否決了這個可能性。

「對不起，你說什麼？」

史坦俯身詢問正拉著他袖子的西蒙。男孩剛才不知道說了些什麼，可是他在黑暗中沒有聽到。

「嘉麗娜一會兒就會到嗎？」西蒙重複了他的問題。

羅伯點點頭。她現在正躲在廁所裡獨自哭泣。

他們剛才在大象區的大門口碰面時，她罕見的對他發了一頓脾氣。在一位與她交情要好的看護協助下，他們好不容易才偷偷溜出醫院。她很想當面質問羅伯為什麼要她冒這個險。於是羅伯對她解釋了整件事件的始末。他們在門可羅雀的動物園裡散步，史坦低聲告訴她，不讓西蒙聽到：關於那片ＤＶＤ、身上有胎記的男孩，以及那個「聲音」交付他的可怕任務。不同於博舍，嘉麗娜當下就相信了他所說的話。史坦喜出望外地發現她和他一樣相信腓力有可能轉世。

可是當他提到提芬瑟醫師的垂死掙扎時，她才意識到他們都有生命危險。嘉麗娜甩開他的手，雖然勉強保持鎮定，但他很清楚她心裡在想什麼。當她說要獨處一下的時候，還要緊跟其後，那更是不智之舉。

「是啊，等一下她就回來了，」羅伯喃喃說，這時他們已經走到下一個動物區。

「好極了，」西蒙說。「畢卡索說我們四點鐘就得回去，否則他就要去打小報告。」

畢卡索？史坦愣了一秒鐘，立刻想起了那個滿臉于思的看護。今天早上他才和那名看護以及阿巴合唱團的老粉絲撞了個滿懷，可是現在回想起那個瘋狂的相遇，卻又恍若隔世，彷彿和西蒙的經歷一模一樣。

「別擔心，」他摸一摸男孩的假髮說。「此外也別擔心什麼測謊機。」

「我都招認了，」西蒙剛才神色悲傷的和他打招呼時，第一句話就這麼說。史坦知道那孩子心裡怎麼想。測試結果儘管證明他沒有說謊，卻也替他自己貼上了凶手的標籤。西蒙說的都是實話。羅伯很慚愧自己在聽到這個消息時居然心下竊喜。但是西蒙的祕密越是令人猜不透，他心底關於腓力活著的希望就越強烈。

「你真的不必擔心，」他們在智利鼠的飼養箱前停下腳步，羅伯又對他說了一次。

「擔心什麼？牠們不是都被關在裡頭嗎？」

「我不是說這個。我是說你那些不好的記憶。它們難道沒有嚇到你嗎？」

「有啊，可是……」

「可是什麼？」

「可是那或許是我應得的懲罰。」

「為什麼？」

「也許我就是因為這樣才生病的。因為我以前幹了壞事。」

「我不許你這麼想，聽到沒有？」史坦拍一拍他的燈芯絨夾克的衣肩說。

「不管是誰殺了那些人，都不會是站在我面前的西蒙・薩克斯。」

「那麼會是誰呢？」

「我就是要找出真凶。所以需要你的協助。」

史坦很高興夜行動物區一下子就逛完了，不像動物園的其他園區要走很久。而且外人也搞不清楚他們在說什麼荒誕不經的事。在走到下一個園區之前，他決定多跟西蒙談一些關於輪迴轉世的幻象。

「你那時候，也就是十五年前，有另一個名字嗎？」

「我不知道。」

「或者長得不一樣？」

「我不知道。」

他不再追問西蒙。那孩子用食指頭敲了敲一只小型飼養箱的玻璃，裡頭只有一堆土和若干沙漠植物，卻看不到任何動物。

這時候嘉麗娜回來了，卻站在遠處，彷彿不想打斷他們的談話。史坦隱約覺得，他們在蝙蝠區前談論種種難以解釋的知覺，也許不只是巧合。在動物園裡勉強度日的吸血蝙蝠，牠們「看到」的真實世界只不過是由超音波反射形成的印像而已。

「你知道自己為什麼要殺那些人嗎？」他問道。如果有遊客無意中聽到這句話，或許會立刻跑去找警衛吧。

「我不知道，我猜他們都是壞人吧。」

喀喇。喀喇。

史坦不由得想起西蒙早上對他形容過的明滅不定的地下室電燈。

忽開忽關。

他還沒來得及問西蒙是否想起什麼，那孩子忽然咳個不停，史坦嚇了一跳，轉頭看了嘉麗娜一眼，她也聽到了，趕忙跑到他們身邊來。

「你沒事吧？」她憂心忡忡地問道，用手量了一下西蒙額頭的溫度，接著帶他到展館中央一處向訪客介紹館內所有動物的大型說明看板前面。那是整座地下室裡最明亮的地方，人們不至於只是影影綽綽地看見看板的大概輪廓。史坦注意到嘉麗娜如釋重負的神情，心裡的石頭也放了下來。西蒙微微一笑。他只是嗆到了。

羅伯趁機從外套口袋裡掏出一張紙片。那張紙片被死者握在手裡十多年，就此而論，它倒是保存得很好。

「西蒙，你看一下這個，有想起什麼嗎？」

嘉麗娜側身挪了一下，以免遮住上頭的圖畫。

「那不是我畫的，」西蒙斬釘截鐵地說。

喀喇。

「我知道。可是你在醫院裡的那張畫和它很像。」

「有一點點吧。」

「你是什麼時候畫那張圖的？」

喀喇。

「我醒來以後。做完前世催眠的那天，我夢見了它。」

「可是為什麼？」史坦朝嘉麗娜望了一眼，她也只是聳了聳肩而已。

「為什麼是這片草地？」

「那不是草地，」西蒙忍不住又咳了起來。

他閉上眼睛。現在史坦明白了。那滿是灰塵的地下室電燈又開始閃爍不定，在西蒙的記憶裡灑下斑駁的燈光。

「那麼它到底是什麼？」

不知哪裡打開了一扇門，一個少女正在竊笑。

「一處墓園，」西蒙說。

喀喇。

「誰埋在那裡？」

喀喇。喀喇。

史坦感覺到肩上有一隻手隔著外套掐進肉裡，好像緊緊抓著扒手不放似的。他很感謝嘉麗娜弄痛了他，使他暫時忘卻西蒙的言語在他心底誘發的恐懼。「我想他叫作路加。我可以帶你們去找他，可是……」

「可是什麼？」

「可是墳墓裡只埋了一顆頭顱。」

16

他累斃了。先是一連串問題，接著是令人昏昏欲睡的檢查艙，然後是新鮮的空氣，最後卻是在夜行動物區的昏暗燈光。他很想保持清醒，聽聽他們在說什麼。但是他的眼皮卻越來越重，尤其是車裡的芳香氣味以及令人舒適的輕微震動感。

西蒙頭倚在嘉麗娜柔軟的臂彎裡，閉上了眼睛。他的胃在咕嚕咕嚕叫，覺得不太舒服。剛才他被羅伯抱在懷裡時就覺得不大對勁了。也許是因為那個名叫「博舍」的胖子駕駛的緣故，他在說話的時候一直上氣不接下氣。雖然外頭很冷，但是他只穿了一件無袖汗衫而已。

「你們誰去過費爾許區？」史坦坐在前座問道。西蒙在夜行動物區裡跟他提到這個地名，他眨了眨眼睛，其實不是很確定墓園是否真在那個地方。那只是個很模糊的印象。費爾許區。他一閉上眼睛，那幾個字就像驚嘆號一樣在他眼前閃爍著。

「去過啊，在施威洛湖畔，離卡普特不遠。」

「你怎麼知道那個地方？」史坦一臉狐疑地問駕駛。

「因為以前我最大的舞廳『鐵達尼』就開在那個區。」

坐在西蒙身邊的嘉麗娜身體有些侷促不安地歪了一邊。

「我們四點以前到得了嗎？」

「我的衛星導航預估四十五分鐘就會到。應該會很匆促，我們沒多少時間到處逛，」史坦嘆了一口氣，聲音大了一些，似乎是轉身對著嘉麗娜說話。

「孩子睡著了嗎？」

西蒙感覺到她俯身查看他。他幾乎不敢喘氣。

「嗯，應該是吧。」

「很好，那麼我要問妳幾個問題。請妳老實回答我，因為我覺得自己漸漸失去理智了，妳相信這種事嗎？」

「什麼事？」

「靈魂轉世、生死輪迴之類的。妳相信有前世今生嗎？」

「我明白了……」嘉麗娜有些猶豫不決，彷彿要先看對方的反應才決定該怎麼回答。

「是的，我想我相信。而且有許多證據。」

「什麼證據？」西蒙聽到律師不可置信地問她說。

「你知道六歲大的塔蘭尼·辛格的故事嗎？」

沒有人作聲，西蒙猜想史坦是搖了搖頭。

「他是印度人，住在賈蘭達城。那是個真實案例，不久前還有一則新聞報導。在印度教裡，生死輪迴是他們堅信不疑的教義。印度教徒由此認為，每個人都有個不死朽的靈魂，死後轉世到另一個身體裡，有時候甚至是投胎變成動物或植物。」

「我對這種東西其實不是很感興趣，」史坦彷彿喃喃自語，西蒙幾乎聽不見他在說什麼。

「在印度，塔蘭尼只是許多有記載的輪迴案例之一。有個著名的學者，叫作伊昂．史蒂文森，他一輩子訪談過三千多個孩子。」

史坦低聲稱是。

「我聽過這件事。」

「那麼那個『塔奴』後來怎麼了？」博舍問道。

「塔蘭尼，」嘉麗娜糾正他說。「那孩子聲稱他是鄰村的一個孩子投胎轉世，一九九二年在車禍中意外死亡。雖然他從來沒離開過村子，卻不可思議地記得前世的所有細節。」

「也許他是從父母親的談話裡聽到的，或者是從報紙上看來的。」

「是的，一般人都會這麼解釋，可是後來問題來了。」

西蒙可以感覺到嘉麗娜的心跳加速。

「有個著名的印度犯罪學家，叫作拉吉．辛格．喬漢，他想要找到客觀的證據。你猜他會怎麼做呢？」

「像西蒙一樣，對那孩子進行測謊？」

「更厲害一點。那個人是筆跡鑑定專家。他把塔蘭尼和那個過世的男孩的筆跡拿來比較分析，」

「啊，別鬧了……」

「是真的，他們的筆跡一模一樣。你可否解釋一下那是怎麼回事？」

西蒙再也聽不到羅伯的回答。雖然他打定主意要撐著清醒一分鐘，卻還是敵不過睡魔。他只聽到一個叫「腓力」的名字，還有什麼DVD裡的聲音，然後就被拖進夢鄉裡。而那使他慄慄危懼的夢境又開始了。只不過今天的門只打開了一道縫隙。

而這次也不像第一次在伸手不見五指的地下室裡那麼恐怖。

17

車子猛的一陣煞車把西蒙往前甩，也把他弄醒了。

「你就不能小心一點嗎？」嘉麗娜罵道，聽起來有點鼻音，似乎是剛剛哭過。

「抱歉，我以為前面是綠燈，」博舍嘟囔說。接著西蒙又感覺到一股離心力使得他的頭撞上了嘉麗娜的胸部。過彎後車子開始一路隆隆作響，顛簸個不停。現在他們要開一段碎石子路。

「你知道為什麼昨天會收到那段影片嗎？」

西蒙忍住一個呵欠。他不知道她在說什麼。

「那個混蛋要利用我幹一些髒活兒。我必須找出凶手。」

「胡說八道，」嘉麗娜不以為然地說。

「如果沒有一個偶然遇上的刑事辯護律師幫忙，誰有辦法能拍攝出那種內容的影片？」

「這位女士說的對，」博舍附和說。

「那麼你們覺得是為什麼？」

「如果有人在多年後還如此窮追不捨，只會有兩種可能：錢或者是錢。」

「很幽默嘛，安迪。你還有什麼更具體的理論？」

「有啊，聽聽這個怎麼樣？西蒙說過，那些傢伙都是壞蛋。也就是作姦犯科的人。也許他們都是一夥的。一個犯罪集團，幫派，誰曉得？我猜他們一定是在一樁毒品交易裡獲取暴利，其中一個人想要獨吞。於是那個傢伙把其他人都解決掉。可是有個漏網之魚。」

「DVD裡的那個聲音，」史坦說。

「沒錯。他現在要找那個凶手，拿回屬於他的那一份。」

「有可能。聽起來合情入理。可是西蒙如果不是投胎轉世，怎麼會知道那些事？那個有胎記的男孩又是誰？」嘉麗娜說：「關於這些，我們不知道答案是什麼。可是有一點是確定的，羅伯。你被利用了。問題是：他們為什麼要利用你？」

「好啦，你們這些娘娘腔，」博舍踩煞車。「我們到了。」

西蒙揉一揉眼睛。睡眼惺忪的他先是看到雨滴像淚水一樣在車窗的隔熱玻璃上畫出兩道弧線。接著他朝著外頭張望。他們剛才經過了一處修剪整齊的灌木叢，遠方則是覆滿了濕爛落葉的草坡。

博舍把車子開慢一點，好讓他們看得更清楚。西蒙從嘉麗娜懷裡坐直起來，用沁汗的手心貼著冰冷的車窗。他不記得眼前這片山坡。可是他看過那座砂岩色的教堂。它和貼在病房窗戶上的那張畫裡的教堂一模一樣。

18

「我才不信呢。」

博舍哈哈大笑，送葬行列裡有人回頭對他怒目而視。那位女士一頭黑色中分短髮，他促狹地對她吐了吐舌頭，她悻悻然轉過頭去。

「說真的，今天真的可以算名垂青史了。」

就連史坦也承認，眼下的狀況實在有點滑稽。

他們十分鐘前踏入這座砂岩砌成的教堂，一剛開始完全不敢相信眼前所見所聞。在樸素的基督教祭台後面，站著一個眼神和藹可親的短髮男子。牧師身上沒有穿著聖袍，而是深藍色的西裝。他沒有打領帶，只披了一條綠色圍巾在肩上，隨隨便便打了個結，這反而令他看起來很討人喜歡。就像他正在念的悼詞一樣。他調侃死者說他有個壞習慣，每次在林間散步時總喜歡在野豬糞便裡打滾。他還拿出死者的一張放大照片給參加喪禮的人們觀看，證明所言不虛。一名胖婦人神情哀戚地注視著照片裡那隻紅褐色的巴吉度獵犬，牠生前至少有三十公斤重。

基督教動物告別禮拜，由亞蘭牧師主持。每個月第四個禮拜六。教堂大門口的佈告欄上頭寫道，但張貼的位置不很顯眼，直到他們跟著人群走出了教堂才注意到。現在他們沿著教堂後面一條鋪著碎石子的林間產業道路魚貫而行，天空兀自淅瀝瀝下著雨。史坦不只一次責罵自己為什麼忘了帶傘下車。身上濕透了的襯衫緊緊貼在胸膛上，彷彿剛出浴就穿上了似的。他們要是再往下走，他大概會像西蒙一樣得肺炎。幸好那孩子和嘉麗娜留在車裡。

「我真不懂，」安迪笑個不停，一副想要把哽在喉嚨裡的魚刺咳出來。「這些傢伙居然扛著一隻胖畜生的棺材替牠送葬。」

「還好吧。我的第一隻狗也是這樣。」

「你胡說。」

「我哪裡胡說了？那時候我只有西蒙那麼大，很高興我爸為我的狗安排了這樣的告別式。不過我們只把牠葬在院子裡，而不是像這裡一樣的正式墓園。」

他們走到一處彎彎曲曲的柵欄，那是區分公有土地和動物收容所的私人土地的界樁。史坦加快腳步，緊跟在那位奇怪的牧師身後。他替訪客打開墓園前及腰的柵門，也朝著羅伯微笑招手。看到對方身上的義肢，他的和善反而使史坦不很自在。

「對不起。請問這條路會通往公有墓園嗎？」

「啊，你們不是漢尼拔的家屬嗎？」

「很抱歉，我們不是。我們是要找，呃，安葬人的墓園。」史坦突然覺得自己很不會說謊，雖然他說的都是實話。

「那麼恐怕要讓你們失望了。我們是跟動物收容所租了這塊地。我們教會沒有錢興建安葬人的墓園。你們得找找其他地方。」

「明白了。」史坦看著牧師道歉後步履蹣跚地走回送葬者行列，他們正在一處杜鵑花叢旁等待著他。

博舍聽了牧師的回答以後搖頭嘆息說：「真是太瘋狂了。這處鬼地方要到鄰近的小鎮才有真正的墓園，卻把一整座足球場那麼大的地保留給畜生！」

他的話或許有點誇大其辭，這塊草坪頂多只有五百平方公尺吧。但還是太大了些。史坦很難想像這個地區需要那麼大一塊土地專門安葬動物。放眼望去，疏疏落落的墓碑證明了這一點。它們東一塊西一塊，其中夾雜著若干針葉樹，宛若從地上冒出歪歪斜斜的牙齒。史坦決定在離開前四處看一下。

「我在這裡等你，」博舍在後頭喊道。他在一株巨大的櫟樹下找到一塊乾地，顯然不想離開那個地方。

炫哥、芬欣、米奇、茉莉、香草……史坦行經的墓碑上所刻的動物名字，和埋葬者的姓名一樣五花八門。大部分都是一座白色十字架，或者是上頭刻著樸實無華的墓誌銘的花崗岩板。有些主人看起來口袋很深，都有雇工修葺。比方說，上頭寫著「布蘭柯」的墓碑前面有個剛做好的花圈，兩旁則有白色的蘭花。而「克里奧佩脫拉」應該是一隻貓皇后，半年前「因車禍喪生」。牠的墓碑以胡夫金字塔的微型雕塑作為裝飾，上頭的黃銅墓牌這麼寫著。

「沒有用的，」他聽到博舍喊道。「這裡不會有一個叫『路加』的。」

「你怎麼知道沒有？」史坦轉身問道。博舍在櫟樹旁看到一塊綠色看板，用大拇指敲了敲上頭薄如蟬翼的玻璃。

「這裡有埋在此地的所有動物名字，從A開頭的阿巴庫斯到Z開頭的齊力。」

豆大的雨滴時不時打在史坦的頸子上，感覺像是站在大雨後的樹下，有人使勁搖撼樹幹似的。

「就是沒有叫『路加』的。算了吧。我們不可能把整座墓園翻一遍，後面那些娘娘腔的傢伙看了會抓狂的。」

史坦又望了牧師一眼，他在五十公尺開外，正背對著他們做最後的演講。從施威洛湖那頭颳起的秋風把他為小狗準備的悼辭吹到對面去。

「好吧，我們走吧，」史坦總算同意了。反正今天我看的屍體也夠多了。

他彎腰想撥開沾在鞋尖上的一團枯爛的葉子，突然停止動作。

這裡不會有一個叫『路加』的。博舍剛才說的話在他的腦海裡不斷盤旋。他用乾瘦的手揩去眼睛上的雨滴，試著把眼前所有畫面拼湊出一片有意義的脈絡。接著他環顧四周，彷彿想用老舊的雨刷把髒兮兮的擋風玻璃給刮乾淨似的。他越是眨眼睛，整個景象就越模糊不清。

跟著牧師的一小群人。胡夫金字塔。蘭花。

這裡一定有什麼地方不對勁。他似乎看出端倪，卻沒辦法理出個頭緒來。就像有個重要的行事曆項目寫錯了欄位。

「怎麼啦？」博舍一定也察覺到他心裡的拉扯。

史坦伸出左手食指，用另一隻手掏出手機，轉身回到動物墓園裡剛才駐足的那一堆墓碑前。

「西蒙在睡嗎？」他問道。手機鈴聲一響，嘉麗娜接起電話。

「沒有，但是沒關係，你可以講電話。」他聽得出她聲音裡的憂慮，因為他也很擔心。擔心他想問西蒙的那個問題。

「讓他接電話。」

「那不行。」

「為什麼？」

「他現在不能講話。」

史坦單膝跪在一處較為寒酸的墓碑前。一陣疼痛從前額擴散到眼窩，他忍不住把腦袋往後仰。

「他不舒服嗎？」

「他很好啊。你要問他什麼？」

「妳問他看看，他在醫院畫的那張素描裡還有些什麼東西。拜託，這很重要。妳問他一下，他在上頭的署名是什麼？」

手機被放下來，史坦聽到車門嘎吱作響，但不是很確定。背景裡傳來宛如收訊不良的收音機窸窸窣窣的聲音，持續了差不多半分鐘，直到電話裡嗶的一聲——嘉麗娜拿起手機時不小心摁到數字鍵了。

「你聽得見嗎？」

「可以，」史坦的手指頭顫巍巍地輕撫著刻在花崗岩板上的字跡。一個個字母。嘉麗娜告訴他的名字，就刻在他眼前的墓碑上。

「布魯托。西蒙在素描上面簽的名字是『布魯托』。可是你最好趕緊回來找我們。」

史坦沒再注意她在說什麼，只是機械性回答她的話。

「為什麼？」他輕聲問道，眼睛卻一直停留在寫著卡通人物的名字的墓碑上。大雨中的他看起來像是浸在油裡似的。

「趕緊過來，」嘉麗娜催促他說，聲音裡充滿了緊迫的焦慮，使他的意識換了個擋。他沒辦法第一時間確認埋在墳墓裡的是誰或是什麼，為什麼葬在這裡。

一隻動物？一個人？一顆頭顱？

他不明白為什麼西蒙把他們帶到這個隨手塗鴉，景色一模一樣的地方來。一個男孩和一個死者。眼下他只知道嘉麗娜正幾近恐慌地對他咆哮。

「老天，到底發生了什麼事？」

「西蒙，」她斷斷續續地說。「他說他會再做一次。」

「什麼？」史坦站起來，瞪了博舍一眼說。「他要做什麼？」而且什麼叫「再」？

「你快一點過來。我想讓他自己跟你說比較好。」

19

那群人已經作鳥獸散。教堂空無一人，他很難想像居然有人會在這種鳥不生蛋的地方尋求慰藉。史坦脫下濕漉漉的外套，擱在手臂上。他立即就後悔了。教堂裡冷風颼颼。空氣裡有經年累月的灰塵以及老舊的詩歌集的氣味，今天教堂的天窗沒有陽光灑下，或許也有好處，否則脫落的灰塵會更加刺眼。如果說教堂執事把垂死的耶穌掛在牆上，只是為了遮掩建築的瑕疵，史坦也不會太意外。不管怎麼樣，這裡都不會有令人心曠神怡的氣氛。

「……我就知道這麼多，再也沒有了。我說的對嗎？不對嗎？我應該去做，或者是……？」

史坦屏氣凝神地傾聽前方第二排傳來的喃喃低語。他一進來就注意到他。西蒙。遠遠望去，他看起來就像個身材矮小的成人。一個小老頭，渾然忘我地和造物主對話。史坦躡手躡腳地接近那個喃喃自語的聲音，但是他的皮鞋踩在滿是灰塵的石板上，還是喀噠喀噠作響。

「……請給我一個信息，我是否……」

西蒙頓了頓，抬頭仰望。他放下合十的雙手，彷彿因為被人看到他在禱告而感到難為情似的。

「很抱歉，我不是故意要打擾你。」

「沒關係。」

那男孩挪出一個位置。

難怪來做禮拜的人越來越少，都怪教堂長椅這麼硬。史坦坐下的時候，腦袋裡閃過這個念頭。

「我快要好了，」西蒙低聲說，眼睛仍然望著祭台，史坦很想抓著他趕緊出去，嘉麗娜手裡點著菸，神經兮兮的和博舍在教堂前面等待他們。

「你在對上主祈禱？」他低聲問那男孩。雖然教堂裡沒有其他人，兩人還是像剛才在夜行動物館裡那樣輕聲細語。

「是啊。」

「你是想問祂什麼事嗎？」

「也許吧。」

「好吧，反正不關我的事。」

「不是啦，我是說……」

「什麼？」

「哎呀，你不會懂的啦。反正你又不信主。」

「誰說的？」

「嘉麗娜。她說你有一段傷心往事，後來你就誰也不愛了。你甚至不愛你自己。」

史坦凝視著他好一會兒。在昏暗的教堂裡，他突然明白救援人員在報導兒童士兵空洞的表情是什麼意思。皮膚細嫩而眼神徬徨的小孩子。他不覺喟然太息。

「你剛才說什麼信息來著？你希望上主給你什麼指示？」

「我是否應該繼續做。」

他要繼續做，史坦記得嘉麗娜這麼對他說。

「做什麼？」

「哎呀，就是那個。」

「我不懂你在說什麼。」

「我剛才睡著了。在車子裡。」

「你又作了什麼夢嗎？」

喀喇。教堂的蠟燭彷彿變成了地下室的電燈，在西蒙睡著的時候照亮了角落的記憶。

「是的。」

「又夢到謀殺嗎？」

「沒錯。」西蒙反轉掌心向上，偷偷低頭看著它們。一副像是為了學校的聽寫測驗而用原子筆在手上寫小抄似的。可是除了手指頭底下脆弱的微血管以外，史坦沒有看到任何可以讓西蒙找到想說的話的小抄。

「現在我明白為什麼我在素描上署名『布魯托』了。」

喀喇。

「為什麼？」

「那是他最喜歡的玩具動物。」

「誰？」

「路加・史耐德。他年紀和我一樣大。我是說當時。十二年前。」

「你認為你殺了他？」

當時。在你上輩子？

史坦越是苦苦思索這件瘋狂的事，他的頭痛就越發劇烈。

「我沒有。」西蒙忿忿不平地注視著他。他的眼神再次恢復生機，即使是憤怒。「我沒有殺死任何小孩！」

「我知道。或許凶手另有其人？」

「沒錯。」

「所以你是扮演復仇者的角色？」

「或許吧，」西蒙聳聳肩說。

史坦很想把嘉麗娜找進來，希望她有把必要的藥品帶在身上，以防現在西蒙的病發作。他注意到此時男孩已經淚眼婆娑。

「沒事了，」史坦把手伸向啜泣的男孩，彷彿擔心淚水灼傷他的肩膀似的。「我們走吧。」

「不行，還不行。」西蒙抽抽噎噎地說。「我的禱告還沒有結束。我必須問問祂我是否真的得那麼做。」

喀喇。喀喇。喀喇。

地下室的電燈安靜了一會兒，這時候似乎比以前閃爍得更厲害了。

「做什麼？」

「那時候我沒有搞定所有事情。」

「我不懂你在說什麼，西蒙。那是什麼意思？還有什麼事情沒有搞定？」

「搞定那些人。我把他們解決得差不多了。這個我知道。不只是你找到的那兩個傢伙。還有好幾個人。更多人。可是我沒有把他們一網打盡。還漏掉一個。」

現在輪到史坦紅了眼眶忍住不掉淚。這孩子得趕緊去看精神科醫師，而不是找律師。

「我想我就是因為這樣才轉世投胎的。這是我的任務。我必須再做一次。」

拜託不要。拜託別再說下去了。

「殺人。最後一次。後天，在柏林的一座橋上。」

西蒙轉身望著祭台上的耶穌像。他合掌閉上他的大眼睛，開始禱告。

第三部

調查

死亡不是生命的結束，而是從一個有限存在的形式到另一個形式的過渡，一個過程。

——威廉．洪堡（Wilhelm von Humboldt）

如果有靈魂轉世，那麼人類的數量就會恆常不變。可是現在卻有六十億人口。那麼是靈魂會分裂嗎？或者說百分之九十九的人只是個空罐子？

——摘自網路上關於輪迴的可能性的一則討論

科學證實了沒有任何東西會不留任何痕跡地消失無蹤。大自然裡沒有灰飛煙滅這種事，而只是不斷地在蛻變。科學一再告訴我的所有證據，都只會使我更加相信靈魂在人死後繼續存在。

——維納．布朗（Werner von Braun）

如果那些據稱前世曾見證過耶穌受十字架苦刑的人們真的都在現場，那麼羅馬士兵在這個事件裡或許沒有立足之地了。

——伊昂．史蒂文森

1

他拉起封鎖線，使個眼色讓鑑識人員進入犯罪現場，對於眼前這個讓他頭痛的場面，實在是啞口無言。恩格勒原本計畫用一整個家庭包的餐巾紙、四錠阿司匹靈以及一整台購物車的啤酒，躺在暖和的床上，對著電視消磨午後時光，讓別人替他搞定那些勤務。可是現在他卻必須冒著滂沱大雨挖掘屍體。正確的說，是屍體的部分殘骸。他們在一隻羅威那犬的墳墓裡找到的頭顱非常小，犯罪現場調查人員用一只女用鞋盒就裝得下。

恩格勒暴跳如雷，跨過臨時帳棚前面的水坑，它就在柵欄正後方，充當臨時指揮所。當他們趕到現場時，雨勢也越來越大，布蘭德曼必須每隔一段距離撐起一根木樁，好讓積水從塑膠布帳棚側邊流下來。

「他媽的！」他聽到特勤人員在大聲咒罵。雨水流進布蘭德曼的衣領裡，恩格勒不只一次懷疑這個笨手笨腳的傢伙到底是怎麼混進聯邦刑事警察局的。如果這個巨嬰可以在他面前消失，他會畫三次十字架感謝主。那時他們就可以回到原本習慣而確定的辦案模式。

「你的頭還好嗎？」恩格勒走進臨時指揮所，湊到布蘭德曼身邊，冷得直打哆嗦。

「為什麼問頭？那個混帳用電擊棒攻擊的是我的背。」

「你確定那人不是史坦嗎？」

「我到底得要說多少次？」恩格勒很想朝著地上啐一口痰。「那個傢伙戴著特種部隊的頭罩，只露出眼睛，穿著醫師袍，可能也戴著披肩假髮。不，我不是很確定。可是他的口音不一樣，而且看起來身型比較小。」

「真好笑。我敢打賭我們會在犯罪現場找到史坦的指紋。」

「我也敢打賭我們會……」

恩格勒頓了頓，聽到褲袋裡手機鈴聲響起，看了一眼刮傷的螢幕，上頭顯示不明號碼來電。

雖然布蘭德曼默不作聲，他還是把食指放在嘴唇上，接著掀開電話。

「喂？」

「我說的沒錯吧？」他聽到羅伯·史坦熟悉的聲音問道。

2

恩格勒不停擤鼻涕，一個穿著制服的警員遞給他一杯熱騰騰的咖啡，他點頭稱謝。

「沒錯，很遺憾。棺材裡有一顆頭顱。」

「人的頭嗎？」

「是的。但你為什麼要通知我們？你怎麼會又一次知道這座墳墓的？」

史坦沉默了半晌，似乎不知道該怎麼回答才好。

「是西蒙告訴我的，」他終於開口說。

恩格勒沉吟了片刻，接著把電話切換到擴音模式。勤務配備的電話的免持聽筒模式效果不是很好，布蘭德曼得湊近一點，才不致於錯過他們的對話。

「廢話，史坦。我們言歸正傳，你怎麼會蹚進這渾水裡呢？」

「恕難奉告。」

兩個大聲吆喝的警察走進臨時指揮所，恩格勒氣急敗壞地揮手叫他們住嘴，他們馬上躡手躡腳地轉身離去。

「那麼現在為什麼你又要打電話來？」

「我要爭取時間。墓園的線索可以證明我沒有什麼要隱瞞你的。我和你一樣摸不清楚西蒙在搞什麼名堂。但是我想破解這個謎。你別再來騷擾我，這樣我才有辦法追查下去。」

「現在恐怕已經太晚了。」

「為什麼？我可沒有犯什麼罪。」

「我看不是吧。我們找到你的車子。它剛好停在莫阿比特區的一家倉儲公司附近。」

「如果我違規停車的話，你可以開一張罰單沒關係。」

「打開藏匿屍體的冰櫃的那個人，他描述的特徵和你正好相符。很奇怪是吧？今天有一輛黑色越野車並排停在哈克市集附近，剛好在禁止停車區裡。就在提芬瑟的診所前面。你去過那裡嗎？」

「沒有。」

「但是有個叫安德烈・博舍的傢伙。我們查過牌照。有人說今天你和那個強暴犯又合體了。」

「安迪被無罪開釋了。」

「辛普森也是。我們別提這個了。重點是，現在我又因為你而必須封鎖一個犯罪現場。」

「如果那些人都要算在我頭上，我會跟你通報嗎？」

「不會。我也不相信你是凶手，史坦。」

那是恩格勒唯一掩著嘴說的一句話。

「但是？」

已經是傍晚時分，天色隨著他們的談話漸漸暗了下來。恩格勒很慶幸那盞工作燈讓臨時指揮所不致於一片漆黑。他猶豫不決，對著布蘭德曼使了個眼色。

他真的要那麼做嗎？他心裡一百個不願意，可是那個犯罪心理學家對著他點頭催促著，於是恩格勒執行起上次和局長海茨利希談話時商量好的策略。

「好吧，那麼我就透露一點消息給你。反正明天這些也會見報：那個頭上挨了一記斧頭的人，叫作哈洛．祖克。冰櫃裡的那個名叫撒母耳．普羅提斯基。他們分別失蹤了十五年和十二年了。你想知道為什麼我們直到今天都不想爲他們的失蹤案嗎？」

「他們都是罪犯。」

「沒錯。而且是最窮凶極惡的那種。謀殺、強姦、逼良為娼、凌虐。他們犯了刑法裡的所有重罪，沾染的血跡遍及全國各地。不過我們再也不必跟在他們後面擦拭血漬了。」

恩格勒聽見布蘭德曼在一旁點菸。「我們認為祖克、普羅提斯基是一夥人，他們都是心理變態。前幾年失蹤的不只有他們。我們一共有七件沒有偵破的案子。」

遠方有鑑識人員用鹵素聚光燈搜索潮濕的地面。其中兩人穿著白色的全身防護衣，蹲在泥淖裡挖掘另一座墳墓。普魯托的墳墓或許不是唯一的藏屍處。恩格勒不由得想起查理。幸好今天他的一位女性友人可以照顧牠，帶這隻可憐的拉不拉多出去散散步，雖然他很懷疑他們在雨天是否會玩得盡興。

「那你們剛才發現了什麼？」史坦的聲音聽起來有點心不在焉，彷彿還沒有完全消化剛才聽到的訊息。「辨識的結果如何？那是個孩子吧？」

「是的，我們研判那是路加．史耐德。是普羅提斯基犯的案。他是結夥綁架撕票案的受害者。十二年前我們在垃圾堆裡發現孩子的屍身，但沒有找到他的頭。一直到今天。」

恩格勒伸手探入他的亞麻長褲裡想找一張紙巾。可是還來不及掏出來，就忍不住打了個噴嚏，雖然他及時捏住了鼻子。以前曾有人告訴他，這麼做會令腦壓升高，有中風之虞，可是他不相信命運之劍會這麼剛好在一座動物墓園裡斫向自己。

「你為什麼要跟我說這些事？」他聽到史坦問道。恩格勒對布蘭德曼怒目而視，先前他在與海茨利希的簡報會議裡也曾討論過這個問題。他們的把戲太拙劣了，就連白痴也看得破。更何況是史坦。

「因為我識破了你的意圖，」他的回答既像違心之論又像套好招似的。

「現在我有點緊張了。」

「你太業餘了，史坦。你犯了太多錯誤。你唯一聰明的舉動，是把手機換成衛星電話。不過這個點子或許是博舍告訴你的。」

「我沒有要逃亡。我沒有殺任何人。」

「我也沒有這麼說。」

「然而？」

「好吧，我乾脆把事實列舉一遍。第一：幾年來有七個心理變態陸續人間蒸發。第二：你替我們找了兩個回來。不過是屍體。第三：你是刑事辯護律師。」

史坦在電話那頭哼了一聲。

「你到底想說什麼？」

「你的職業就是和人渣打交道。這一切都和西蒙八竿子打不到一塊兒。他只是個幌子。我研判是你不知道哪個變態的當事人告訴你陳屍地點的。」

「可是為什麼有人要那麼做呢？有什麼目的？」

「也許這個當事人藏了什麼東西在被害人那裡，要你替他拿回來？誰曉得。不過你遲早會告訴我的。等到我逮捕你以後。」

「這太好笑了。荒謬之極。」

恩格勒揮開了飄到他眼睛裡的布蘭德曼的香菸煙霧。

「你覺得好笑嗎？可是法官認為很合理，所以他在半個鐘頭前簽發了拘捕令。此外也一併通緝嘉麗娜和博舍，他們是誘拐兒童的從犯。」

恩格勒忿忿掛上電話，心想布蘭德曼幹麼老用他肥厚的巨掌抓著我不放。

「什麼事？」他一肚子氣沒地方發洩，在他看來，剛才的對話從一開始就搞錯了方向。

「手機，」布蘭德曼提醒他說。

「你到底想說什麼？」

「技術人員說他們或許可以定位他的手機。就算是不明號碼的來電……」

「……也可能追查得到發話方，我知道。」恩格勒把他的電話扔給他，走到他跟前。

「這是最後一次了，下不為例，好嗎？」

「為什麼？」

「這種傀儡戲。也許是我搞錯了，也許史坦真的和這些凶案有關。但是如果我們現在把他當作偵查對象，那只是在搬磚砸腳。」

「依我看可不是這樣。你沒有聽到史坦的聲音嗎？它越來越高。那意味著你嚇到他。史坦只是個生手。一個沒有經驗的、神經緊張的在逃老百姓，身邊還有一個罹患癌症的小男孩當拖油瓶。只要他一直這麼緊張兮兮，他就會犯錯。他會跌一跤，然後我們就可以把他……呃，用海茨利希的話說……」布蘭德曼把香菸扔到地上踩熄它。「……像蛆一樣捏死他。」

這個犯罪心理學家在踩熄灰燼時，整個重心都壓在右腳鞋子上，彷彿要把一根長釘子踩進一塊厚木板裡似的。然後他走出臨時指揮所，避開幾個水窪，趔趔趄趄走回他停在斜坡下的車子。恩格勒望著他的背影，就在那個心理學家消失在視線之外時，他思忖著刑事警察局裡有哪個熟人可以替他調出這位莫測高深的特勤人員的人事檔案。

3

史坦把熱燙的臉龐貼在玻璃鏡子上。

幾年來有七個心理變態陸續人間蒸發。

他俯看二十公尺底下燈光搖曳閃爍的舞池，探長的話在腦海裡縈迴不止。

舞廳老闆的辦公室猶如鷹巢一般位在整棟建築的核心，應該是個自命不凡的傢伙想出來的點子。偌大的舞廳外部看起來像一艘船。它的招牌是根點綴著粉紅色霓虹燈的蒸汽煙囪，掛在中央大樓的白色頂樓上，在整個布蘭登堡的夜空裡燦若明霞，愛跳舞的年輕人從幾公里外就看得見。博舍一直把鑰匙帶在身上，他們至少可以在「鐵達尼」躲三個鐘頭，一直到舞廳正式開放群眾入場為止。

史坦下樓找他的三個同伴。彷彿置身五星級飯店似的，他搭著玻璃電梯下樓到大舞池，心裡琢磨著該怎麼跟他們說。可是現在他們在逃亡。這種事博舍已經司空見慣。不過對於嘉麗娜而言，這還是頭一遭。電梯門一打開，他就聽到震耳欲聾的音樂。

「嗨，這個小子滿有品味的，」安迪對著他大聲嚷嚷。他和西蒙在舞池的另一端扭起屁股來。那孩子笑逐顏開，隨著搖滾歌曲打拍子，重低音喇叭也拚命轟炸他們的耳朵。

「他用西蒙的 iPod 連接到舞廳的音響設備，」嘉麗娜解釋。史坦嚇了一跳，他完全沒注意到她就站在旁邊。

十五公尺外的博舍旁若無人地仰著頭，把麥克風支架像狗鏈一樣拖在身後。

「我們必須去投案，」史坦直言不諱地切入正題。他對嘉麗娜說，法官已經簽發對他們的拘捕令。

「我很抱歉，」他大概說明了與恩格勒的談話內容，無奈還是看到對方流露出不安的眼神。

「你不用道歉，那都是我出的主意，」嘉麗娜說。「是我把你們找來的。如果不是我，你也不會遇到這些麻煩事。」

「妳怎麼能這麼鎮定？」史坦突然想到兩年前的一幕。那時候，在一家麥當勞的停車場裡。他提議分手，她卻只是微微一笑。

「反正失之東隅，收之桑榆。」

「我不懂。」

「你想想看。我認識西蒙一年半了，很少看過他這麼開心。」

史坦瞥見博舍朝他揮手示意，心想自己是否曾用嘉麗娜的眼睛看這個世界。他們分手的時候，兩人約會不過十天。就在他差一點真的愛上她之前。她離開的時候輕輕撫摸他的臉頰，他才醒覺到心裡始終存在著一個重要的東西。現在他終於明白，嘉麗娜是他生命的過濾器，在遭逢偃蹇坎陷時，替他過濾掉所有負面的念頭，甚至可以在殺戮戰場的邊緣發現一朵玫瑰。

現在他又看到她眼睛裡的清澈光華及晏晏笑紋。在這瞬間，嘉麗娜眼底沒有嫌犯，也沒有腦瘤或全面追緝。她替眼前興高采烈的孩子感到無限歡喜，這是他平生頭一遭在舞廳裡跳舞。而史坦卻陷入莫名的感傷。他為一個孩子感到惋惜，那孩子本該在週末到舞廳，在裡頭跟他的初戀情人忘情擁吻，以至於太晚回家而挨了一頓罵。

彷彿在與負面的思緒唱和，舞池裡傳出一首新歌旋律。整座大廳迴盪起一首舞曲的悲傷弦樂聲。

「喂，現在正在播你們的歌！」博舍扮了個鬼臉，消失在愛奧尼柱式的廊柱後面。過了幾秒鐘，舞池裡嘶嘶作聲，被如大霧般湧來的乾冰整個覆蓋住。

「哇，真酷，」西蒙雀躍歡呼，一屁股坐在地上。只剩下一綹褐色頭髮還露在人造濃霧外頭。

「我們得把他送回醫院，」史坦握著嘉麗娜的手，語氣堅定地說。

「沒關係啦，再幾分鐘。」

她拉著他走進舞池，就像他們的初次邂逅的那個夜晚，在她的臥房裡。那時他不知道自己為什麼讓這一切發生。

「我們不能在這裡……」

「噓……」她把食指放在他的唇上，輕撫他的頭髮。副歌開始的時候，她把他拉到自己胸前。

他猶豫了片刻。她輕輕摟著他，讓他沒辦法拒絕。他覺得自己就像是一個貼著「易碎物片，請小心輕放」標籤的紙箱子。

彷彿擔心有什麼東西會傷害他的內心似的，當他緊貼在她胸前時，連大氣都不敢喘一下。好不容易才克服自己傻氣的恐懼，他張開了雙臂。

他不由得想起先前在博舍車子裡的某個瞬間，他從後視鏡看到西蒙睡在她懷裡。起初他沒辦法釐清那種感覺，可是此刻他明白了，那是一種渴望和追悔的混合，現在重又充滿了他的胸臆。既渴望看到腓力，又渴望得到同樣溫柔的愛撫。另一方面，他後悔突然的分手，使得嘉麗娜沒辦法擁有自己的孩子，以及現在擁在她臂彎裡的這個男人，這個至今仍舊令她神魂顛倒的男人。雖然他根本不配擁有這個世界。

嘉麗娜顯然感受到他心裡不斷拉鋸的矛盾情緒，溫香軟膩的身體更加緊貼著他，試著打破最後的身體藩籬。史坦閉上眼睛，懊惱消失了。可惜只是指顧之間。在那個魔幻的幾秒鐘裡，他相信自己的心跳與音樂完全合拍，卻因為一陣清脆的嗶嗶聲戛然而止。

怎麼會這樣？

博舍跟他說過，沒有人知道這個號碼。雖然如此，褲袋裡的衛星電話還是傳來一則簡訊。

4

「該死，這裡是怎麼回事？」

「我也不知道。」

博舍在輸入欄中打上網址，然後摁下電腦的「切換」鍵。

「你不是說沒人知道這個號碼嗎？」

「是啊，我說了很多次。我只在必要時才用這支電話。而且都是我打出去的，好嗎？」

就像若干柏林餐廳的老闆一樣，博舍不會把所有收支都記在外帳裡。每當他和會計師、會拿回扣的飲料供應商或是打黑工的人有什麼非法約定，基於安全起見，他會使用衛星電話連絡他們。現在，史坦他們都聽他的建議，把手機裡的電池拿出來，而這支笨重的電話就成了他們和外界唯一的聯繫工具。

「那麼這是怎麼回事？」

「兄弟，我們等一下就知道啦。」

博舍從辦公桌站起身來，挪個位置，讓史坦坐在平板螢幕前面。他們一看到簡訊，就一起搭電梯回到辦公室。簡訊裡只有一行字：

http://gmtp.sorbjana.org/net.fmx/eu.html

一開始沒有任何動靜。瀏覽器裡始終顯示著「鐵達尼」舞廳的首頁。

「尋找代理伺服器設定，」嘉麗娜念出左下角的說明。

接著螢幕突然一片漆黑。畫面中央出現一道進度條，十秒鐘後，開啟了一個像明信片那麼大的視訊框。史坦找不到任何有用的線索。什麼也沒有，除了若干錯落其間的搖曳光點，猶如流星一般劃過螢幕。

博舍把喇叭音量調到最大，仍舊無濟於事。

「沒有影像，沒有聲音，」他喃喃說：「這是什麼……」

他正要說「蠢玩意兒」的時候，衛星電話又響了起來。正方形的畫面這次顯示「不明來電者」。

史坦接起電話時，感覺胃部一陣痙攣。

5

「你沒有遵守約定。」

這次扭曲的聲音有點不同，比較接近人聲，反而比那張ＤＶＤ更陰森恐怖。

史坦思忖著為什麼對方不乾脆放棄使用聲音模擬器。他在提芬瑟醫師的診所裡就聽過沒有變造的聲音了。就算只有幾個字。

「你怎麼會打這支電話？」史坦想要避重就輕。不過沒有用。

「你不要欺騙我。想都別想。你可以誆騙那些警察。他們個個都是酒囊飯袋，但我可不是。」

「好吧。我是有打電話給恩格勒。但我只是想要爭取一點時間。我沒有提到那張ＤＶＤ以及我們的約定。」

「我知道。否則你早就沒命了。」

顯示器上的畫面搖晃得很厲害，接著顏色變了，彷彿有個攝影師在鏡頭前裝上濾鏡。視訊影像呈現出一種綠色調。現在史坦總算看清楚它在播放什麼。他的胃部又開始痙攣。

「我的夜視攝影機拍到的墓園畫面真是完美，不是嗎？你有看到我們的朋友恩格勒在畫面下方嗎？」那聲音問道。「還有布蘭德曼那個胖子，悠哉悠哉地抽著沒有濾嘴的香菸。嘿嘿，幸好我坐在乾燥的地方，那幾隻可憐的豬卻得冒雨在外頭到處搜索。」

「你怎麼會有這個號碼？」眼下史坦只想問這個問題。

「嘖嘖，我的大律師，有時我真的很驚訝你怎麼會如此天真。不過慢慢你會明白我的生財之道。網路是我最喜歡的遊樂場。我的商品也都在那裡陳列拍賣。我的資訊也都是從那裡來的。你不妨問問博舍他的電話帳單是怎麼繳費的。」

「網路繳費，」他的身後傳來一個沙啞的聲音。

「你瞧。我不只是擅長擦掉我在網路上的痕跡，也是搜尋資訊的高手。」

「你為什麼要打電話給我？」

「我要讓你看某些東西。」

史坦的耳鼓膜裡似乎有一根血管瀕臨爆裂。他聽到耳朵裡有吱吱喳喳的聲響，一開始還只是沙沙作響，接著卻有震耳欲聾的感覺。

「你認得這兩位吧？」

嘉麗娜不禁用手摀住嘴巴，顯示器上的綠色夜間攝影畫面消失了。接著他們看到一段拖拖拉拉而令人難耐的攝影鏡頭。一開始是兒童房門的正面，它像中了邪一般被推開，接著則是兩個沉睡女孩的特寫鏡頭。弗麗妲和娜妲麗。

史坦只見過幾次蘇菲的孩子，可是他確定畫面裡就是那對雙胞胎。

「你為什麼要這麼做？」

「只是要讓你知道我說到做到。」

它的意思夠明白了。那個「聲音」無所不在。它在監視著他的一舉一動。而且為達到目的，它一點也不會手軟，隨時都會殺死那兩個四歲大的小女孩。嘉麗娜是對的：這麼心狠手辣而又手段高明的人，根本不需要他去打聽什麼情報。那個殺手到底想要他做什麼？

史坦心裡正在想著這個問題，顯示器切換到下一個畫面，答案呼之欲出。起初他們只看到一片影像搖晃而模糊的灰色水泥地面。好像是某個人在慢跑時拍攝街上的柏油路。影像品質很差，顆粒很粗，即使鏡頭拉近，攝影機角度往上抬，史坦還是看不出所以然來。

「那後頭是一扇門，」嘉麗娜搶著說。幾乎在同一秒，史坦和博舍也看了出來。

「這是什麼意思？」史坦對著手機說。

那聲音笑而不答。「你認出來沒有？」

「沒有，」史坦搞不清楚這個劣質的業餘錄影究竟在表達什麼？

模糊的畫面裡有個人衝向那扇門。他不明就裡，直到博舍突然哼的一聲說：「該死，這怎麼可能？」

他用拳頭在自己的光頭上打了個爆栗。

「怎麼了，到底怎麼回事？」

「安迪？」

史坦和嘉麗娜你一言我一語的叫喚，可是博舍沒理會他們。他打開書桌最上層抽屜，接著扯開第二層，終於在底層抽屜裡找出一把九〇手槍。

「那扇門到底是怎麼回事？」史坦聲嘶力竭的驚叫，使得沙發上的西門忍不住用雙手摀住耳朵。博舍沒有回答他，只是指了指辦公桌上電腦右邊的紅色按鈕。它閃個不停。開開關關。

「員工專用入口，」博舍壓低聲音說，又指了指螢幕。「有人剛剛撳了門鈴。」

6

愛是……

只是一張問候卡片。除此之外，什麼也沒有。

他們一起破門而出，博舍手持開了保險的手槍跳到門外時，史坦覺得自己成了執行死刑的見證人。

「他不是單槍匹馬來的。他們要把你解決掉。你一出去就死定了！」

博舍使了個眼色警告他，史坦卻懷疑他的前當事人腦袋是不是燒壞了。安迪看起來整個人似乎一下子就被最低階的本能給接管了。

可是門外卻沒半個人要和博舍捉對廝打。除了一張橙紅色護貝、DIN-A4 大小的問候卡片。史坦伸手撿起腳墊上的信封，博舍則是不斷大聲咒罵，以宣洩他積壓在心裡的攻擊潛能。

「來啊，你們這些爛貨。膽小鬼。看我怎麼揍扁你們……」

他的聲音在雨中穿過後院，一直傳到樹林裡，那個混混一定是跑到那裡頭去了。

愛是……史坦打開卡片……可以無話不談。卡片上了無新意的預印文字這麼說。底下則有一行手寫的字：有什麼新消息嗎？

「怎麼樣？你們喜歡我的問候嗎？」

他們剛才下樓跑到員工專用入口時，史坦的耳朵一直緊貼著電話，他不想錯過那個「聲音」發出的任何一句話。現在它又對他說話了。

「你在搞什麼把戲？」史坦嫌惡地對著電話說。現在他才注意到自己和博舍一樣怒氣沖天。對著一個可能會宰了自己的人大聲咆哮，或許不是個好主意。可是反正他再也沒什麼好失去的。「你真病態。」

「那是你個人的看法。」

那低沉的聲音雖然經過人為扭曲，仍舊像演唱會裡的貝斯一樣具有穿透力。

「你最後通牒的第一天已經過去了。我很想知道你找到什麼蛛絲馬跡了沒有。」

電話那頭除了聲音以外，還傳來遠方重型卡車的喇叭聲。

「你為什麼要問我？你早就知道一切了。那個在冰櫃裡的人。墓園裡孩子的頭顱。天啊，你甚至就在現場！我還能跟你說什麼呢？」

「告訴我怎麼找到殺死哈洛·祖克和撒母耳·普羅提斯基的凶手。你仔細想想，那孩子今天都跟你說了些什麼？」

「不是很多，」史坦吞吞吐吐地說。

他說了太多話，以致於聲音完全沙啞。或許是這個鬼天氣使他著涼了。

「我自己也還不知道該怎麼看這件事，」他躊躇不定地說。「西蒙說，他的任務還沒完。他還要解決一個人才行。」

一陣沉默。史坦第一次感覺到他終於搶得先機了，雖然他還是不知道他們到底在下什麼棋。

「叫他跟我講電話。」

「你是說孩子？」

「沒錯，我要跟他說話。」

史坦抬頭四處張望，他完全沒有注意到自己在講電話的時候跟著嘉麗娜和博舍走到哪裡了。現在他又來到一樓舞池旁邊。西蒙的 MP3 播放器悄然無聲，但四周仍然隱約有乾冰微甜的氣味，不過反正沒差，這地方不久之後就會被將近三千個客人搞得煙霧瀰漫。

「不行，」史坦看了西蒙一眼。那孩子跑到吧台找了一張旋轉圓凳坐了下來，在那裡轉個不停。

「我不是在請求你。」那個聲音一字一句越來越嚴峻。「你叫那孩子接電話。我要馬上跟他說話！或者你想要再看一段那對雙胞胎的錄影畫面？你不會希望女孩們落得和提芬瑟一樣的下場吧？」

史坦閉上眼睛，眉頭深鎖，黑暗中似乎閃電不斷。一想到他會對西蒙說什麼，他就渾身不舒服。

7

「喂？」

「嗨，西蒙。」

那個陌生的聲音讓那男孩感到很好奇。

「你的聲音聽起來很怪。你又是怎麼知道我的名字的？」

「是羅伯告訴我的。」

「是喔。那麼你叫什麼名字？」

「我沒有名字。」

「什麼？怎麼可能？每個人都有個名字。」

「不是每個人。好比說上主，祂就沒有名字。」

「可是你不是上主。」

「我不是，不過我跟祂很像。」

「怎麼說？」

「因為我也能讓某些人死掉。就是這麼回事。你懂我的意思嗎？像嘉麗娜和羅伯這樣的人。你很喜歡他們是吧？」

西蒙左手拳頭不停握緊又放開。他的手臂很麻，他知道那是什麼意思。每次他跟醫師說他手臂發麻，醫師就會露出憂心忡忡的臉色。接著他們會替他安排檢驗，用脈衝電流刺激他的手指。他一直搞不懂，他的腫瘤明明長在右腦，為什麼卻是左邊的神經不聽使喚。

「你嚇到我了，」西蒙緊緊抓著不鏽鋼吧台旁閃閃發光的金屬圓杆。他覺得有些暈眩，於是跳下圓凳以防萬一。

「你只要回答我一個問題，我就放過他們。」

「你就不會對他們怎樣？」

「一言為定。可是你還要跟我說一件事。」

「什麼事？」

「羅伯說你還要再解決某個人，是嗎？」

「不，我不會自己動手。可是我知道那個人會死。」

「好吧。你知道。那麼那個人是誰？你想要殺誰？」

「我不知道他的名字。」

「他長什麼樣子。」

「我也不清楚。」

「你想想羅伯和嘉麗娜。你再仔細瞧一瞧他們。你不會想讓他們送命吧？」

西蒙聽從那聲音的話轉過頭去。嘉麗娜和羅伯分別坐在兩側。衛星電話沒有擴音功能，因此他們都湊了過來，多少聽到一些恐嚇對話。

「不，我不想讓他們死。」

「很好。你現在給我搞清楚。他們是死是活就看你了。只有你才能決定他們的死活。」

西蒙的手臂又開始發麻，起初像潮水似的一陣陣湧來，現在則是如洪水一般。

「可是我要跟你說什麼呢？我只知道發生的日期。」

「什麼時候？」

「後天。」

「十一月一日？」

「是的。清晨六點左右。」

「在哪裡？」

「我不清楚。我會遇到一個人。在一座橋上。」

電話那頭的雜訊聲音震耳欲聾，於是西蒙放下手機。

8

「好了，你說夠了。」

史坦把電話接過來。電話那頭的聲音聽起來像是剛剛哮喘發作似的，原來是那聲音在嘲笑他。

「什麼事這麼好笑，西蒙跟你說了什麼？」

「沒事。祝你好運。」

砰。

他的心裡彷彿關上了一扇門。他覺得不寒而慄。

「這是什麼意思？現在你要我做什麼？」

「什麼也不必。」

「那麼什麼時候……」他很困惑地結結巴巴說：「你什麼時候會再聯絡我？」

「再也不會了。」

砰。

那扇門上了鎖，把他完全擋在所有事情的外頭。

「可是……我不明白。我還沒有告訴你任何名字。」史坦瞥見西蒙整個人癱坐在沙發上。

「沒錯，所以我們的交易到此為止。」

「可是你還沒有告訴我，關於腓力的事你知道些什麼。」

「我沒有。」

「為什麼不說？我做錯了什麼嗎？」

「你沒有。」

「那麼就照著我們原本約定好的時間。你說過的，我還有五天。今天是第一個星期六。我會替你查出凶手的名字，你也要告訴我那個身上有胎記的男孩是誰。」

史坦注意到嘉麗娜在遠處以狐疑的眼神望著他。他也從來沒有聽過自己說話的語氣如此低聲下氣。

「喔，我今天就可以告訴你。那是你兒子腓力。他住在一個很棒的地方，跟他的養父母。」

「什麼？在哪裡？」

「我為什麼要告訴你呢？」

「因為我也遵守約定。我會替你找出凶手。我保證。」

「恐怕不必了。」

「但是……為什麼？」

「你想清楚一點：後天橋上的那個人，就是我。」

「我不明白。」

「不，你很清楚。後天早上六點，我要跟某個人碰面。西蒙會殺死我。你應該也是剛才發現的，而我有了這個警告就夠了。我再也不需要你的其他情報。祝你一切平安，律師先生。」

通話結束時，史坦彷彿聽到電話那頭「啵」的輕輕一個吻。

9

車子的加寬輪胎在高速公路積水的柏油路面上飛馳。史坦和西蒙坐在後座，回頭張望他們剛才經過的灰色出租公寓。他想要看看真實的事物。他不想看到打開棺材或是把死人從棺材蓋裡拖出來的人。而是正常的家庭，他們正在準備晚餐，播放電視，或者有朋友來訪度個週末。可是平凡人生裡的燈火早就飛快離他而去了。

就像現在他紛亂的思緒一樣快。

罪犯，窮凶極惡的那種。謀殺、強姦、逼良為娼、凌虐。他們犯了刑法裡的所有重罪。

「你覺得如何？」坐在前座的嘉麗娜問道。

她剛把一頭濃密的頭髮紮了個馬尾。史坦完全沒有注意到自己陷入了沉思之中。

「如果恩格勒所言屬實，那麼那些凶殘的血案當時一定家喻戶曉。」

他們沾染的血跡遍及全國各地。不過我們再也不必跟在他們後面擦拭血漬了。

「直到有個人出現，手刃那些凶手，」博舍含糊不清地說。自從他們開車離開柏林的「鐵達尼」舞廳後，他已經嚼了三顆口香糖了，而且大刺刺地把嚼到沒有味道的口香糖黏在前方的儀表板上。

「是的。一個復仇者，如果我們相信西蒙所說的話。他一個個解決掉他們。只剩最後一個，」史坦探身說。「那個『聲音』也許就是那夥人的首腦。」

他捏一捏緊繃的脖頸，那裡的肌肉和骨頭一樣硬。

「這可以解釋他為什麼要不擇手段找出殺死他的夥伴的凶手。」博舍看著後視鏡說。「看他費那麼大的勁，一定是私人恩怨。」

而且也意味著這個心理變態是唯一知道腓力的下落的人。甚至可能就在他的手裡。史坦暫時把這個念頭放在心裡，雖然他知道鬼靈精怪的嘉麗娜很可能早就想到了。

「我必須堅持下去，」他低聲說，幾乎是在喃喃自語。「我不能現在就放棄。」

他知道自己的決定只是基於兩個瘋狂的假設。他假設西蒙之於一個未來的凶手的幻覺和他之於過去的記憶一樣，最終都會得到證實。他也相信那個「聲音」所說的話，它說他兒子還活著。這兩者聽起來都很不可能，雖然有客觀的證據：那個「聲音」知道那座橋，也知道確切的日期！

「你相信西蒙這次還是對的嗎？」博舍一副看得出來史坦在想什麼似的，雖然史坦一直認為只有嘉麗娜才懂他的心。

「我不知道。」

也許後天早上六點真的會有個人到橋上。去殺人。

然而那會是誰？

話雖如此，史坦還是沒辦法相信西蒙上輩子是個連續殺人犯，他投胎轉世回到人間，只是為了處決最後一個人。真正的復仇者應該另有其人。而史坦必須找到他，如果他想知道腓力下落的話。

那座橋是關鍵所在。我必須查出它在哪裡。

他正要對博舍和嘉麗娜開口談談自己的想法，坐在身旁的西蒙雙腳卻不由自主地抖了起來。

10

「停車！」史坦對著前面的博舍狂吼。「停下來！」他們的車子在高速公路上行駛，剛剛經過坦培霍夫舊機場前面的空地。

「怎麼了，什麼事……啊，真該死。」博舍回頭一看，馬上就明白為什麼剛才覺得有人在踢他的椅背。西蒙的癲癇發作了。雖然史坦使勁壓住他的大腿，他還是不停猛踢椅背。那孩子猛翻白眼。

「我馬上靠邊停，」博舍趕緊打方向燈。

「不，不要。」

他們的車子還開在超車道上，嘉麗娜解開前座的安全帶，爬到後座去。史坦的心都放在西蒙身上，完全沒有注意她。孩子的痙攣隨著心跳越來越厲害。他口吐白沫，腦袋劇烈前後搖晃，假髮都掉了下來。

「讓開，」史坦還沒反應過來，嘉麗娜硬是擠到兩個人中間。史坦被迫讓到右側，可是嘉麗娜不由分說地坐在他腿上。

「我的手提包，」她氣喘吁吁地說。「我要我該死的……喔，謝謝。」

博舍從前座把手提包遞給她。她打開鎖扣，從裡頭掏出一只像化妝包那麼大的白色盒子，不停翻找。

「我們為什麼不乾脆停車？」史坦驚慌失措地問道。

「把偷來的車子停在路肩嗎？你到底在想什麼？」

嘉麗娜在她的藥盒裡找到一支即拋式針具，用嘴撕去針頭的包裝，把塑膠膜吐在踏腳墊上，接著取出一只小玻璃瓶，搖了幾下，倒轉藥瓶，將針頭戳進去。

「繼續開車，別惹人注目。」

博舍點點頭。這輛休旅車是他從「鐵達尼」舞廳地下停車場「借來」的，車主搞不好已經報警了。

「惹人注目？」史坦歇斯底里地叫道。「妳要眼睜睜看著西蒙沒命嗎？只是為了害怕被捕？」

「羅伯，」嘉麗娜把針筒從瓶子裡抽出來，在史坦眼前晃一晃。

「怎麼？」

「你可不可以閉嘴？」

她用手掌把西蒙壓在頭墊枕上，動作嫻熟地把針頭的藥物注射在他的嘴角右側。嘉麗娜彷彿拔掉了一個看不見的插頭似的，幾秒鐘後那孩子就平靜下來。他的腳不再抽搐，眼睛也闔上，呼吸平穩了許多。過了幾分鐘，西蒙疲憊的在嘉麗娜的懷裡睡著了。

「這真是太瘋狂了。你們別再玩下去了。」博舍還不打算停車，於是史坦爬到前座，以便掌握狀況。

「在下一個交流道離開高速公路開到醫院去。你們都看到了。這孩子得馬上接受治療。他必須待在醫院中，而不是逗留在這場夢魘裡。」

「是嗎？為什麼？」

「為什麼？妳眼睛瞎了嗎？妳自己剛才也看到了……」

「你知道我為什麼這麼討厭你們法律人嗎？」他被嘉麗娜搶白一頓。「你們這些自以為是的傢伙對於現實世界一無所知，卻什麼都有話要說。剛才只是單純的癲癇發作而已。情況不是很好，卻也還不到送進加護病房的程度。如果西蒙早一點服用他的癲通，現在就不必對他急救了。」

「妳在說什麼鬼話？重點不是他有沒有服藥，而且為什麼他會癲癇發作。他的頭蓋骨底下長了一塊腫瘤。他不應該去動物園，也不應該去挖掘屍體。」

「你又在胡扯了。你一點也不明白西蒙的痛苦。你根本沒有深入了解他的病情，是嗎？西蒙的前額葉有一顆腫瘤。但是那並不意味著他一天二十四小時都必須有人看護，除了接受化療和放療期間。那孩子每一個半月要住院一次，每次也只待十四天。如果慕勒教授在那期間評估說他不必接受放療，那麼他晚上就會在一般育幼院睡覺。」

「但是總比跟著我們從一家夜店趕到另一家好多了吧？」

博舍剛才建議到另一個朋友的舞廳過夜，那裡有間密室，據說就算警方突襲檢查也不得其門而入。

「你知道如果西蒙清醒的話，他會怎麼說？」史坦氣呼呼地說：「他會說：『別來煩我。』」

嘉麗娜不以為然地搖頭說：「不，剛好相反。他會說：『別丟下我。』他跟我說過他不喜歡夜晚。他會害怕。不管是在育幼院或是醫院。你們也都看到了他剛剛有多麼開心。在動物園、車子裡，或是跳舞的時候。」

「他也哭過、看到死人，而且痙攣抽搐。」

「他反正隨時會有這些症狀。他清醒以後，我們陪在他身邊，可以減輕他的痛苦。還有一件事，你似乎完全沒搞清楚，羅伯．史坦。這不是你或者腓力的事，主角是西蒙。這孩子沒多少日子可以活了，我不要他一直認為自己是殺人凶手，你明白嗎？所以我找你來。我們沒辦法讓他不會死。但是我們可以消除他的罪惡感。你不知道他有多麼敏感。他一想到自己傷害過別人，就心如刀割。他短短的一生經歷了這麼多狗屁倒灶的事，不應該就這麼結束。」

被嘉麗娜狠狠教訓了一頓，史坦半句話都答不上來，只得轉頭望著車窗外。他和嘉麗娜的考量其實殊途同歸。拖著一個得癌症的孩子逃避警方的追捕，只為了挖掘出他的輪迴轉世幻覺背後的祕密，雖然聽起來很瘋狂，但是現在就去投案，也同樣說不過去。恩格勒會偵訊他們十幾個鐘頭，然後全部收押禁見。那個探長也絕不會相信他們的話，跑到某一座橋上阻止兩個凶手的正面交鋒。更何況柏林的橋比威尼斯還要多。

如果他們現在拋下西蒙以及那些難以解釋的事實，不管後天早上六點會發生什麼凶案，都不會被人發現。史坦既沒辦法阻止，也無從得知當時腓力在嬰兒室裡到底是怎麼回事。

「妳可以獨力照顧那小子，是嗎？」博舍突然插話說，又對著後視鏡瞧了嘉麗娜一眼。

「我可不敢保證。不過我把所有東西都帶在身上。可體松，他的抗癲癇藥，必要的時候還有地西泮直腸劑液。」

史坦注意到他們前面的重型機車騎士每十秒鐘就變換一次車道，彷彿在練習高山滑雪比賽裡的小迴轉似的。

「這樣還是不夠吧，」他沉吟了半晌，雙手交叉托在腦袋後面。

「怎麼會不夠？」嘉麗娜在後座問道。「他有護士、律師和保鑣，二十四小時陪著他。他還缺什麼？」

「妳等一下就知道了。」

史坦用右手示意博舍從科本尼克交流道離開高速公路。十分鐘後，他們停在一戶人家門前，那是他一輩子都不想踏進去的大門。

11

當她摑了他一記耳光的時候，他知道他們可以進去了。第一拳打在他的胸口，不痛不癢有點搞笑，那反而使得蘇菲更加惱火，順手又是一巴掌。他原本可以轉身用手格開那記耳括子，或者至少別過臉去，然而他只是閉上眼睛，「啪」的挨了一記，熱辣辣的感覺從左臉一直游走到耳根子和下頷。

「你到底在搞什麼鬼？」他前妻的聲音聽起來像是舌頭下抵了一顆彈珠似的。史坦知道她一定會問他下面三個問題：當我緊抱著腓力不放的時候，你為什麼把他從我懷裡搶走？你為什麼十年後和那個下賤女人一起來找我？為什麼要帶一個病危的孩子到我家來喚起那些令我肝腸寸斷的回憶？

他走到陶瓷人造石水槽旁，拿了一條乾淨的茶巾在水龍頭下沖冷水，然後敷在熱燙的臉頰上。鄉村別墅的廚房以及明淨溫暖的木質家具，顯然不是吵架的適當場所。就像科本尼克處處可見的獨棟住宅一樣，蘇菲的家裡充滿了無憂無慮的安詳氣氛。

二十分鐘前，他做為不速之客站在她家大門前的台階上，難怪她不想讓他進門。博舍讓他們先下車，然後往前開，找個隱蔽的地方把車藏起來。看到史坦懷裡抱著睡得香甜的西蒙，蘇菲有點猶豫不決。她遲疑得太久了。史坦已經趁機走進屋子裡。

「警察剛才來過了。」一臉倦容的蘇菲用手撐著廚房中央的流理檯，史坦看到流理檯上方掛了一組古典優雅的黃銅鍋具，不是很確定她是否真的使用過，或者只是擺個樣子。但是冰箱上笑容燦爛的男子照片，看起來很喜歡下廚的樣子，他應該知道怎麼使用這些器皿吧。或許他們會在一天忙碌的工作之後，一起在爐子前品嚐肉汁，這時候雙胞胎姊妹也跑來偷吃，而他們則會笑容滿面地把孩子趕回起居室去。

單單是這個理由，就足以令蘇菲下定決心離開他。他這輩子只為她下廚過一次，想給她一個驚喜，但就連冷凍披薩都被他搞砸了。

「妳跟他們說了什麼？」他問道。

「實話實說。一個叫布蘭德曼的探長跑來找我。我真的不知道你躲到哪裡去，幹了什麼事。老實說，羅伯，我也不想知道。」

「媽咪？」

蘇菲蹲身走到廚房門口，弗麗妲抱著洋娃娃赤腳站在門後。洗到褪色的史努比及膝汗衫搖擺不定。「怎麼啦，寶貝？妳不是早就該上床睡覺了嗎？」

「是啊，我有啊。可是我想讓西蒙看一看仙杜拉。」

「那就快一點。」

「可是她沒有穿襪子。」

那個一頭金色鬈髮的小女孩氣呼呼地嘟著嘴，要母親看一看她心愛的洋娃娃光溜溜的塑膠腳丫子。蘇菲拉開抽屜，拿出一雙像指套那麼大的棉襪。

「妳是在找這個嗎？」

「是啊！」弗麗妲喜形於色，從她媽媽手裡拿走襪子，趿拉著鞋子走出廚房。

「我等一下就去關燈喔！」她在孩子身後喊道，接著收起母愛的笑容，對史坦擺出怨懟的臉色。他們有一分多鐘沒說話，直到史坦指了指牆上的電話。

「妳可以打電話報警，如果妳要的話。倘若妳不想和我有什麼牽扯，我也可以理解。還有，妳先生今天早上出差去了是嗎？」

蘇菲低頭沉思，臉色越來越難看。「你還是一點都沒有變，是吧？你仍舊相信我必須有個強壯的男人在家裡陪伴，才能應付我的生活？」

「我不知道。我想我根本不認得妳了。」

「那麼你為什麼偏偏要來找我？」

「我是逼不得已的。」

「誰逼你了？」

「有個人給我看了一段影片，裡頭有腓力過世的畫面。」

蘇菲瞪大眼睛，彷彿突然有了透視能力似的，可是接著臉色又陰沉下來。

「是嗎？所以你才半夜打電話來？」

史坦點點頭，試著盡可能委婉地說明整件事的來龍去脈。他對她提到ＤＶＤ、他們的孩子臨終的畫面，以及那個不知名的聲音的要求。但是他沒有提到那個身上有胎記的男孩，也略去了凶手對於雙胞胎姊妹的威脅。蘇菲和他不同，她就要跨過一道新生活的門檻。如果現在告訴她腓力的生死存疑，就像是用蒸汽鎚把她打回憂鬱、擔心和自怨自艾的世界裡。正如她現在也應該會擔心小女孩們不知道什麼時候會突然死去。所以他對她扯了個小謊，告訴她那個「聲音」的影片只是要證明它很有辦法，如果他不配合的話，它就要殺了西蒙。

史坦說完這個改編過的故事，蘇菲看起來像是胸前壓了一根鋼筋混凝土橫梁似的。

「你真的確定……」她有點吞吞吐吐欲言又止，羅伯對她點點頭。

「是的，我親眼看見的。」

「可是怎麼會？我是說，他怎麼會……」

「就像醫師說的。他就只是停止呼吸。」

蘇菲乳白色的絲質上衣有一塊水漬越來越大，羅伯好一會兒才明白她吞聲飲泣的眼淚濡濕了衣服。

「怎麼會就這樣走了？」她喃喃地說。「是我疏於照顧嗎？」

儘管以為她會決然回絕，他還是走過去執起她的手。她沒有把手縮回去，卻也沒有回應他。

「妳累了，那只是早夭而已。」

蘇菲用另一隻手撥了撥頭髮，低頭望著腳下的石磚，地上的一灘淚水訴盡衷曲。「我就快要記不得了。他的甜美笑容，他那睜不開的眼睛。一切都淡去了。我只有在心底還隱約能聽到他的哭聲。就連他的氣味也慢慢散逸了。我們以前買的那罐很貴的法國嬰兒油，你還記得嗎？或許正是因為如此，我才會拒絕相信這一切。我最後一次抱著他的時候，他聞起來還是那麼健康活潑。可是現在……」

史坦驀地驚覺自己的那句話激起了她心底多麼大的漣漪。這些年來，她顯然仍舊深藏著一個不理性的希望，而今都成了夢幻泡影。

他俯身直視她，注意到她的眼淚已然乾涸。他立刻放開她的手。如果他再握得久一點，對他而言和性侵沒什麼兩樣。那個彈指之頃的親密關係已經過去了。

羅伯和蘇菲相顧無語，過了半晌，他才轉身離開，讓孩子的媽一個人待在廚房裡。他輕聲下樓去找西蒙和嘉麗娜，以及睡覺的地方。他聽到外頭風驟雨疏，一副要掀掉籬笆和屋瓦似的，似乎是在預告一個暴風雨的夜晚。

12

客房是在屋子的地下室。西蒙脫掉鞋子，和衣躺在西蒙和嘉麗娜之間，他們倆睡得很沉，完全不知道他進房間來。他們睡在一張加大雙人床的兩頭，蓋著一條薄毯，好像一對剛剛吵架而誰也不理誰的老夫老妻。

有機會擠在他們中間睡覺，史坦知道這是個很幸福的插曲。嘉麗娜睡覺時習慣翻來覆去，如果史坦晚個五分鐘進來，她搞不好和西蒙抱成一團，整張床都是她的了。

暖氣調到最大。但史坦還是冷得直打哆嗦，因為白天一幕幕駭人的景象再度襲上心頭。冰櫃裡的屍體、提芬瑟、墓園，以及不斷出現的腓力。

他側身凝視著嘉麗娜，很想伸手摩娑她露出被角的左肩。它看起來如此柔若無骨，卻又像是個堅強的依靠，如果他可以把頭枕在她肩上一會兒的話。嘉麗娜濃密而微鬈的頭髮像扇子似的披散在枕頭上。她也是側著睡。

史坦微笑不語。她的這種睡姿，他還是第一次看到。手臂平伸，雙腿蜷縮起來，閉上眼睛。三年前，在回到他那空蕩蕩的別墅路上，他突然有個衝動，把車子開到一家家具店的停車場。逛到床具區時，他突然以為自己看到一個明豔不可方物而又栩栩如生的櫥窗模特兒躺在一張床墊上。就在這時候，嘉麗娜睜開眼睛，含笑注視他。「我應該把它買回家嗎？」她問他說。一個鐘頭後，他幫她把新床墊扛到位於普倫茨勞貝格區的頂樓公寓。

而他為什麼離開她的理由，也突然浮現眼前。他們在握雨攜雲之後，他躺在她身旁沒有闔眼，想像如果人能夠遺忘的話，那會是什麼樣的感覺。如果激情的擁抱可以把腦袋裡的痛苦畫面沖刷掉，整個世界只存在於當下。就像今晚一樣，當時的他也把伸出去的手抽了回來，因為他有罪惡感。他沒有權利開始一段新的生活，讓對腓力的回憶像壁爐上方的照片一樣漸漸褪色。

第二天，他隨便找個理由就和嘉麗娜分手了，在一切都太遲之前。在他對她思惹情牽而不可自拔之前。

千絲萬縷的念頭，讓史坦整整半個鐘頭無法入睡，直到一身的疲憊硬是把他拉進一夜無夢的黑暗睡鄉裡。酣睡中的他既沒有感覺到嘉麗娜不停地翻身，也不知道一雙凝重的眼睛在後面注視著他。

西蒙等了一會兒，直到聽見大律師平穩的呼吸聲，才小心翼翼地掀開毯子，從地上拿起假髮，踮著腳尖走出門外。

13

有什麼東西破掉了。那個噪音穿過兩扇門，一層樓梯，以及二十公尺的空氣阻力，傳到客房時已經很微弱了。史坦悶哼一聲醒了過來，似乎對於那個碎裂聲渾然不覺。使他終於醒來的，是壓在他臉上的手。嘉麗娜又在夢裡工作起來，把他的腦袋當作儲物架了。

睡眠不足使得羅伯還有點昏昏沉沉，他輕輕掙脫那無意中的擁抱。他躺在硬梆梆的床墊上伸展四肢，突然間覺得有哪裡不對勁。沒多久就注意到闃暗的房間裡有什麼異狀。

史坦迅即翻身跳下床，衝到隔壁的浴室。沒有人。西蒙不見了！

他打開門，只穿著襪子就三步併兩步地跑到樓上。他的時間感還沒有恢復，不清楚自己到底睡了多久。外頭還很黑，沒有任何微光從氣窗透進來，在柏林的秋天，這可能意味著：傍晚時分、半夜、凌晨三點半……。他的眼睛習慣了走廊的黑暗，在沉睡中的家庭典型的生活型態裡摸索四下的環境：暖氣的隆隆聲、起居室的落地鐘，冰箱的嗡嗡聲。

冰箱！

史坦轉過身，看到了燈光。在走廊盡頭，廚房的門縫裡透著微光。

「西蒙？」他輕聲呼喚道，不想吵醒樓上的人。那聲音剛好讓門後的人聽得到。他悄悄穿過走廊，隨著冰箱的燈光，他聽到清脆的聲響。

史坦很希望博舍這時候也在他身旁，如果是他，或許不假思索就衝過去了。他遲疑了一下子才按下門把，走進廚房，心跳不禁加速——因為鬆了一口氣。

「對不起，」西蒙蹲在地上，拿著茶巾擦拭石磚地上的白色液體。他不安地抬頭望著史坦，慢慢站起來。

「我口渴。手裡的杯子滑掉了。」

「噢，沒關係。」史坦勉強擠出一點笑容，一副若無其事的模樣。

「你過來，」他把西蒙摟在懷裡，讓孩子的頭貼在自己的腹部。「你嚇壞了吧？」

「是啊。」

「因為外頭的風嗎？」

「不是。」

「那麼是什麼？」

「因為那張照片。」

羅伯退了一步低頭端詳著西蒙。「什麼照片？」

「就在那裡。」

西蒙擦乾地上的牛奶，關上冰箱的不鏽鋼門，霎時間廚房變得和外頭的走廊一樣暗，史坦打開流理檯上方的鹵素燈。

「那是一個嬰兒，」西蒙說。

史坦從冰箱的冷凍室揭下來的照片，應該至少是四年前拍的。照片裡蘇菲的丈夫笑得很不自然，手裡托著兩個孩子的身體，不讓她們滑到塑膠浴盆的洗澡水裡。

「這有什麼不對勁嗎？」史坦問道。

「明天，在橋上。和一個嬰兒有關。」他手裡的照片開始顫動。

「你又夢見什麼了嗎，西蒙？」

「是的，」那男孩點點頭。

喀喇。喀喇。

西蒙繼續說下去的時候，史坦注意到吸頂燈映在他的視網膜上的紅點。

「可是我看到這張照片，又想起那個畫面，嚇得手裡的牛奶掉到地上。」

史坦又低頭看了一眼。地上的水漬讓他聯想到冰島的地圖，那倒是和倏地襲上他心頭的陣陣寒意很搭配。

「你知道他們要對那個嬰兒做什麼嗎？」他問道：「我是說在橋上。」

西蒙疲憊不堪地點點頭。濕漉漉的茶巾從他手裡滑落。

「賣掉，」他說：「他們要賣掉他。」

第四部
交易

靈魂不滅，它只是換了個居所，在這個地方生活和行動而已。萬物都在變換，但是不會消滅。

——畢達哥拉斯

輪迴說只是在恫嚇人們說他們會經歷幾千次的死亡，幾百萬次的痛苦。

——一個基督教廣播電台的網頁關於「輪迴」的官方說法

耶穌回答說：「我實實在在地告訴你，人若不重生，就不能見神的國。」

——《約翰福音》3:3-7

1

「你現在是在開玩笑嗎？」

史坦瞄了車道一眼，又看看博舍，他剛剛套上一件拜仁慕尼黑的足球隊衣。

「怎麼啦？我覺得很好看啊。」

他的夥伴又開始冒汗了，喃喃自語地搖下副駕駛座的車窗。就連史坦也很慶幸早上的空氣有些寒意，冷冽的風正以每小時六十公里的速度吹進車廂裡。他估計在過去二十四小時裡才睡了不到四十分鐘。他早上淋浴了一下，跟他的前妻借了一輛車子跑路，和博舍在勝利紀念柱的圓環前面碰面。出乎他意料，蘇菲很爽快地把鑰匙交給他。她的配合令他很是訝異。她甚至讓嘉麗娜和西蒙待在科本尼克，直到史坦確定自己的計畫是否行得通。

「你聽著，」在陣陣強風裡，他必須提高音量對抗噪音。「我們現在坐在全球最暢銷的小型房車裡。此外它有銀白色烤漆，是世界上最流行的汽車顏色。換句話說：我們愛怎麼開就怎麼開，不會惹人注目。但是你穿得這副德行，是想要搞砸我們的整個偽裝嗎？」

「先別大驚小怪，」博舍又把車窗搖起來。「你最好看看左邊。」

他們剛剛經過柏林音樂廳，對面圖書館前的人行道上，一群年輕男子湧入波茨坦廣場。史坦以為是他的錯覺。所有人都穿著全套的足球衣。

「今天下午有一場德國足球聯賽的頂尖賽事，」博舍解釋說。「柏林赫塔對拜仁慕尼黑。你把頭轉到左邊。」

史坦聽他的話轉過去，忽然右邊臉頰上濕濕的，感覺被蓋了個章似的。

「現在這又是怎麼回事？」

「你也必須偽裝一下。嗯，很好看。」安迪哈哈大笑，把後視鏡轉過去讓史坦瞧一瞧臉上的球團圖案。

「柏林奧林匹克體育場的票都賣光了，至少有三萬五千名球迷從外地湧進城裡。你看到了，有些人提早到了，在城裡到處鬼吼鬼叫的。你穿著這身律師西裝，待在車子裡也許還行，可是一到外面……，」博舍隔著擋風玻璃指了指前面的波茨坦大道，「沒有比這個更好的偽裝了。這裡是其他的衣服配飾。」

瘋了，真是瘋了，史坦心想，跟著瞧一瞧後座。博舍大概洗劫了不知道哪一家球迷專賣店。從圍巾、運動褲到守門員手套，一應俱全。穿上這一身打扮，大概誰也不認得誰了。更何況大街上有成千上萬個替身演員熙來攘往的。

「可是我不知道他們會不會讓我們混進去。」史坦轉進選帝侯大街就降低車速。

「混進哪裡？」

他對博舍解釋他的最新計畫。根據西蒙的說法，明天清晨在柏林的某座橋上，將有人碰面要賣一個嬰兒。羅伯認為那個「聲音」和人口販子有關，有人警告他說他會在交易的時候遇害。就像幾年前他的其他同夥一樣。

「我必須找到人告訴我們有誰在販賣嬰兒。接著還要找到那座橋，以及那個『聲音』。為此我們必須來到這個見不得光的地方……」

史坦心裡一想到這幾個字指的是什麼，就渾身不舒服。如果說那個有胎記的孩子和腓力有關，如果真的有那個男孩存在，那麼他很可能就在某個犯罪集團首腦的手裡，而他們顯然涉嫌販賣兒童。而西蒙則是在夢裡把自己和追殺那個虐待狂的復仇者給搞混了。

史坦又在想，這些瘋狂的事到底有沒有一個真正的解釋。他不斷問自己，腓力當時會不會被人偷換了，甚至是被人救活了。可是又不得不排除所有合理的解釋。當時嬰兒室裡沒有其他男嬰，腓力也的確下葬了，他過世之後，蘇菲還抱了他半個鐘頭不放。還有那個左肩上像是義大利地圖的胎記！在腓力被送去火化之前，他探身到棺材裡看他最後一眼。他左思右想兒子還活著的可能性，就像一個孩子知道他上輩子殺了哪些人一樣說不過去。

「哈囉，有人在家嗎？」

史坦完全沒注意到博舍在問他問題。

「我想知道，蘇菲當時一個人在廁所裡待了多久？」

史坦一臉茫然地望著他的助手。

「你是說在醫院時嗎？」當她抱著腓力躲到廁所裡時。

「是啊，而且我覺得你的腦袋現在一定隆隆作響，比這輛老爺車還要吵，所以我心裡在想，你到底有沒有想到這點？」

想到什麼？蘇菲和這件事有什麼關係？

「你是在胡扯吧？那太荒唐了。」

「我們現在不是在找一個可能只是存在於孩子幻覺裡的嬰兒嗎？我的猜測不見得比這整件事更荒唐吧？」

「那麼依你看，當時在浴室裡發生了什麼事？」史坦好不容易按捺住怒火，心想自己為什麼對這個猜測反應如此激烈。「廁所上了鎖。也沒有後門。你是說也許她在裡頭還有另一個死嬰，而且馬上在他肩膀上紋了一個義大利地圖形狀的胎記？」

「好吧，算了，」安迪雙手一攤安撫對方說。「我們不就是在找那個嬰兒的下落嗎？但我們為什麼要一路偷偷逛窯子？」

博舍望著一個阻街女郎的背影，她的雙腿瘦得像竹篙似的，無精打采的在人行道上踅來踅去。選帝侯街、呂措街和波茨坦街一帶的雛妓，一直是柏林最惡名昭彰的。大多數的女孩十二、三歲左右就罹患肝炎，接著又傳染給那些淫亂的尋芳客，他們在其他地方找不到這麼便宜的性交易，卻也沒有任何防護。

現在才剛過八點半，但像今天這種遊客擠爆城市的日子，這些年幼的受害者一大清早就在等生意上門了。流浪漢或是反社會傾向的人，不會把他們身上僅有的錢拿來買春。大部分是有錢的生意人或一家之主，他們喜歡享受權力的快感，要求女孩子做一些最不堪聞問的事，只因為她們陷入戒斷症狀再也沒辦法清楚思考。

「我原本可能要替一個姦淫未成年少女的被告辯護，」史坦一邊說一邊在找停車格。「那個德國男人想成立一個戀童癖的政黨，旨在使成人和兒童的性交除罪化。孩子也可以演出色情電影。」

「這是愚人節的玩笑嗎？」

「可惜不是。」

史坦打了方向燈，把車子拐進一個大缺口。一名少女穿著破洞牛仔褲和飛行員外套，從變電箱後面跳出來衝向他們。

「在我拒絕接受委任並痛罵他一頓之前，我問他週末都到哪裡鬼混。」

「讓我猜猜。」

「沒錯。這裡什麼都有。毒品、槍枝、職業殺手、童妓。」

「還有嬰兒。」

史坦把車子停妥，博舍打開車門，他不知道對那個穿著飛行員夾克的妓女夾纏不清地說了些什麼，她朝他比了個中指，又回到變電箱那裡。

「有的吸毒的妓女，會把她的新生兒放在嫖客的車子上，」跟著下車的史坦語氣堅定地說。「我承認不是發生在這裡，而是在捷克邊界的大街上。但是這對我們的行動更方便。」

「為什麼？」

「即使是在柏林，販賣嬰兒還是很罕見的事。如果連西蒙都聽說了，那麼一定真有其事。我們只要敲對門就行了。也許門後有個人可以提供什麼情報。」

「那麼你要從哪一扇門開始？」

「那扇門。」史坦指著對街一處敞開的入口。

髒兮兮的霓虹燈看板上頭隨隨便便貼了幾個黑色大字：雅各披薩。到了夜間，也許有幾顆燈泡已經不亮了。

「那裡面應該有間密室。有個私人門鈴。在二樓右邊。」

「一個非法的應召所，我知道。」博舍拍了一下自己肥厚的後頸，彷彿剛剛被蚊子叮了似的，其實只是後腦勺的汗珠令他發癢而已。

「別這樣看我。你知道我以前是靠什麼電影賺錢的。我當然比業餘玩家更懂得場景。」

「現在你知道為什麼我找你幫忙了吧。我希望你除了魁梧的身體以外，還有別的武器。」

「有。」博舍從他的拜仁慕尼黑運動服的口袋裡掏出一把九〇手槍，不過只露出一點點把手。「可是我們不會進去。」

「為什麼不？」

「因為我有更好的主意。」

「什麼主意。」

「你看那邊。」

史坦順著他行進的方向望去，看到街角一家大型雜貨店。

「這下可好，」史坦在他後頭嘲笑他說。「我忘了。他們這裡就連超商都在販賣嬰兒。」

博舍在大街中央停下腳步，轉過身來。

「沒錯，他們真的就是這麼幹的。」

他的表情、姿勢，特別是他的聲調，都明確告訴史坦：博舍不是在開玩笑。

2

兩人才逛了四家店就找到了所在。第一家超商沒有營業，雖然「商店每日營業時間結束法」已經修正，即使是星期天也可以做生意，特別是大城市裡有重大運動賽事的時候。第二家商店雖然開門，不過他們並沒有問到什麼特別的訊息：小班制鋼琴和西班牙文教學、徵求前往巴黎的共乘者，以及一只任人自取的兔子籠。對面藥妝店門口黑色看板上的廣告，則貼有附家具的房屋出租、兩台冰箱和補習班廣告。上頭還有一張二手嬰兒車的彩色照片，只開價三十九歐元，博舍覺得其中大有文章。他撕下廣告上寫著電話號碼的小字條，看清電話區號，有點失望地咕噥幾句，往下一家店走去。

前面是該區最大也最現代化的二手貨商店，路上有一輛車子擦身而過，幾個柏林赫塔的球迷從車子裡探頭出來對他們叫囂辱罵。

史坦現在也打扮成球迷，他把西裝換成了守門員的長袖運動服。他和博舍一樣，把可笑的足球帽壓低，看起來就像兒童樂園裡的遊客。

就算在我頭上插一根塑膠陽具，也不會如此突兀，他心裡嘀咕著。一個老太婆一邊把買來的東西塞進購物袋裡，一邊猛盯著他看。

「這種方法我還是頭一遭聽到，博舍。」

「所以它才管用啊。」

他們站在一只垃圾箱旁邊，那是讓顧客在購物後丟棄外包裝和舊電池的。它的正上方掛著一塊典型的看板，上頭有一張刊登個人分類廣告的報紙。

「我一直在想，網路就是這麼回事。」

「網路也行。特別是如果你要買照片、影片或是穿過的內衣的話。」

史坦的臉頓時垮了下來。根據身為刑事辯護律師的執業經驗，他知道相較於兒童色情電影產業的電腦專家，警方在技術上可以說難以望其項背。既沒有一個全國性的特勤小組，也沒有專職的電腦玩家監看各個網站、新聞群組或論壇。有些管區只要有幾條數位用戶線路就很偷笑了。就算警方有什麼掃蕩行動，種種法律規定也不足於讓他們將那些變態繩之以法。

上個星期，警方追蹤數千筆網路信用卡交易，查到幾個虐童犯。可是對於交易過程的監控卻違反了個資法，使得他們蒐集到的情報失去證據能力。被扣押的硬碟裡的「暢銷商品」，是一張嬰兒和退休老人的合照。那些以這種令人髮指的性侵害為樂的人，或許此刻正在某家網咖裡忙著動他們的歪腦筋。

「現在網路交友太危險了，」博舍隨手拿起一張摩托車的彩色影印傳單，底下夾了一張名片。

「為什麼？」

日前有個田野調查。警方用少女的名字登入一個可疑的聊天室，看有哪個變態敢跳出來。而他們就真的出現了，以為對方是個戴著牙套的六年級女孩，到頭來卻被上了手銬。

「好主意。」

「是啊，所以那些有戀童癖的傢伙現在山不轉路轉。就像這裡的東西。」博舍從看板上揭下一張 DIN-A5 的淺藍色廣告。

「收購：床鋪，如附圖，」史坦念道。底下的照片看起來像是從郵購型錄剪下來的。照片裡有一張狹窄木床，床的樣式名稱叫作「快樂年輕」，上面躺著一個小男孩，對著鏡頭笑得很開心。底下有一行以雷射印表機打上去的字：

六到十二歲兒童為佳。
床鋪必定舒適、乾淨，有宅配。

羅伯感到一陣反胃。

「真是難以置信。」

博舍不屑地揚眉看著他。「說實話，你以前在超市的顧客看板上貼過什麼廣告啟事嗎？」

「從來沒有。」

「你有認識的人貼過類似的玩意兒嗎？」

「也沒有。」

「可是看板上還是貼滿了這種紙條，不是嗎？」

「你不會是想要跟我說……」

「沒錯。其中有一部分是我們這個城市裡的病態和瘋子的交易市集。」

「真是難以置信，」史坦喃喃地重複這句話。

「那麼你不妨看仔細一點。你看過數字這麼長的電話號碼嗎？」

「嗯……是很少見。」

「不對。我打賭我們遇到一個持有黎巴嫩預付卡之類的傢伙。或者是拋棄式手機。你沒辦法追查到持有者的名字。而這裡……」安迪給他看廣告底下的那幾行字：「都是戀童癖的切口。『舒適』是指『家長同意』。『乾淨』則是說『最好是處女或是愛滋病檢驗陰性反應』。而『宅配』是說『免費送到府』。」

「你確定嗎？」史坦心想，如果他抱著舊報紙垃圾桶嘔吐的話，會不會和他的足球迷打扮不相稱。

「我不確定。但是我們馬上就會知道。」

博舍從口袋裡掏出一支史坦從來沒有看他用過的手機，撥了那個十八位數的號碼。

3

「喂，你好？」

對方才一開口，史坦的期待就落空了。他以為接電話的會是個從聲音就聽得出望秋先零的老頭，油膩膩的頭髮往後梳，穿著吊嘎背心，一邊講電話一邊瞅著自己感染黴菌的腳趾甲。可是電話那頭傳來的卻是一個爽朗和善的婦人聲音。

「呃，是這樣的，我……」羅伯口吃起來。剛才電話一接通，博舍就把手機塞給他，害得他不知道該說什麼。

「對不起，我想我打錯電話了。」

「你是看到廣告打來的嗎？」無名婦人問道。她的聲音聽起來很有教養和禮貌，而且沒有半點柏林人的腔調。

「啊？……是的。」

「很抱歉，我先生剛好不在。」

「噢，原來如此。」

他們剛離開超市，走在返回車子的路上。波茨坦大道車聲隆隆，電話收訊不良而沙沙作響，史坦的耳朵必須緊貼著手機才能聽清每一句話。

「可是你們有我們要找的東西嗎？」

「也許吧。」

「那是多大呢？」

「十歲大，」史坦心裡想到西蒙。

「很合適。可是你知道的，我們是在找男孩子睡的床。」

「是的，我看到了。」

「很好，你什麼時候可以送貨？」

「隨時可以。今天也行。」

他們又經過剛才妓女攬客的那座灰色變電箱。瘦骨如柴的女孩已經不見了，現在或許躲在哪一條巷子裡，坐在汽車的副駕駛座上。

「很好。那麼我建議六點碰面談一談契約的問題如何？你知道墨西哥廣場的『麥迪遜』嗎？」

「我知道，」史坦不假思索地說，雖然他從來沒有去過那家咖啡店。「喂？喂？」對方沒有回應，顯然掛了電話，史坦這才把手機還給博舍。

「怎麼樣？」他馬上問道。史坦深深吸了一口氣，心情漸漸恢復平靜，這才有如嗑了藥似的說：

「我不知道。那就像是很平常的通話。我們其實只談到床。」

「可是呢？」

「可是我一直覺得另有所指。」史坦把對話幾乎一字不差的重複一遍。

「你瞧，我說的沒錯吧？」博舍說。

「不，現在我還什麼也沒發現。」史坦撒了個謊。其實他看見自己生活的世界整個翻覆了。博舍在超市那裡揭起了布幕，讓他看到舞台背後人生的黑暗面，在那裡，人們揭開他們訓練有素的道德和良知的面具，露出真實的面孔。

史坦也不是吃素的。他是個律師。什麼邪惡的事他都看過。可是迄今為止，他一直躲在答辯狀、判決和法律條文裡頭。他不能以拒絕接受委任的方式，無動於衷地把這個有如黑洞一般吞噬他的惡行擋在門外。要處理這類案件，他必須自己承擔一切代價，而且他確定談話費絕對超出他的情緒預算。

博舍打開車門想上車，可是史坦尖銳的問題讓他愣在當場。

「你的情報是從哪裡來的？」

安迪搔一搔帽子底下的頭皮，終於吞吞吐吐地說：「我早就跟你說過了。」

「你在胡扯。拍色情片的哪裡會這麼清楚戀童癖的最新動態？」

博舍的臉色越來越難看，轉身就上車。

「我再問一遍：你怎麼會知道這麼多？」史坦坐上副駕駛座問道。

「相信我，你不會想知道的。」安迪發動引擎，看了後視鏡一眼。他的脖子冒出一塊塊紅斑。接著他凝視著史坦，無奈地抿著嘴唇。

「好吧。不過我們得先去找哈利。」

「誰是哈利？」

「我的消息來源。他會給我們一封推薦信。」

博舍駕車退出停車格，依照速限慢慢開車，他可不想因為這種小事被警察攔下來。

「到底是什麼鬼推薦信？」

現在輪到博舍露出訝異的神情。「難道你以為今天下午不必證明你是他們圈子裡的人，就可以混進那家咖啡店嗎？」

他們圈子裡的人。

他不安地抓著足球圍巾末端，慢慢往下拉，卻渾然不覺脖子被越勒越緊。一想到要證明自己和這群變態是一丘之貉，就簡直要喘不過氣來了。

4

每天都會有數百名遊客開車經過那個地方，哈利在那裡不是混得很好。大批渡假客湧到他家附近，他們不辭旅途勞頓，一心想著明天柏林將如何招待自己。他們流連夜店、參觀國會、或者只是待在飯店裡。可是他們從沒打算繞道逛逛那個不到三坪的汙穢攤子，哈利只能守在店裡枯等。

他的露營拖車就停在高速公路的高架橋底下，距離舍訥費爾德機場不到一公里。汽車轉進一條便道，史坦有點擔心蘇菲的可樂娜應付不了路上大大小小的坑洞。

車子像著陸時的賽斯納小型飛機一樣嘎嘎作響。

博舍總算停妥了車，他們把車子停在一處隱蔽的鐵絲網後面，徒步走了一百公尺，史坦第一次慶幸博舍要他穿上這雙足球鞋。天空又飄起雨來，地上越來越泥濘。

「他到底躲在哪裡？」史坦問道，他仍然沒發現哈利的住處在哪裡，只看到兩根鋼筋混凝土大梁中間有一處雜亂的垃圾堆。他們頭上三十公尺處傳來車子震耳欲聾的噪音，和令人掩鼻的惡臭一樣，越往前走，就越難以忍受。那是狗糞、腐爛的廚餘以及略帶鹹味的汙水混合在一起的刺鼻氣味。

「直走。我們筆直往前走。」博舍聳聳肩說。史坦把圍巾和帽子留在車裡，雨滴偏偏在這時候打在他後頸上。

羅伯還是沒找到藏在垃圾堆後面淡褐色的露營車，這時候從一堆廢棄輪胎後面突然竄出一個男子，身上穿著皺巴巴的浴衣。他的身材比博舍高，不過瘦了許多。他顯然沒注意到有不速之客，兀自東摸摸西摸摸，大聲打了個嗝，接著在破沙發上小便，同時把頭往後仰，讓雨水打在臉上，仰視頭頂的公路。

「這麼早起啊，哈利？」

男子倏地轉身四下張望。他們距離他還有四輛汽車那麼遠。可是他看到博舍時的驚慌神色卻顯而易見。

「他媽的。」哈利忘了自己還在小便，趿著破爛的拖鞋，一路跑到露營拖車敞開的車門前。可是就算他把門鎖上，這麼薄薄一片障礙物，對於博舍而言只是笑話一則。他幾乎可以徒手就把露營拖車推回大街上。哈利心知肚明，當兩個大漢鑽進車裡時，他只能渾身直打哆嗦地望著他們。

「幹，這裡頭有死人嗎？」

史坦和博舍一樣，都捏住鼻子，只用嘴巴呼吸。全新的拖車裡地毯應該是黃色的，但現在地板和塑膠牆面卻覆滿了綠色的霉斑。狹窄的小廚房裡堆滿了破盤子、汙穢的免洗紙餐具，還有義大利香腸，不過現在看起來卻像是流血的傷口。

「你們找我幹什麼？」哈利問道。他躲到層板做的轉角沙發後面，沙發上鋪著披薩紙盒，顯然充當他的臥鋪。

「你自己心裡有數。」一句話就有辦法把人嚇得不知所措，是博舍的獨門絕技，就像電影裡演的一樣。

「我怎麼會知道？我又沒有對你們怎麼樣。」

哈利呼吸淺促，一副卑躬屈膝的樣子，而博舍則像拳擊手一般放鬆自己的肩膀。

史坦實在看不下去，很想離開露營車，至少不必看到他那凶神惡煞的嘴臉。那張看起來像是趴在蕁麻苗圃上睡了一晚的臉，額頭、臉頰和脖子，覆滿了有如紅色水泡一般大大小小的痲子，有的已經結痂，有的則是剛抓破的。

「我們在打聽一件事，只要你據實以告，我們馬上就會離開。」

「什麼事？」

「你的朋友之中有誰在販賣兒童？」

「聽著，安迪，你知道我已經不再幹那種事了。我早就退出江湖了。」

「你少貧嘴，回答我：你知不知道嬰兒的事？」

「什麼嬰兒？」

「明天有個嬰兒要被出售。賣給像你這種心理變態的人渣。你在你的圈子裡有聽說過什麼消息嗎？」

「沒有，我發誓。我早就不再碰這種事了。我既沒有任何接觸，也沒有什麼情報。什麼也沒有。抱歉，如果我知道什麼，一定會告訴你，可是我真的一無所知。自從我被關坐牢，就再也沒有人願意與我說話。我已經付出代價了，不是嗎？」

哈利結結巴巴地說。有幾個字說得特別快，有幾個字卻口齒不清，史坦心想那不知道是他向來的毛病，還是被博舍給逼的。

「別跟我胡扯。」

「是真的，安迪。我不騙你。我哪裡敢對你說謊。你知道……」他那搖尾乞憐的眼神轉向史坦，害他沒辦法趁機偷溜下車。

「我被設計了。我以為她十六歲了，真的。那是很久以前的事。可是沒有人相信我。有時候他們晚上跑來找我，把我狠狠扁一頓。你們看到沒？」

他解開浴衣，讓史坦瞧瞧他的胸膛，紅一塊紫一塊的，到處都是瘀傷。雖然沒有X光片很難判斷，但是史坦至少看出斷了兩根肋骨。

「那幾個小鬼不是這裡的人。不知道從哪裡來的。有人告訴他們我以前幹了什麼事。他們把我拖出去，用皮靴對我又踢又踹。還有一次，他們用鹽酸潑我的臉。」

哈利把他那張被打爆的臉湊向史坦，既同情又嫌惡他的史坦不自由主退了一步。博舍卻一副無所謂的樣子，對他駭人聽聞的悲慘故事完全無動於衷。相反的，他對哈利笑吟吟的，猛力一拳朝著他的門牙揮過去，力道之大，哈利的後腦勺砰的一聲撞到露營車的塑膠車廂，在牆上留下一處凹坑。

「他媽的，別這樣，」哈利嗚咽說，吐出被打斷的牙齒，嘴巴兀自血流不止。

史坦這時候也對博舍咆哮。

「住手，安迪！你瘋了嗎？」

「你出去。」

「不行，我不出去。你完全瘋了！」

「你不明白，」博舍說，接著掏出他的槍。史坦聽到喀的一聲，知道博舍開了保險。

「你出去！現在！」

「不行。我不能坐視不管。無論哈利以前做過什麼。暴力不能解決問題。」

「噢，我認為可以。」

博舍拿著手槍抵住律師的太陽穴。

「我不會再說第二次。」

「拜託不要，請住手。」哈利看看史坦，又看看博舍，眼神飄忽不定。那個滿口鮮血的傢伙看起來就像是在處決前的最後一秒鐘才明白自己被判了死刑。而博舍像是再度切換了自己的開關。就像昨天他衝出「鐵達尼」舞廳大門一樣，現在的他也豁出去了。今天他就要把事情做個了結。誰都攔不住他。就連他的夥伴也無法阻止。

「天啊，拜託不要……」當博舍把他趕出去，從裡頭把車門鎖上，史坦以為他再也聽不見這個苦苦哀求的沮喪聲音了。

5

當自然獵區裡的動物在衝突中表現出完全不合邏輯的行為模式，研究證明那是一種替代行為。比方說，當海鷗被迫在保護牠的寶寶或自己飛走之間做決定時，牠會開始梳理自己的羽毛。這時候的羅伯·史坦就像是行為科學家的研究對象一樣。

他背對著不停搖晃的拖車，不知道到底該跑去搬救兵或者是出手相助，只是像著了魔似的在垃圾堆裡到處翻找。他說服自己找找看有什麼東西可以拿來當成是防衛武器。不管是尖物或是鐵條，可以把門撬開就行。哈利在裡頭已經有兩分鐘悶不吭聲。史坦根本還搞不清楚這是怎麼回事。斷斷續續的慘叫聲漸漸模糊不清，最後傳來一陣咕嚕咕嚕的聲音，同時又聽到隆隆聲規律地搖晃整輛露營車。

史坦越找越急，把一顆汽車電池推到一旁，抽出一條老舊洗衣機上的水管，順手扔掉剛才在發臭垃圾堆裡找到的鐵鏈。如果找不到子彈上膛的雙管獵槍，他大概沒辦法把人從車廂裡救出來。

儘管如此，史坦還是在廢物堆裡東搜西找，直到一陣令人難受的死寂使他停下動作。霎時間，再也沒有哀號、呻吟，也沒有打破東西的聲音，只有公路刺耳的噪音在這座水泥涵洞裡迴蕩著，總算收復了它的聲音王國。

史坦轉身察看宰牲祭是否已經結束了，或者只是中場休息。他踏著泥淖走到拖車那裡，踩到一堆不知道是什麼的爛泥巴，決定不予理會。儘管他很怕看到滿是刮痕的強化玻璃裡面的慘狀，還是踮起腳尖貼著窗子往裡頭瞧。此時車門突然被人往右推開，害得他差一點跌倒。博舍全身大汗淋漓，暗紅色的球衣都濕透了變成黑色的，緊緊貼在身上。史坦看到他的臉，忍不住打了個哆嗦。他的額頭和鼻翼兩側邊覆著宛如露珠一般的汗水，彷彿剛才重新裝修了哈利的狗窩，把車廂頂部油漆成血紅色似的。

「他真的什麼都不知道。我們走吧，」他看到史坦愣在一旁，於是要言不煩地說。臉上露出痛苦而扭曲的表情，右手甩了幾下，就像是手指頭剛剛被門夾到似的。從刮出血的指關節看來，挨他揍的不像是哈利，反倒比較像是鐵絲網。

「就這樣算了。我們走到死胡同了。我放棄了。」史坦轉身背對著博舍拔腿就跑。

「放棄什麼？」他聽到安迪在身後氣喘吁吁地喊道。

「放棄這種種瘋狂行徑。整件事必須告一段落。我要去投案。而且我會跟他們說你剛才做了什麼。」

「什麼？我做了什麼？」

史坦回過頭。

「你剛才對一個瘦弱的、毫無抵抗能力的男子動私刑。我根本不敢進去察看他是否還活著。」

「很可惜，他的命還在。」

「你瘋了，安迪。就算事關我兒子的性命，你也不可以這樣海扁一個無辜的人。」

博舍對著泥濘的地面啐了一口。

「你才瘋了。而且接連發作了兩次。首先，現在問題不再只是你那個腓力死後復活的荒唐故事。明天會有嬰兒被賣掉，你忘了嗎？還有……」安迪作了個上下引號的手勢。「……這個『人』不是無辜的。他性侵了一名十一歲女孩。這個傢伙爛透了。把這坨爛屎沖下馬桶，還浪費了我的馬桶水。」

「他說他付出代價了。」

「是啊，他吃了牢飯。四年。然後呢？」

「他就洗手不幹了。你看看他。他已經是個待死須臾的人了。你根本不必揍這個傢伙。他反正也快要活不下去了。」

「可惜死得不夠快。」

博舍把一張照片扔在史坦腳下，剛好有一半垂直插在爛泥裡。史坦彎身要撿起來，卻又像是被毒蛇咬到似地縮回了手。

「沒錯，你自個兒看看吧。那是我在你朋友哈利的床墊底下找到的。」

史坦幾乎不敢喘氣；他害怕會把周遭的惡靈給吸進去。

「那到底什麼東西？」博舍只得彎腰從爛泥裡撿起那張拍立得照片。照片裡的小女孩眼珠子被劃破，就像塞在她嘴裡的橡皮球一樣暴突出來。

「好人哈利，是嗎？我打賭那孩子不超過五歲。而且這還只是照片而已。我們要回頭拿影片嗎？」

史坦知道，那影片是什麼時候拍的其實無關緊要。重點是哈利持有它們，就足以證明他故態復萌。

儘管他想說些什麼，卻又說不出口。他站在兩個世界之間：戀童癖的病態世界以及安迪的世界，在安迪的宇宙裡，一切必須訴諸暴力。至於第三個世界，他自己的世界，則早已灰飛煙滅。

「所以現在怎麼辦？」他們默默走回停車的地方，史坦這才問道。在滂沱大雨中，史坦幾乎找不到路。雨水沒能使周遭更清晰，非但沒有滌清他身上的灰塵，反而滲入他的皮膚毛孔中。

「我們先喘口氣，再想想下一步的計畫。」

博舍打開車門，勉強塞進可樂娜的駕駛座。直到史坦也上車，車身才沒有因為重量不平均而傾斜。

「我們三個鐘頭後要到墨西哥廣場會合。」

博舍發動引擎，車子哀號了幾聲熄火了。「噢，拜託，別來這套。」他再試一次，還是無法發動。引擎淹缸了。

「那麼你說我們需要的推薦信在哪裡？」史坦似乎對於車子拋錨渾不在意。經過上一個鐘頭不堪聞問的遭遇，只有這件事才是看得見摸得著的。不管是西蒙的幻覺，或是那個「聲音」，都不是打開引擎蓋修理一下就能夠解決的問題。

「我們已經有了，」博舍笑說。

他再試一次，同時猛催油門，小轎車終於仰天長嘯，博舍笑得更開懷了。

「這張照片就是我們的推薦信。」他指了指夾克裡層的口袋，剛才他在露營車外頭撿起它時，就順手揣在身上。

「沒有門路的人是不會有這種東西的。有這種照片的，一定認識那個圈子裡的人。如果你今天要對那位小姐自我介紹的話，不會有比這張更好的名片了。」

史坦繫上安全帶，用冰冷的雙手摀住臉。除了一陣陣反胃以外，他很想感覺一下其他知覺。

「我剛才問過你，」車子走了一段距離，他才開口說話。「為什麼你跟這個人渣這麼熟？你怎麼會知道這麼多事？」

超商前面的看板。哈利。照片。

「你一定要打破沙鍋問到底，是嗎？好吧，我跟你說。我跟他是一夥的。」

史坦嚇了一跳。

「沒錯，我跟他很熟。你想知道哈利姓什麼嗎？」

史坦還在遲疑要不要知道的時候，博舍就告訴他了。

「博舍。跟我一樣。哈利是我同父異母的弟弟。」

車子從便道開回公路時，史坦心想他一輩子再也甩不掉這個可怕的地方了。就算安迪現在載他到機場，即使他離開這片土地，哈利、他的露營車和垃圾堆，也會如影隨形地跟著自己。所以即使他們開上高速公路，駛往策倫多夫，對他而言也沒什麼差別了。

6

那家咖啡店和史坦想像的沒什麼兩樣。空蕩蕩的既偏僻又死氣沉沉。他在店家門口猶豫了片刻，門上歪歪斜斜地貼了一張學生樂團的演奏會海報。接著他走到右邊的櫥窗。「吉屋出租」，一塊木板上頭以紅白相間的字型寫著，底下留有房屋仲介的電子信箱。史坦朝裡頭窺探。除了一排木頭凳子和一張樸素的長桌以外，就沒有什麼別的東西了。

好吧，他心裡思忖著。就算她真的在店裡等我，也必定不是要買床。

史坦回頭看了一眼新藝術風格的車站高聳雄偉的尖頂，他可以想像策倫多夫市中心普拉特廣場的居民，對於這家偏僻而墮落的小酒館作何感想。可是他又想，在這麼有錢的地段，到底要如何惡搞，才有辦法把一家餐廳經營到倒閉。

陸橋上一列區間車剛剛駛過，令他幾乎沒有聽到身後嘎嘎作響的聲音。不過他還是意識到了，於是轉頭一看。大門沒有把手，他剛才用肩頭怎麼頂都頂不開，現在卻露出一道縫隙。他四下張望，似乎沒有行人注意到他，於是走進店裡，一股空屋子特有的氣味撲鼻而來，其中還有股意外的香味。一種世界知名品牌的女性香水。

每接近那個在窗邊抽菸的女士一步，他就必須修正心裡估算的年紀。從門口看去，她看起來像是四十歲，可是走到桌子旁邊正對著她時，他心想她至少還要再老個二十歲。對於自然的老化過程，手術刀和肉毒桿菌顯然是她的例行回應，而且要近距離才看得出來。臉上肌肉不自然的緊實，和手指頭上的老人斑形成強烈的對比，也和鬆垮垮的脖子格格不入。儘管有這些特徵，史坦心想，如果在警局裡列隊指認，他一定再也認不出她來。難怪她要戴上銀白色的假髮以及不透明的太陽眼鏡，看起來活像是一隻家蠅。

「我可以看看你的證件嗎？」

史坦拿出信封，對於她的第一個問題一點也不意外。

博舍已經事先警告過他了。在一些戀童癖的圈子裡，放棄匿名反而是最好的保護。每個人都認識對方。就像黑手黨一樣，只有被當作自己人，他們才會以家法伺候。如果是新人，他就得一手拿著證件、另一手拿著非法的色情雜誌拍照建檔。

史坦乾咳幾聲，不待她提出要求，就主動把拍立得照片放在褐色和白色相間的桌面上。

「我不是生手。」

那個女子拉過皮的臉頰微微抽動了一下。現在總算圖窮匕現了。任何正常人看到這種照片，一定都會報警，更何況是在一般的買賣對話場合裡。可是這個骨瘦如柴的女子卻若無其事地吸了一口和她手指一樣細的菸。她甚至沒有轉頭不敢看那駭人的畫面。

「我還是得請你站起來。」

史坦照她的話做。

「請脫掉衣服。」

這也在他的意料之中。畢竟他也有可能是臥底的警察。一個飛蛾撲火的密探之類的。或者偽照證件。史坦早就與博舍討論過，如果他的身分被識破會怎麼樣。一個被通緝的律師，和一個從醫院裡誘拐出來的孩子在逃。博舍認為這對他來說反而是有利的證明。他也是個嫌疑犯，和他們是一夥的。不過一切討論到頭來都是多餘的。他們根本沒有時間弄到新的證件行事。

「內褲也要脫掉。」

那女子指了指史坦的臀部。他寸絲不掛地在她面前轉個圈，她滿意地笑而不語，然後打開一直放在腿上的塑膠皮手提包，拿出一根黑色小棒子。

就像在飛機場一樣，她用金屬探測器掃描過他全身，接著低聲說：「很好。」又對著堆在桌上的衣服重複相同程序。羅伯半個鐘頭前才在城堡街人潮擁擠的大賣場裡買了一套獵裝、襯衫和內衣褲。他或許早被十幾具監視器拍到了，可是他必須冒這個險。第一次碰面就穿著足球衣，怎麼看都不像是要把自己的兒子賣給有變態性癖好陌生人的父親。

「沒問題了，」她不等史坦回話，又說：「你可以坐下。」

他聳聳肩，覺得自己像是在接受健康檢查似的。光溜溜的屁股坐在木頭凳子上感覺格外的冰冷。

「床在哪裡？」她盯著他毛髮濃密的胸膛問道。史坦的乳頭因為冷颼颼的空氣而變硬，使得他對自己感到很噁心。那女子或許會以為他有了性欲，一想到這裡，他就覺得反胃。

「他在外面。」

她順著他的視線往外看。一片半長不短的蕾絲窗廉，自右往左遮住褐色的窗戶玻璃。外頭的世界滲進秋天愜意的落日餘暉。一對夫婦在奢華的廣場上遛兩隻狗，享受著漸漸轉弱的清風，腳下的落葉也隨之翩然起舞。可是史坦完全沒有注意到窗外的種種美麗景象。他只看到漸漸變暗的廣場，以及停在那裡的車子，坐在後座的西蒙正等待著他的信號。

7

兩年前，在第一次核磁共振檢查前的夜裡，西蒙在育幼院中找到一套上下兩冊的辭典。他從公共餐廳裡搖搖欲墜的書架上抽出上冊，拿回自己的房間。歐洲大陸、北極、天文學，每個詞條都使他心醉神馳，他在睡前決定每天都要學一個新的語詞。

第二天早上，當慕勒教授先後請院長和西蒙到他位在湖屋醫院的辦公室，西蒙並不感到難過、生氣或絕望。他只是有點失望，因為他太早學到諸如「不良」、「腫瘤」之類的語詞，雖然還沒有輪到它們。

今天早上他又學到一個新詞。戀童癖。羅伯本來不想說的。他只是在解釋接下來的計畫時不小心說溜了嘴。

你要一直緊跟著我。不要離開我半步。不管發生什麼事，都只能聽我的，明白嗎？

羅伯的耳提面命在西蒙心裡不斷迴響著，一直到他打開車門。

我說什麼你就做什麼。不要跟我們等一下碰面的人說任何話，聽到沒有？他們都是戀童癖。是壞人。他們或許會笑容可掬，要跟你握手或擁抱你。可是你一定會很受不了。

羅伯又從窗裡朝他眨一次眼睛，西蒙遠遠看見，便趕緊下車。律師看起來很是憂傷。他在醫院裡第一次聽到西蒙的病時，也露出同樣的神情，那時候西蒙很想告訴他沒什麼好擔心的。他今天其實還不錯。疼痛指數只有「三」。不會疼痛，只是有一點點噁心，左手也不再麻痺。可是就像每次癲癇發作後一樣，他疲憊不堪，因而在後座睡著了好幾回。

嘉麗娜原本不肯讓他來的，博舍說要到蘇菲家去接他，她死命反對。他敲蘇菲家的後門時，他們正和雙胞胎姊妹在看卡通。嘉麗娜和博舍到隔壁房間去，在女孩們的笑聲以及電影配樂之間，他斷斷續續聽到幾個字。

「……我們唯一的機會……不用，他只要出現就行了……別擔心……不會有危險……我用性命擔保……」

嘉麗娜終於匆忙走出起居室，氣沖沖地套上她的燈芯絨夾克。他們一路坐著的是她的福斯 Golf，然後嘉麗娜和博舍分別開兩輛車到他與律師約定碰頭的美麗廣場。現在史坦給了他約定好的信號。

「掰掰，嘉麗娜，」他在下車前原本要對嘉麗娜說聲再見的。可是羅伯特別禁止他。

不要回頭看後座。不要道別。

西蒙聽他的話，眼睛直視著前方，頭也不回地跑到「麥迪遜咖啡店」門口。他用肩膀推開店門，走進燈光昏暗的小館子裡。

整間店裡只在左後方的角落點了一盞燈。羅伯剛好從椅子上起身，不知怎的，看起來有點詭異。他的頭髮根根直豎，剛買的外套沒有扣好，襯衫有一半跑出褲子來，彷彿剛剛跟人打了一架似的。當然不是跟那個戴著太陽眼鏡、才轉過身來的滑稽太太。她穿著不起皺的衣服，秀髮光采動人，宛若一根根梳理過似的。

西蒙還沒有走到他們的桌子就絆了一跤。低頭一看，原來是鞋帶掉了。他彎腰要繫好它，卻感到一陣暈眩。這時候他聽到那個滑稽太太清脆爽朗的聲音。

「小夥子，過來給我看看吧。」

他雙手撐著身體才勉強站起來。那太太站在他面前，他一時間忘了疲憊，忍不住想要哈哈大笑。她讓他聯想起有一次在電視裡看到的跳傘員，兩頰的皮膚彷彿被強風吹得往上提。

「你幾歲了？」她問道。她的呼吸聞起來像是冷卻了的煙味。

「十歲。正好十歲。」西蒙輕咬舌頭，怯生生地瞧了羅伯一眼。

他叫我不要說話的。

幸好律師沒有生他的氣。

「很好。好極了。」

那個太太手裡拿著一根黑色的金屬棒。在那電光石火之際，史坦抓住她的手。

「妳不會要他在這裡……」

「沒有。沒有。」那個太太一臉尷尬地笑道。「他不必脫衣服。等我先生過來再說。我們等一會兒再檢查。」

西蒙不明白她為什麼要拿那個東西在他眼前晃來晃去。他更不知道為什麼自己要戴上這個可笑的眼罩，那豈不是什麼都看不見了嗎？可是羅伯領頭戴上眼罩，他也就跟著做了。他並不害怕，只要有律師在他身邊，可是史坦似乎比他還要惴惴不安。

他在怕什麼？只要他們在一起，就不會有事，不是嗎？

那個太太帶著他們從後門走到院子，他牽著羅伯的手，他並不害怕，反倒是想要安撫羅伯。他們坐進一輛車子，車裡的氣味清新怡人。車子一發動，他握著的手也跟著顫抖。他以為是大型轎車引擎震動的關係。

8

「你跟上他們了嗎？」

「有。在他們正後方。」博舍聽到嘉麗娜如釋重負坐進她車子裡的聲音。他先前給了她這個電話號碼，情況緊急時可以打給他，以為她不用多久就會打來。預付卡電話不會顯示他的名字，警方也不容易追查到他。可是嘉麗娜的手機就很難說了，所以他要盡可能長話短說。

「你在哪裡？」

「在波茨坦街的加油站。」

「我要跟在你後面嗎？」她問道。

「不行。」絕對不可以。為了謹慎起見，他們兩輛車必須分道而行。正如所料，他們從後門把「貨物」載走，博舍的可樂娜早就等在那裡了。嘉麗娜則是把車子停在前門監視。如果她現在就開著她的福斯高爾夫尾隨他們，恐怕會敗露行跡。

「我們剛才應該衝進咖啡店，然後……」

「不行。」博舍很粗魯地中斷他們的對話，他覺得電話講太久了。他要等到那個女子的丈夫現身才出手。她只是個傳信的，問不出什麼名堂的。

他掛掉電話，緊緊跟蹤前面美國產的大型轎車，它的後座玻璃被灰色窗簾遮起來。他前面的女子和他一樣，都依照速限慢慢開。

博舍摸一摸褲子裡的武器。每次只要一摸到九〇手槍，他就興奮起來。他聽到血管裡的血液在怒吼，一副蓄勢待發的感覺。一觸即發、箭在弦上、心焦如焚……這些語詞大家都會用，卻不明白它們真正的意思。更不懂得他現在的感覺。博舍冷冷一笑，輕踩油門，加速穿過萬湖火車站的十字路口。他一加速，身體裡的腎上腺素也跟著劇增。他打算要好好教訓一頓那些病態的豬玀。每當他切換開關，就再也不理會濺滿身上汗衫的鮮血和骨頭碎片。他只想海扁那些變態……

喀喇。

博舍心裡正磨拳擦掌著，卻因故陡然中斷。他猛踩油門，喀喇聲卻更大了。引擎的噪音漸息，顯然靜止不動了。身後其他車輛看到博舍的車子減速，紛紛猛撳喇叭開過去，對他罵聲不絕。

博舍滿頭大汗，不停轉動汽車鑰匙。一次、兩次。在哈利的露營車那裡，這輛破車試了三次才發動，可是這回車子卻再也不吭氣了。眼看著前面的大型轎車揚長而去，博舍的車慢慢滑行，最後在一個十字路口停下來。

他拿起手機想打電話給嘉麗娜，問問她有沒有什麼祕訣可以重新啟動這輛老爺車。車是蘇菲的。他沒有史坦的前妻的電話號碼。

現在怎麼辦？他的汗冒得更厲害了。他下車衝去查看引擎蓋時，剛好看到西蒙、羅伯和那瘋女人的汽車尾燈。四秒鐘之後，那輛大型轎車就消失在萬湖和波茨坦之間的道路上。

五分鐘後，博舍還是找不到毛病在哪裡。他也已經無所謂了。不再咒罵來自四面八方的假日車潮，也不理會嘉麗娜第三次的來電。

他只是在心底盤算著，待會兒交通警察要查看證件時，他該怎麼說。

9

大型轎車停下來之前，外頭的聲音就有點不一樣了。引擎聲變大，而且似乎從鄰近的金屬牆反彈回來。而史坦也感覺眼前彷彿多了層隔板似的。

他原本暗自計算他們轉了幾個彎，可是他們切換了好幾條馬路，使得他再也數不清了。他的心理時鐘也失效了。等他的眼罩終於被人拿下來，他認出自己在車庫裡，卻說不上來是開了十分鐘或者更久。

「你還好嗎？」他問西蒙，刻意表現出不是很親切的語氣。至少還是得做做樣子。那孩子點點頭，揉一揉眼睛，好一會兒才適應頭上的鹵素燈光。

「這邊，請。」

那個女子走在前頭，推開一扇灰色防火門，門後有樓梯通往樓上。地上鋪著光澤亮麗的大理石板，上頭還有紋路，令人想起焦糖香草冰淇淋。

「我們要去哪裡？」史坦清一清嗓子問道。他們一路上沒有交談，他的喉嚨有點乾。因為緊張。也因為恐懼。

「車庫有通道直達大廳，」那女子說道。堅硬的階梯的確通往一處燈火輝煌的大廳。史坦不得不承認，這處鋪著珍貴鑲木地板的入口，讓他想起自己的別墅。只不過他家沒有衣帽間，四周也沒有擺設那麼多孤挺花盆。他只盼望博舍有辦法能闖進來。他有可能會要用到他的武器或者是後車箱裡的鐵撬。如果他要克服沉重的鑄銅大門的話，或許兩種東西都得用到。別墅的窗子有防偷窺和入侵的鋁合金捲門。羅伯所能判斷的大概就是這些了。包括史坦和西蒙現在走進去的起居室。

「請坐一下，我先生等會兒就到。」

史坦把西蒙拉到一張白色皮製沙發上。這時那名女子笨拙地踩著她的高跟鞋，躡手躡腳地走到一座擺放酒和點心的小櫥櫃前。

她的怪異行徑讓史坦有些納悶，一開始還以為她是不想製造任何聲響。可是當她替自己調了一杯琴酒的時候，他驀地察覺：不是製造噪音的問題。她是不想讓她那便宜的高跟鞋刮傷了剛剛打過蠟的地板！這幢屋子根本沒有人住。他們來到一間樣品屋。一間還沒有租出去、翻修得煥然一新的老房子。佈置得很賞心悅目，但是沒有人味。史坦環顧四周，注意到若干細節。桌子上沒有電話線的電話，書架上排得整整齊齊的硬皮精裝書背。沒有幾個人坐過的皮椅，大概只有房屋仲介會坐在上頭展示不動產的平面圖而已。史坦敢打賭，在墨西哥廣場咖啡店裡出價的人，也是同一個掮客。

「你也喝點什麼嗎？」

他搖搖頭。他的大腦灰質裡可以聽任他使喚的，眼下都在他的腦殼底下打轉。太完美了。這對夫妻的行徑真是病態的天才。受害者事後不會記得這裡的任何東西。任何有價值的物品，只要沾了血或其他體液，就賣不出去了。而在交屋前做徹底全屋清潔，也沒有人會起疑。懷著對未來幸福夢想搬進來的人們，壓根兒不會想到這屋裡曾經發生過什麼事。

一想到對幾天來他身陷其中的境況而言，這個屋子極其不真實的佈景正是最好的寫照，史坦忍不住想嘔吐。一切都只是一場戲：西蒙關於前世行凶的難以解釋的記憶，以及他過幾天還要再動手一次的荒謬意圖。那張ＤＶＤ和那個聲稱他的兒子還活著的聲音。在他身不由己扮演主角的這兩場戲之間，還有撲朔迷離的戀童癖串場。

史坦感覺一陣胃灼熱，把兩次逆流的胃酸都吞下去，用眼角餘光瞧了西蒙一眼，他看起來還滿鎮定的。幾乎可以說是輕鬆自在。起居室的門被打開，一個舉止溫文有禮的老人笑容可掬地走進房間，而那孩子和他正好相反，一點都沒有吃驚的樣子。老人約莫六十多歲，一副老態龍鍾的樣子，兩鬢星星，嘴角法令紋很深。可是正因為如此，他看起來既優雅又有威嚴。雖然和他的穿著很不相稱。

「啊，真好，你們都在這裡。」

他的聲音溫暖而友善。就像舉在身前的盾牌一樣。男子身上散發著親切和藹的氣息。他拍了兩次手表示稱許，慢慢湊近西蒙仔細端詳著他。他的晨袍悉悉簌簌聲音蓋過了幾不可聞的溫和掌聲，因為那個男人戴上了醫療用手套。

10

嘉麗娜放下她的馬尾，同時扯下暗紅色的頭帶。博舍建議她打扮成慢跑者，要在公共場所快跑擺脫跟蹤的人而不引起騷動，沒有比這個更好的偽裝了。可是現在那條鬆緊帶感覺卻像是不鏽鋼頭箍一樣套在她快要爆炸的腦袋上。

到底怎麼回事？為什麼博舍不再打電話來？羅伯跑到哪裡去了？

隨著不斷加速的心跳，她也越來越擔心西蒙。她又等了一分鐘，決定再也不要坐在這裡乾著急。

嘉麗娜轉動汽車鑰匙。

可是要開去哪裡？

她排入倒車擋，後輪輾上人行道石磚而嘎嘎作響。管他的。

她轉身看前面，想要迅速切出停車格，前面剛好有一輛紅黃相間的廂型貨車併排停車。

搞什麼鬼……

嘉麗娜搖下車窗，對著那個正要拿著兩盒披薩下車的男子咆哮。

「趕快滾開，」她對他大吼道。

那個年輕學生幸災樂禍對她做個鬼臉，顯然覺得她慌張而青筋暴起的表情很有趣，還送了她一個飛吻。

「只停一分鐘，美女。我等一下就過來。」

嘉麗娜感覺到恐慌正緊掐著她的脖子。隨便妳做什麼都行，她還記得博舍在離開前對她的指示。但是不要引起騷動。

儘管車子遇到阻力而嘎嘎作響，她還是排入倒車擋，兩個輪子都輾上人行道。接著她入一擋，放開煞車，猛踩油門。

「喂，喂，喂，小姐……」

她的福斯高爾夫砰的一聲撞上廂型貨車的車後門。

「妳瘋了嗎？」她聽到那個學生叫道，他正要摁門鈴，見狀嚇得披薩盒子都掉到地上。

他驚駭呆望著斜插在車道上的貨車。撞擊力道之大，把車後門的玻璃都震碎了。

沒錯，我是瘋了，嘉麗娜心想，接著再撞一次，把保險桿都撞凹了，終於排除了迴轉半徑上的障礙，把車子開出來。

「停車！停下來！」

那個送披薩的年輕人在後頭大叫，像個陀螺似的不停打轉，到處尋找目擊這個不可思議事故的證人，但是隨著引擎的呼嘯聲，她頭也不回地沿著阿根廷大道疾馳而去。

從拖曳的聲音聽起來，她的車子應該也掉了什麼零件，可是她仍舊不顧一切加速。

博舍說什麼來著？

嘉麗娜闖了一個紅燈，心焦如焚地思考下一個十字路口該左轉還是右轉。波茨坦街的加油站。她又想起安迪的話。

真該死，安迪。這裡每兩個路口就有一間加油站呀。

她不管前方的紅燈，直接往右轉。她隱隱覺得出城的方向比駛往市中心合理一點。恐怖事件都是在城門外上演，而不會是在城門裡——這當然是一派胡言。但是不管她做什麼決定，都只能禱告命運之神讓自己抽到好牌。

11

博舍到底死去哪裡了？

史坦對他的前當事人抱怨連連，不知道怎麼回事他又遲到了。五分鐘，他說。最多五分鐘。然後他就會衝進屋子裡制伏那對夫妻。經過了今天中午在哈利露營車的那段插曲之後，史坦很確信博舍接著便能從那對夫婦口中弄到他們所需要的訊息。前提是這兩人病態的腦袋裡裝著任何有價值的東西。因為他們其實只是抓著一根牙籤不放而已。史坦心想這家公司應該是他們的孤注一擲，以證明西蒙所說的話是真的。

而且要找到腓力。

不管會有什麼樣的結局。這件事過後，他會打電話給恩格勒投案。他是個律師，不是什麼嫌犯。而且他也不是深入戀童癖的圈子的臥底探員，看著其中的成員坐在他旁邊撫摸西蒙的膝蓋。

「多少？」男子開心地問道，卻對史坦瞧也不瞧一眼。羅伯想要從他的個性裡找到一點邪惡的影子，可是他只看到一個親切的先生，是那種在汽車拋錨時會讓他毫不猶豫上前去幫忙的人。

「我們還沒有談到那個，老公。」

那個女人一直站在吧台旁，用她的酒杯指著西蒙說：「可是你瞧瞧他。我看這個孩子八成有病。」

「是嗎？你生病了嗎？」男子托起西蒙的下頷說。醫療用手套比孩子的皮膚還要蒼白許多。

「我說過我們要乾淨的貨品。他到底有哪裡不對勁？」

史坦很想抓住那個傢伙的手，扭斷他的無名指。在這對精神不正常的夫妻面前，他早就沒辦法控制自己了。要是安迪沒有馬上破門而入，那麼他就要自己動手把事情搞清楚。這個人渣比他瘦二十磅，而且有點手腳不靈活，應該很容易就能擺平。那一條戴著太陽眼鏡的蛇也不成問題，只要他有辦法出奇致勝的話。電燈的延長線也足夠把他們綁起來。問題只剩下……

那名掮客不待他出手干預，就把他戴著手套的手從西蒙的膝蓋上抽回去，這讓史坦大惑不解。緊接著他聽到一陣嗡嗡聲。震動聲越來越大，那個戀童癖從晨袍裡掏出一支超薄的摺疊手機。

「是的，謝謝，」他在一番虛情假意的寒暄之後說道。史坦的脈搏急劇升高。他聽不清楚電話另一頭是誰在說話。可是他們兩人似乎很熟，因為那個傢伙放聲大笑而且一再道謝。接著他的笑聲戛然而止，以懷疑的眼神瞅著史坦。

「沒問題，明白了，」他說完便掛上電話。

那對夫妻牽著西蒙的手站起來，沙發也跟著如釋重負地吐了一口氣。

「他是個律師，被警方通緝，這孩子是他從醫院誘拐出來的，」他很老練地對他太太說。

「你在胡說些什麼？」史坦說話的口氣刻意裝作若無其事的樣子。其實他已經害怕得心臟快要從嘴裡跳出來了。更不妙的是，他老婆掏出一把手槍對準他。

「把這個玩意兒拿開，」他面無表情地說。「現在是怎麼回事？」

「我們正想要問你呢，史坦先生。你在玩什麼把戲？」

「一點也沒有。我來找你是要……」史坦困惑地欲言又止，那個男子伸手去牽起西蒙。

「我們到樓上去，讓他們在這裡談生意好嗎，寶貝？」他細聲細氣地說，又吻了他太太的手。

「羅伯？」西蒙怯生生地問道，那個男子正要拉他站起來。

史坦也想起身，但是女人的眼神示意他不要輕舉妄動。他眨一眨眼，又閉上眼睛，想要收攝心神。無奈腦袋裡的思緒紛亂雜沓。

現在該怎麼辦？博舍在哪裡？我要怎麼做才對？

那個看起來英姿颯爽的男子正拉著西蒙的手走到起居室門前，不知道該不該阻止他們離開房間。

「羅伯？」西蒙又問一次，聲音柔和、溫暖且愉悅，宛若在央求今天晚上可不可以去同學家過夜似的。那個孩子滿心相信他的「律師」絕對不會置他於險境。他承諾過他會搞清楚一切狀況，並保護他免於任何危險。

此外，那孩子仍舊堅信他明天會在橋上殺人。如果真是如此，那麼此時此地他應該會安然無恙。

史坦感覺到西蒙的想法。他也知道如果現在不出手，情勢將會急轉直下。

他愣了五秒鐘，那人渣已經帶著男孩離開了起居室，走進他在另一個樓層的暗室。

12

森林公墓附近的固定式測速照相機測到她的時速是九十公里。她根本沒有注意到它的存在，卻還是鬆開油門，因為交通突然壅塞起來。

前面怎麼回事？

在德來林登附近，她前面的車子一下子都轉到右側車道。

塞車？在這個時段？

即使塞車，也應該是對向車道，到柏林玩的遊客現在都要從郊區回到城裡。

她切換到右側車道，查看壅塞的原因。只見十字路口的紅綠燈前停了一輛警車，擋住了超車道。

啊呀，不要。拜託不要。

為什麼她偏偏現在掉入老鼠陷阱？

她慢慢駛近閃爍不定的警示藍光，四下探看有沒有警員站在停車指示牌旁邊。可是一個人都沒有，車潮以均速緩緩前進接受交通檢查。大部分的車輛都右轉開到火車站，以免……

噢，不要。

嘉麗娜淚水盈眶，雙手鬆開方向盤，摀住了嘴巴。警車後面停了一輛小轎車，它的閃光燈只剩一邊還會亮。博舍不見蹤影，不過那輛可樂娜無疑是他的車。

安迪出了意外。倒在某個地方。我的天啊……

嘉麗娜過了半晌才明白眼前是怎麼回事；她恍惚了好幾秒鐘，認清事實的真相。並沒有交通檢查。她既沒有被攔檢也沒有被捕。而是發生了更不幸的事。現在。在眼前。西蒙。在某個只有羅伯才知道的地方；羅伯等待援手，可是再也不會有救兵了。

現在呢？現在該怎麼辦？

嘉麗娜的腦海裡只剩下零零碎碎的隻字片語。她不斷搜尋某個線索，或許可以告訴她羅伯和西蒙到底被抓到哪裡去了。她的車子慢慢行經那輛可樂娜，夾在車陣中通過十字路口。她看了一眼後視鏡，兩名孔武有力的交警正合力把蘇菲的車子推到路肩。

嘉麗娜倏地閃過一個念頭。她轉身看了車頭的冷卻器一眼。

就是它！那輛汽車。行駛方向。

車頭筆直朝著波茨坦的方向。那只是往下追蹤的一個小小起點。不過聊勝於無。嘉麗娜穿過十字路口之後加速前進，一想到至少到現在為止還沒有犯過任何錯誤，就不禁沾沾自喜。她開上正確的道路，正確的方向。不切實際的希望鼓舞了她，但只不過兩百公尺。

接下來呢？

嘉麗娜疾駛經過通往大萬湖的路，但不確定自己是否跟丟了。

13

「從醫院裡誘拐出來？那個可憐的孩子怎麼了？」那個女子揶揄的口氣聽起來像是個憂心忡忡的阿姨，卻又一直用手槍指著史坦，使他不敢輕舉妄動。「那孩子不會感染了什麼東西吧？」

羅伯沒辦法回答她，只是直愣愣地盯著西蒙和那個淫蕩的老頭一起走出去的房門。他深深吸一口氣，想要屏住呼吸。

這個女人也在呼吸相同的空氣，或許他剛才吸進肺裡的，正是從她嘴裡吐出來的，一想到這裡，就覺得噁心極了。

「你知道我們是不會付錢買瑕疵品的吧？」太陽眼鏡底下的那張臉冷笑說，接著又點了一根菸。史坦聽到樓梯間的腳步聲，皮製拖鞋唧唧的聲音蓋過了西蒙的球鞋的嘎吱聲。腳步聲越來越遠，也越來越小。

「喔喔，不要動。」女人把持槍的手向前伸。「不會太久的。只要四十五分鐘。我丈夫會休息一下，然後輪到我。」

她用塗著深褐色口紅的嘴脣做了個親嘴的姿勢。

史坦只覺得想嘔，抬頭仰望天花板。腳步聲正好就在他們的頭頂上。那個戀童癖一定是個被虐狂。史坦聽到《茶花女》斷斷續續的旋律，這是他生平頭一遭希望威爾第不曾譜寫薇奧莉塔的這段詠嘆調。

「好吧。」她看了一下時鐘。「我們利用這個空檔閒聊一下吧。讓我們開門見山說清楚：你到底想要什麼？」

「難道還不夠明白嗎？」史坦希望她沒有注意到自己的聲音在顫抖。女高音比他們的說話聲音嘹亮高亢得多。

「你們訂購了一個男孩，我把他送來了。」

「廢話。」

她很聰明。不會傻到接近他。這個距離足夠讓她朝他開槍，而他往前走不到一半就會被打成蜂窩。他唯一可以用來對抗她的武器，就只有自己的聲音和理智。可是現在這兩者都快要棄他而去了。

那個該死的博舍到底在哪裡？

「你不是臥底，你自己都被警方通緝了。你也不是我們圈子裡的人。而且你的行為也不像個律師。這麼說吧，你怎麼會注意到我們的廣告？」

「我可以跟妳解釋一切，」他撒了個謊。其實他根本不知道該做什麼，該怎麼說，才能夠逃過一劫。他聽到頭上再度傳來腳步聲。

「我洗耳恭聽。」

史坦心焦如焚地想找個合理的回答。西蒙在樓上沒有多少時間，他心想到底還有什麼辦法。表面上他試圖保持鎮定，心裡卻反覆盤算著該如何脫困。可是這個該死的地方沒有逃生門，如果他現在站起身來，必定命喪黃泉。

「說啊？你怎麼突然變啞吧了？我的問題很簡單。你怎麼會想到要把一個孩子從醫院裡誘拐出來賣給我們？」

羅伯察覺頭頂的腳步聲有著特定的規律。那個瘋子在跳舞！隨著滑步的節拍，他隱隱然有個念頭。史坦起初還搞不清楚狀況，現在卻豁然開朗。他知道該怎麼辦了。雖然極其下流變態，雖然他往後會憎惡自己。就像想到某個點子的人一樣，他點點頭，慢慢舉起手來。慢慢的，小心翼翼的，他可不想挑釁那個女人，引起她做出任何激烈的反應。

「你在做什麼？」

「回答妳的問題啊。我要給妳瞧瞧我來這裡想要什麼。」

那女子揚起左邊的眉毛，幾乎要露到太陽眼鏡外面來。史坦把右手放在胸前，解開一顆顆襯衫的鈕子。

「然後呢？」

「我可以把外套脫掉嗎？」

「隨便你……」

史坦不只脫掉西裝。他還解開襯衫的其他鈕釦，沒幾秒鐘，他就裸著上身坐在沙發上。

「現在是怎麼回事？」

史坦沒有回答，只是用舌頭舔了舔嘴脣，然後吞了兩次口水，心想這樣夠淫蕩了吧。其實他吞嚥口水只是因為越來越想吐。

「哈，你算了吧。」那女的又把手槍舉高些。「以為我會相信你嗎？」

「為什麼不？我就是為了這個來的。」史坦用腳脫掉黑皮鞋，接著解開他的皮帶釦。

「妳剛才自己說了：我不是條子，也不是臥底。我只是現在有點情欲流動而已。」他從褲子上抽出皮帶朝她擲去。

「妳過來自己看看。」

史坦看不見她的眼睛，不知道自己的理論是否正確。可是他的律師執業經驗告訴他，只要在對手的鼻子前面掛一塊肉，他就會像獵犬一樣，要他往哪裡跑，他就往那裡跑。可是他必須先找一塊肉來。大部分的人都無法抵擋內心的貪婪，而它也往往會讓人懊悔。

「你瘋了嗎？」那個女人笑得花枝亂顫，熄掉手裡的菸。

「也許吧。可是如果妳願意的話，我可以對妳證明我是認真的。」

史坦脫掉襪子，只剩下一條薄長褲。

「要怎麼證明？」

「妳可以過來摸我。」

「噢，哈哈，那可不行。」她站在原處，用手槍警告他不要輕舉妄動。「我不喜歡這套。不過我知道更好的辦法。」

「什麼辦法？」

史坦實在忍俊不住。這次不再是惺惺作態。她真的上鉤了。但還沒抓緊。他看到她的呼吸越來越急促，聽到她的聲音裡有心癢難耐的意味。他似乎觸動了她的心弦。問題只在於那條弦對不對。

「你站起來，」女人走到門前，她一直留意著兩人之間的距離。

他照著她的話做。動作沒錯，方向也正確。至少勝過聽見那個女高音的聲音裡夾雜著西蒙的尖叫，卻只能乾著急。至少他是這麼想的，直到那個女人說：「先讓你參觀一下我先生是怎麼玩的，我再瞧瞧你有多麼欲火焚身。」

14

嘉麗娜因為恐慌不已而心裡糾結成一團。

她該怎麼辦？沿著科尼斯街直走？要開到格林尼克橋嗎？或者右轉到湖邊？她也可以左轉找一條匝道上高速公路。

副駕駛座上的手機鈴聲響起。她想要掀開手機蓋，卻因為掌心沁汗而差一點滑脫。

「博舍？」她喊得太大聲了。

「冷。」聽到那沙啞的聲音，一陣恐懼倏地襲向她的後頸。

「你是誰？你要做什麼？」

「冷。」

因為擔心西蒙而心慌意亂的她，試圖整理出一條清楚的思路。右邊是恩德斯街。她差一點轉進去。那個街名倒是與她的處境很相配（譯注：該街名也有死胡同的意思）。

「這是怎麼回事？你在玩什麼把戲？」她問道。

「熱。」

嘉麗娜不由自主用輪指敲打人造皮方向盤。可能嗎？那不會剛好就是羅伯對她提到的傀儡聲音吧？可是為什麼要打給她呢？

她用一個簡單的問題測試她的重重疑團：「我的行駛方向正確嗎？」

「熱。」

真的。那個瘋子在和我玩捉迷藏。我是被他抓到的鬼。

「好吧，我要開到波茨坦是嗎？」

「冷。」

要先轉彎的意思。

「這裡嗎？」基爾曼街？

「冷。」

「那麼要左轉嗎？」

「熱。」

嘉麗娜切到內車道，幾乎要開到對向車道上。

「我快要到了嗎？」

「熱。」

她四下張望，可是前前後後至少有十幾輛各式各樣的汽車、卡車和兩輛摩托車。

她根本不可能在車陣裡找出誰在跟蹤她。

「格拉索街？我要轉到格拉索街嗎？」

那個沙啞的聲音又給她一個肯定的訊號。

嘉麗娜沒有注意對向來車就轉過去，差一點和一輛載運花卉的貨車迎面相撞。貨車駕駛趕緊踩煞車，車子打滑衝上另一個車道。閃過危機後，嘉麗娜的車子一溜煙轉進維倫巷，憤怒的喇叭聲此起彼落地響起。

「是這裡嗎？這條街嗎？」

「冷。」

她再度放開油門。街燈微弱而昏暗，她好不容易才找到下一個岔口的路標。

「在小萬湖？」她總算譯出密碼了。

「熱，」那個聲音隱隱有讚許之意，他們的對話裡也第一次有情緒的反應。那個男子哈哈大笑。

門牌號碼？到底幾號？

嘉麗娜思考著該怎麼問下一個是非題，才有辦法接近目的地並且救出西蒙。

「一百號以上？」

「熱。」

「一百五十號？」

「冷。」

她又問了好幾回，才將車停在門牌號碼「一二二」的四層樓豪宅前面。

15

面對佔優勢的對手，要打贏毫無勝算的官司，其中最重要的規則，史坦不是在法學院裡學到的，而是從父親那裡。

「從對手的優勢裡找出弱點。以彼之矛，攻彼之盾。」這是他在社區青少年乙組足球聯賽擔任榮譽教練時的名言。

羅伯心想，這個箴言對於今天的他仍舊有所助益，只不過現在不是關乎射門、傳球或盯人防守，而是他的生命安危。那個女人舉槍命令他走出起居室，打著赤腳、光著膀子的他，一直在盤算著自己的逃脫路徑。這是場災難。那個女的手裡有好幾張王牌。最大的王牌是她手裡的九〇手槍。其次是這棟別墅地處偏僻，極目四望，似乎與世隔絕。在這間空蕩蕩的房仲銷售建築裡，所有門窗都鎖上，且有保全設備。就算他趁隙衝到樓下後門出口，也恐怕找不到任何一扇能打得開的門窗。

兩人之間足夠的距離、指著他背心的手槍、像貨櫃一樣密不透風的房間——她的優勢裡到底有什麼弱點？

史坦上半身的肌肉僵硬緊繃，就像每次在苦思難解的案件一樣。在事務所的辦公桌前，這個狀況總是如應斯響偏頭痛徵兆。

他知道不過多久又要犯頭痛了，而且會劇烈得多。

史坦踏上第一階樓梯，剛剛打磨過的橡木地板就沒精打采的嘎嘎作響。隨著史坦的拾級而上，音樂也越來越大聲，然而滑步的聲音卻止歇了。

他不再跳舞了。

史坦不敢想像那個男的接下來在做什麼。在房間裡。和西蒙在一起。

「不准轉過頭來，」那個女人沉聲說。他放慢腳步，回頭看一下，卻什麼也看不見。史坦不知道她站在多遠的位置，或是跟在他後面上樓。聽她的聲音，她可能跟著上來，或者站在樓梯底下。他只看到刺眼的光束和模糊不清的身影。整個樓梯間籠罩在鹵素燈不自然的白光底下，從樸素的乳白色牆壁反射回來，令他幾乎睜不開眼睛。史坦眨了兩次眼，眼睛上跳動的殘影才漸漸消失……

然後他又看到了一線曙光。她的弱點。他在弧形樓梯大概一半的位置，有機會掀開底牌。問題只在於是否管用。但願如此。

值得一試，就算這有可能是他畢生最大和最後的一次失誤。

16

嘉麗娜下車查看眼前的屋子有沒有任何生命活動跡象。

「你還在電話線上嗎？」

她抬頭張望。六角形的四坡水屋頂宛如英國法官的假髮，籠罩在剛整修過的乳白色別墅上面。任何樓層都看不到燈光。所有百葉窗都被拉了下來，窗板也都關上。

「熱，」那個聲音回答說，她顫巍巍地走到庭院雕花鐵門前面，訝異它居然沒有關上。現在呢？

她打開慢跑裝腰間塑膠口袋的拉鏈，裡頭除了西蒙的藥物、零錢和她替史坦保管的一些雜物之外，還藏了一隻羅姆 **RG70** 手槍。博舍的「禮物」。

「以防萬一，」他對她說：「小巧可愛。特別適合女人嬌嫩的手。」

她走在別墅的碎石子路上，一種不真實的感覺油然而生。她一輩子沒拿過槍，更別說瞄準任何人了。

「門是開著的嗎？」她走到鏤花大門前面。

她頭一次沒有聽見電話裡的回答。小心推了一下頑固的木門。門是關起來的。上了鎖。

嘉麗娜轉身，可是在老舊街燈的微光下，什麼人也沒有看到。沒有路人，也沒有跟蹤者。除了鄰近的科尼斯街上的車聲。

「我要怎麼進去？」她問電話另一頭的陌生人。「從後門嗎？」

仍然沒有回應。只有濃濁沙啞的呼吸聲。

她望著別墅右邊側翼地下停車庫的入口，注意到一堆濕葉上有剛剛留下的輪胎痕跡，於是背對著大門說：「是車庫嗎？我要從車庫進去嗎？」

那個人仍然默不作聲。就連呼吸聲也停止了。「該死，」她喃喃自語說。我沒時間可以浪費了。我沒辦法搜索這整個地方，西蒙可能在裡頭某個地方被侵害，而且……

她不自覺地緊握硬梆梆的手槍握把，伸出左手食指摁門鈴。她不是偵探，也不是訓練有素的警察。她一點也不熟這裡的地形。她沒有任何勝算，充其量只是個絆腳石……

「我摁了門鈴，」她對著手機說。

「冷，」耳邊響起洪亮的聲音，她只覺得腦袋一陣轟然巨響。然後是一片死寂。

17

每一階樓梯都很難熬。因為每踏一步，他都可能沒命。可是他在這裡並不重要。就算他死了，頂多也只是地方小報一則不起眼的社會新聞而已。那是他命該如此。因為幾公尺外，在那播放著震耳欲聾的義大利歌劇的房間裡，正上演著更不堪入目的悲劇。

而這偏偏是我的錯，史坦心想。

他佯裝踉蹌一下，摔向左側牆壁。

「怎麼了？好戲還沒有真正上場，你就腿軟了？」

正好，她就在我身後幾階樓梯。也許她不想要讓我在上頭轉角的地方脫離她的射擊範圍吧。

史坦心想，他必須把握這個電光石火的機會。他得再靠左邊一點，放開扶手。不到五個階梯。

樓梯上面的走廊越來越清楚可見，隨著史坦的漸漸接近，欄杆上的塑膠鳥巢蕨盆栽也益顯碩大無朋。

最簡單的計策往往最有效，他父親的人生箴言又浮上他心頭。他的簡單計畫是否奏效，都取決於這四只不起眼的塑膠花盆。

再兩級階梯。

他小心翼翼地伸出手指。就像剛剛把包紮了很久的綳帶拆掉一樣，他感覺到奔流的血液湧到指尖。原本想伸右手去抓，可是那會太顯眼了。

再一級階梯。

他眺望整條走廊，除了一張茶几，上頭擺了一疊建案型錄，此外空無一物。也沒有窗戶。幸好沒有！

史坦走上最後一個台階，宛如顫巍巍地踩上碎裂浮冰似的。他忍住回頭往下看的衝動，屏氣凝神地專注於下一秒鐘，而一個男人跟著義大利文詠嘆調的低聲哼唱也漸漸消失。

絕對不可能是西蒙。

「左轉，右邊第三道門。你會聽到派對的聲音……」

那女的話還沒說完，一陣令人毛骨悚然的尖哨聲就在四周光禿禿的牆壁間此起彼落。

史坦趁著突如其來的門鈴聲響，在這場孤注一擲的終場戲裡掀開了底牌。他只要按下安裝在樓梯盡頭，約莫肩膀高度的電燈開關就行了。這就是她的優勢裡的弱點：她剝奪了他所有的逃脫機會，可是密不透風的百葉窗遮住了陽光。只要史坦一個兔起鶻落，伸手由上而下拂過一整排電燈開關，鹵素燈立即熄滅，整個樓梯間會頓時伸手不見五指。那一片漆黑將讓他逮到機會推倒鳥巢蕨，女人會連人帶著花盆一起滾下樓去。

理論上如此。

可是實際上做起來卻是另一回事。史坦才按下開關就知道他搞砸了。因為並沒有變暗。正好相反。就連剛才昏暗的走廊，現在也燈火通明起來。他不但沒有熄燈，反而把樓上的電燈都打開了。他身後的戀童癖變態因此更容易瞄準他扣扳機了。

18

房裡琳瑯滿目的事物，讓西蒙有點意外。一開始是他的球鞋踩在光滑地板上發出的滑稽聲音。等他坐在鐵床床緣，在泛著微弱紅色燈光的昏暗房間裡，他注意到整片地板都貼上了透明塑膠膜。

男人抽出房門上的鑰匙，走到房間角落的一座黑色三角架前。上頭架了一台數位攝影機。鏡頭對準西蒙坐著的那張床。那個男的摁了按下按鈕，鏡頭上一個小紅點開始閃爍。他又走到房裡唯一的窗子前，開啟了一台迷你音響。

「你喜歡音樂嗎？」他問道。

「看情況，」西蒙低聲說，可是對方根本沒在聽。他隨著ＣＤ唱盤播放的旋律搖擺起來。西蒙不確定自己是否喜歡這種歌曲。他在院長的辦公室裡聽過類似的，但不是特別喜歡。

那個穿著晨袍的男子時或閉上眼睛，看起來像是神遊物外似的。西蒙想要站起來悄悄離開。他聽說過這種人。有一次一個警察跑到學校裡給他們看通緝犯的照片。雖然眼前這個人看起來完全不像。

音樂的音量突然變大，西蒙忍不住咳個不停。接著眼前一黑。他倚著床柱，直到虛脫感消失為止。他注意到床邊的玻璃床頭櫃上擺了許多醫療器具。

那又是什麼玩意兒？

一股沒來由的恐懼驀地襲上心頭。一點道理也沒有。那個男的不可能對他怎樣。因為明天清早，六點鐘，他要到橋上去見某個人。只要他對此始終深信不疑，就不可能心生恐懼。

可是西蒙一看到注射器，就不由得害怕起來。

他只有在醫院才會看到那個東西，而且沒有這麼大支。另外還有一個莫名其妙的東西，放在綠色絨布墊子上，在手術刀和骨鋸之間，有一條銀色的金屬鏈子。看起來像是腳踏車的鏈條，兩端各有個晒衣夾。

「過來我這裡。」

那個男的渾然忘我地跳了好幾分鐘舞。他的聲音和藹可親。西蒙剛才閉上眼睛休息了一會兒，看起來疲憊不堪，別過頭去沒有看他。那男人讓晨袍往下滑褪到腳踝處，全身上下只剩下醫療用的手套。

「我們現在來吧。」

「為什麼？」西蒙問道，心裡想起了羅伯。

「麻煩把床前那個東西拿過來給我，好嗎？」

西蒙轉身看了看對方指的是什麼東西。他咳得更厲害，也覺得更脫力。不過還是走到那張有些汙漬、既沒有床罩也沒有床單的床墊上，拿起男人所要的東西。

他站起來，蹣跚來到男子跟前。每走一步，就感覺越發虛弱，就像以前和約拿賽跑一樣。他的左手又有點麻癢，焦慮地盼望史坦趕快上樓來把他接走。

「你做得好極了！」男人跳了個旋轉舞步，氣喘吁吁地說。他伸出剛才一直摟著看不見的舞伴的那隻手，輕輕撫摸西蒙的肩膀，用手指頭試探他，一次，兩次，接著像是開了個玩笑似地哈哈大笑。

「你知道你很漂亮嗎？」

西蒙搖搖頭。

「真的。不過你可以更漂亮。」

「可是我不想。」

「沒問題的，相信我。」

西蒙感覺到自己手裡的那只袋子被一把扯走。然後他突然什麼也看不見了。他想要吸氣卻沒辦法。就像氣球一樣，塑膠袋一直癟下去，還陷入他嘴裡好幾公釐。他用盡身上僅剩的力氣，伸手想扯掉頭上的塑膠袋，可是男人抓住了他的胳膊，把他的手往下壓，用膠帶反捆他的雙手。西蒙想要大叫，卻沒有空氣。他吸不到空氣，只吸到一綹頭髮。他自己的假髮。那個男人用塑膠袋由上而下套住了他的頭，假髮也跟著滑下來。

「很好，現在好看多了，」他聽到那個寸絲不掛的傢伙細聲細氣地說，接著就被對方用力拖回到他剛剛坐著的地方。那張床。

「好多了。」

西蒙雙腳亂踢亂踹，不知道踢到什麼柔軟的東西或是脛骨，可是馬上就感覺到他只是在傷害自己而已。

他越來越累，越來越乏力，肺部快要炸裂了。也因為如此，他對於突然撕裂音樂的巨響渾然不覺。

走廊的槍響讓男人愣了一會兒，這才又獰笑著撕下一長條膠帶，想把男孩脖子上的塑膠袋給封死。到那時候，他才會解開男孩雙手的束縛。而且他現在也正需要他的兩隻手。

19

槍響的時候，他周圍的世界都炸開了。儘管巨響令人難以忍受，卻沒有擴及到他預期的身體範圍。史坦往前仆倒，爬到花盆後面。他的跌倒只是出於反射動作，而並非真的有此必要。他原本相信，在子彈射進自己的背部後，臨死前他會看到肚子上有一處貫通傷口。可是正好相反，他什麼都聽不見，只是咳個不停，幾乎透不過氣來，彷彿體內全燒焦了。他覺得好似過了好幾輩子，還以為自己瞎了，這時候才醒覺到底發生了什麼事。

催淚瓦斯。

手槍裡並沒有裝填什麼致命的子彈。這對變態的夫妻或許有戀童癖，卻還沒有膽子行凶殺人。或許是用別的方法。或許一顆子彈不足以讓他們達到高潮。

當他身後的那個女子也咳起來時，史坦才發覺他統統都猜錯。

「該死，」她說，可是就連這句話也幾乎聽不清楚，因為她的鼻涕像尼加拉瀑布一樣飛湍喧豗。

史坦爬到樓梯口往下看。他眼淚流個不停，彷彿眼睛不小心被噴到廁所清潔劑。但是在淚眼迷濛中，他看到那個女人就站在底下幾階樓梯處。她彎腰不住地揉眼睛，因為她也沒有戴防護面具。

所以說，她也不知道手槍裡是什麼子彈，史坦如是推論。這兩個瘋子真是一對活寶。他們根本就是菜鳥。可能從來沒有檢查過手槍。第一次射擊就出了洋相。史坦試著站起來，剛才的事件和這團氯氣一樣，都不是故意的。他昏昏沉沉步履蹣跚，地板又很滑，一腳踩空，人就骨碌碌滾下樓梯。

他像魚雷一樣滾下兩層階梯，撞到那個女人，背部掠過一陣刺痛。整個樓梯間轟隆隆直響，他也分不清楚到底是身體的哪個部位造成的悶響。接著他的腦袋撞上不知道什麼堅硬的東西，或許是階梯，緊接著鼻血簌簌流下。他又俯著身體往下滑，左腳突然疼痛不堪。原來他的腳在跌倒時卡在欄杆上，整個身體的重量都壓在腳踝關節上。

韌帶斷裂。外側副韌帶拉傷。關節囊破裂。根據刺痛的強度來看，可能以上狀況全部都遇到了，可是管不了那麼多了。他小心翼翼地脫身後，在淚眼婆娑裡看到樓梯底層的對手模樣更加狼狽：她再也動彈不得，膝蓋像身體其他部分一樣不自然地向外扭曲。史坦扶著欄杆坐直，扶助他的左腿，像是看到牙醫的電鑽一樣，顫抖地試著單腳站起身來，他的鼻涕也宛如燒焦一般止住了。

右邊第三道門，她剛才說過。這個線索其實不是很必要。反正以他的現況，也只有耳朵還管用。歌劇的聲音依舊穿透厚重的橡木門詠嘆著，史坦轉動門把。

鎖上了。

羅伯沒用一秒鐘就做出了決定。他忍著劇痛往回跑，每跨一步，左腳裡就像有根鋼釘被牽動似的疼痛。他伸手去拿花盆，卻一下子舉不起來，原來裡頭填的不是泥土而是磨洗過的鵝卵石。他拖了幾公尺，來到門前，不管背部的劇痛，雙手使勁把它抬高，撞向房門最脆弱的地方。門把應聲而斷，設計簡單的鎖頭也歪了一邊。史坦以裸著上身的肩膀猛撞裂開的門板。一次。兩次。終於咬牙忍著疼痛，跌跌撞撞地衝進房間裡。

他一輩子沒看過這麼慘不忍睹的景象。心裡暗暗叫苦：太遲了！

20

他第一眼就看到那個男的。一絲不掛，大汗淋漓，因為驚嚇過度而全身癱瘓。漸漸褪去的激情似乎麻痺了逃跑的本能反應，只是雙手掩住臉龐作勢抵抗。

史坦轉身看到沒有臉孔的西蒙，他被人綁起來，頭上套著便宜的超市塑膠袋，一動也不動倒臥在破舊的床墊上。

「我可以解釋一切……」那個人渣忙不迭地說道，史坦噙著眼淚，憤怒而痛苦，瘸著腿走到攝影機前面，一把抓起三腳架，像球棒一樣，朝著那個傢伙的下顎猛力揮去。男人摔倒在地，跟著撞翻了音響。威爾第的音樂戛然而止，這時候史坦撲到床前，抱住西蒙的頭，扯破塑膠袋。

他很想放聲大叫，完全釋放出所有壓力。他搞砸了一切，但到頭來沒有城池盡失。至少他沒有失去西蒙。就像是被人從海裡救起來的船難者一樣，那孩子咳個不停。西蒙把氧氣吸進肺裡時那種宛如橐籥的聲音，在史坦耳裡聽來比任何交響樂都還要美妙動聽。

「對不起，對不起。」孩子想要爬起來，史坦把他拉到自己身邊，扯掉塑膠袋，雙手捧著他的頭，像是無價之寶似的，卻又留心不讓他碰到自己沾滿血汙的胸膛。

「我還……」幾乎窒息了的孩子深深吸了一口氣。「……還好。」西蒙有氣沒力地吐出幾個字，接著忍不住又咳起來，不停擤鼻涕。史坦微微放開他。所幸催淚瓦斯的煙霧一直都只在走廊上流連徘徊。可是他擔心頭髮上殘留的氣體會令西蒙的咳嗽雪上加霜。

孩子的喉嚨發出一陣呼嚕呼嚕聲，似乎有力氣坐直起身來，反倒是史坦這時很想倒下去睡個大頭覺。可是西蒙那個莫名其妙的聲音不斷重複，他這才豎起耳朵。

不對！

他及時轉身，看到男子掩著鮮血直流的臉悄悄走出門外。

「站住！」史坦大叫，又拿起早就不見攝影機的三腳架，這次朝著對方的小腿揮過去。男人跪了下來，痛得大呼小叫，在門口倒地不起。

「你再敢動一下，我就像轟掉你太太一樣把你給宰了。」

那個變態被自己疼痛的叫喊嗆到，史坦彎身對著他揮了揮剛才在床頭櫃上隨手抓起的手術鉗，心裡盤算著下一步要怎麼辦。他很想用三腳架的尖端刺穿對方的腳，或者用手術鉗拔掉他的指甲。可是他不能在西蒙面前這麼做。那孩子看了太多暴力，更不堪的是：西蒙還親身經歷過。他必須考慮到西蒙的心理狀態。

「你聽我說，我們有事好商量，」那個男人囁囁嚅嚅說。他瑟瑟縮縮地蜷曲在史坦腳前，牙齒都被打歪了，剛才的優雅神情早就消失無蹤。

「錢我有的是。該給你的錢。我們談好的。」

「住嘴。我不要你的錢。」

「什麼？那麼你到底要什麼？」

「西蒙，你別過頭去。」史坦說，接著又舉起三腳架。那個男子的下巴抵著膝蓋，雙手抱著滿是鮮血的腦袋保護自己。

「拜託不要，」他求饒說：「你要我做什麼都可以。」

他以為史坦又要動手而嚇得發抖，但是史坦只是問道：「你的手機在哪裡？」

「什麼？」

「你該死的手機。你放到哪裡去了？」

「在那裡。」那男子指著擱在床前的晨袍。史坦退了一步撿起它。

「在右邊的口袋裡。」

史坦幾乎聽不見虐童犯的嘴裡在嘟囔什麼。他總算找到手機，把它遞給腳前的那個男子。

「你要我做什麼？」

「打電話給他。」

「誰？」

「你的聯絡人。剛才在起居室裡和你講電話的那個傢伙。快點。我要跟他說話。」

「不行。」

「為什麼？」

「因為我沒有他的電話號碼。誰都沒有『老闆』的號碼。」他口中所說的那個「老闆」聽起來像是個名字，而不是什麼職業稱謂。即使被打得這麼慘了，這個瘋子對於幕後的藏鏡人卻仍舊必恭必敬。

「那麼你們是怎麼聯繫的？」

「透過電子郵件。我們寫信給他，然後他會回電。就像你們一樣。提娜……」他喘著氣說：「……用電話把你們的名字和車牌號碼寄過去。他就打電話給我們。」

提娜！那個在樓梯間奄奄一息的女人現在有了個名字。

「好吧，那麼把電子郵件地址給我。」

「在手機裡。」

「哪裡？」史坦每按一個鍵就聽到嗶的一聲。他知道這種手機型號，以前用過一陣子，因此很熟悉它的操作模式。

史坦對倒在地上的那個人看也不看一眼，找到連絡人的資料夾。

「叫『班比諾』，不過對你沒什麼用的。」

「怎麼說？」史坦根本不想看一看那個複雜的地址：gulliverqyx@23.gzquod.eu。他反正要拿走這支手機。

「因為他的電郵地址每次都不一樣。這個地址已經不存在了。」

「那麼下一次你要怎麼找他？」

「這我不能說。」

「為什麼？」

「因為我會沒命。」

「你以為我現在想幹什麼？快說你怎麼弄到新的地址，不然的話你看我怎麼揍你，讓你到樓梯底下去找你太太。」

「好，好，好……」那個男的兩手拚命揮舞，圓瞪的眼睛沒離開過那具在他腦袋上晃來晃去、隨時都會砸下來的三腳架。

「他有各式各樣的地址。好幾千個。每個地址只用一次。如果我們想要和他講話，就要買一個新的。」

「哪裡？」史坦刻意啐他一口，又一次問說：「到哪裡去買？」

當他聽到那傢伙的回答時，手術鉗不覺從手裡滑落，插在覆蓋著塑膠膜的木頭地板上。

「你說什麼？」他驚駭之餘，氣息越來越粗重。疼痛欲裂的腦袋、腫脹不堪的關節、扭曲的背部，還有燒灼的肺，現在都彷彿匯聚到一個痛點上。

「再說一次，」他咆哮說。

「到橋上，」那個赤條條的男子淚流不止，把滿是血汙的臉埋在兩腿之間，因為他說出了最不該洩漏的祕密：「我們到橋上買地址。」

21

許多恐怖片的場景總會瀰漫著一股氣氛，讓人產生各種矛盾的感覺。那不一定是什麼殘忍的暴力鏡頭，而讓人又愛又恨。床邊的壁紙上不必濺滿鮮血或腦漿，吊著剛燙好的衣服的衣櫃旁邊也不一定要有支離破碎的四肢殘骸。讓局外人既如癡如醉又毛骨悚然的，是犯罪現場的間接跡證。平常人滿為患的地鐵車站只要拉起封鎖線，就會像停著幾輛警車、燈光突兀而刺眼的地方一樣陰森恐怖。

「混蛋，」海茨利希罵道，揉了揉疲倦的眼睛，卻沒有摘下他的金邊眼鏡。他嘴裡喃喃自語，對著站在酒館門口的恩格勒使個眼色，要他過來一下。在陰暗的秋天夜晚，位於墨西哥廣場燈火通明的酒館宛如電燈泡，在夜裡招來了成群的蚊子。許多要到區間火車站的行人被擋在封鎖線外。不同以往的是，這裡其實沒什麼好看的，就像穿著制服的警察隔著一定距離對圍觀群眾宣布的一樣。

「真是該死的混蛋，」探長湊過來時，他又大聲罵了一次。整個案子似乎失控了，所以他要親自到現場了解所有情況。但他沒有想到場面如此一團混亂。

「回去寫個報告給我，」他很不屑地看著恩格勒在他面前撕破阿斯匹靈維他命C的包裝，連一口水都沒喝就把發泡錠嚼爛吞下去，心想到底要不要叫他別再管這個案子了。

「因為汽車拋錨，博舍意外落網，」恩格勒開始概述經過。「他帶我們來到墨西哥廣場，信誓旦旦地說，史坦和那個孩子被綁架了。而且是個女的，他要在這家咖啡廳和她碰面。博舍供稱的車牌號碼並沒有登記。我們現在唯一可靠的線索，是這個電子郵件地址……」恩格勒疲倦地指著咖啡廳窗子上的招牌。「……那是柏林史提格里茨區的一家房屋仲介公司。是一個叫提奧多·克林和他的太太提娜開的。他的祕書小姐剛要下班度週末去。不過她告訴我們，他帶客戶去看屋，另外傳真了一份公司待售的房屋型錄。我們正要去搜索。」

「一共有幾棟？」

「這附近有八個物件。不算多啦。不過問題是，我們不能就這麼闖進去……呃，等一下。可能是布蘭德曼。」

恩格勒接起手機，隨即眉頭緊皺，好像咬到什麼酸溜溜的東西似的。

海茨利希揚起眉毛作勢詢問。

「你他媽的到底是誰？」他聽到探長聲音驚慌失措地問道，顯然電話那頭不是他的同事。

22

「你要一輛救護車，開到小萬湖一二一號？」

恩格勒重複一次地址，他只能斷斷續續聽到史坦的聲音。

海茨利希也聽到這則情報，轉身掏出手機，應該是想要派遣一組幹員過去。

「好，你在那裡等我們。別離開那個地方，」恩格勒說。電話收訊非常差，感覺像是要壓過抽風機的隆隆聲才能說話。

那個布蘭德曼到底躲到哪裡去了？需要他的時候他偏偏不知去向。

「不行。沒時間……解釋了……」史坦說話聲因為嚴重的通訊干擾而宛如口吃似的。「……那個女的……也許……死了，男的還活著。你們必須……逮捕他……」

恩格勒幾乎聽不懂對方在說什麼。

「西蒙還好嗎？」他問了最重要的問題。

「我就是為了他才打給你的。」

那個律師應該是離開了通訊死角。他的聲音不再支離破碎，既完整又清楚。

「你聽好，別再惡搞了。你總有一天要投案的，」恩格勒勸他說。

「是的，我會的。」

「什麼時候？」

「現在。我是說……等一下。」

電話裡一陣喀喇喀喇。恩格勒似乎聽到西蒙的聲音。史坦沒有騙他。那孩子還活著！

「我們還要四十分鐘，待會兒見。不過只有我們兩個。不許有其他人。」

「好，在哪裡？」

當羅伯・史坦告訴他碰面的地方，他整張臉頓時垮了下來。

23

您撥的電話目前無法接聽。如果您要語音留言……

該死。這是怎麼回事？為什麼嘉麗娜怎麼也不接電話？

博舍又是死去哪裡了？為什麼把我們丟下不管？

史坦切掉語音信箱裡的電腦聲音，氣得很想把手機扔到車窗外的停車場，他們繞了大半座城市才停在這裡。一想到那個下流的戀童癖幾分鐘前還把汗濕了的耳朵貼在這支手機上，他就忍不住反胃想吐。不過這個玩意兒他還用得著。他首先打了一通最重要的電話，通知恩格勒。因為他再也撐不下去了。他必須去投案。即使有可能再也沒辦法知道腓力到底發生了什麼事。

可是現在那成了次要的事。他們瘋狂追蹤一個魅影的尋寶遊戲必須到此為止。西蒙差一點遇害。這才是真實世界，而不是他腦袋裡腓力的幽靈，或是有胎記的男孩。

史坦感覺到有兩根小手指搭在他肩頭上。

「你還好嗎？」西蒙問道。

律師又覺得要熱淚盈眶了。他剛才讓這個孩子獨自和一隻猙獰的禽獸待在地獄裡。而現在西蒙卻問他還好嗎？

「我很好，」羅伯撒了個謊。其實他不知道該怎麼做，才能夠忍受全身上下的疼痛。他能走出那棟別墅而沒有昏到在地板上，簡直是個奇蹟。幸好西蒙似乎擁有不可思議的自癒力，史坦用膠帶把那個戀童癖捆在床上以後，西蒙甚至有辦法自己走下樓。

他們跨過提娜走下樓梯，她一動也不動，不過史坦隱約感覺到她的微弱呼吸。雖然他每走一步都痛徹心扉，但還是到起居室裡拾起散落一地的衣物，然後才開車逃出車庫。謝天謝地，這輛美國產的大型轎車是自排的。他的左腳已經腫得像一顆突出的樹瘤，簡直沒辦法走路，更不用說踩離合器了。

「可是你的臉看起來很狼狽，」西蒙輕聲說。

「你的聲音很像科米蛙，」史坦勉強開了個玩笑。他放下遮陽板，看了一下化妝鏡，不得不同意西蒙的看法。他在置物箱裡找到一盒用來擦拭擋風玻璃的保濕紙巾，隨手抽出一張，把臉上的血汙擦乾淨。

「你還好嗎？」他問道，小心輕擦額頭上還在流血的傷口。

「還可以，」西蒙忍著咳嗽說。

「對不起，真是抱歉，」自從他們離開別墅以後，史坦至少道歉了八次。「可是我會補償你的。我發誓……」

「沒事啦，」西蒙疲憊不堪地答道。

史坦打開車廂頂燈好看清楚一點，那孩子的睫毛輕輕顫動，他忍不住打了個呵欠。在經歷了白天的種種事件後，他不知道這個徵兆是好是壞。

「你要什麼東西嗎？水？還是你的藥？」

「不用，我只是累了。」西蒙又咳了起來。他的左腳微微抽搐，史坦開車的時候並沒有注意到。

「你有辦法自己走到玻璃門口嗎？」

「當然。」西蒙打開車門，有點猶豫不決。「可是我比較想要陪你。」

史坦搖搖頭，就算是這樣的動作，他也痛得咬牙切齒。「對不起。」

「但是也許你會需要我，不是嗎？」

「你過來一下。」史坦不顧自己的背痛，把西蒙拉到身邊，緊緊抱在懷裡。

「是的，我需要你。非常需要。所以你一定要聽我的話去做，知道嗎？現在你要走進醫院，馬上去你的病房報到，聽到沒有？」

西蒙在他懷裡點點頭。「好。那麼你接下來要做什麼？」那孩子把頭埋在羅伯的襯衫裡低聲說。

「我要把這個案子查個水落石出。」

西蒙抽出身子端詳著他。「真的？」

「真的！」

「你的意思是說，明天我就不必傷害任何人了？」

「你不必。」

「其實我一點也不想。」

「我知道。」史坦摩娑西蒙耳後的髮絲，有氣沒力的微微一笑。「你真的可以自己走進去？」他再次問道。

「嗯，我沒問題。只是頸部有點刮傷而已。」

「你的腳不是在抽搐嗎？」

「沒那麼嚴重啦。再說等一下我就有辦法對付它了。」

西蒙一腳踏出車門，羅伯再次伸手拍了拍西蒙的肩膀。

「你還記得世界上最美麗的地方嗎？」他問道：「提芬瑟醫師在診所問你的時候，你怎麼跟他說的？」

「是的，」西蒙微笑說。

「我們以後一起開車去那個海灘，好嗎？」他在他身後說：「當一切都過去。你、嘉麗娜和我。還有全宇宙最大的冰淇淋，對吧？」

西蒙笑得更燦爛了，回頭望著他。他走到醫院前面不到幾公尺處，而史坦幾乎有如被催眠一般的眼神與他亦步亦趨。他發動引擎。不是為了把車子開走，而是如果遇到緊急狀況可以隨時疾駛過去找他。當然，湖屋醫院不會像前幾個鐘頭一樣令那孩子陷入險境。直到西蒙的身影消失在醫院的玻璃大門後，史坦忐忑不安的心才放下來。

他看了看時鐘，打進倒車擋。現在是晚上六點四十六分。他必須快馬加鞭，才不會錯過盛大的慶典。

24

「好啦，現在他到了。我該怎麼辦？」

在醫院的咖啡廳裡，一個滿臉于思的男子攪拌著焦糖瑪奇朵咖啡上的奶泡，一邊看著那個孩子走向電梯。

「西蒙要直接去他的病房，」他對著手機通報說，同時把長條湯匙抽出來舔乾淨，然後停下所有動作。

「等一下，」他打斷電話那頭的聲音。「他們剛剛認出他來。一個醫生，沒錯，他正在和西蒙說話。兄弟，這裡快要有好戲可看了。」

他的兩隻巨靈掌放下刻有凹槽的咖啡杯，站起身來，想要看清楚圍在西蒙身邊的看護、護士和醫生。人聲雜沓。醫院裡的人們頓時鬧哄哄地忙成一團。

「真的嗎？你確定嗎？」

電梯裡吵吵嚷嚷，那個男子費了好大力氣才能專心聽清楚手機裡傳來的指令。他請電話那頭講大聲一點，最後總算都聽懂了，嘟囔著說他收到了。

「沒問題，一切照辦。」

畢卡索掛上電話，把他的咖啡留在原地。

25

「車……票……」

語音在她的耳朵裡漂浮。不自然的延長，就像是播放速度太慢的錄音帶，組成渾不可解的語詞。

我在哪裡？發生了什麼事？

嘉麗娜覺得自己彷彿坐在一台洗衣機上，而且是到了脫水的最後階段。底下的長條椅子顛簸得很厲害。她被一股隱形的力量往前推，才一瞬間，又被按回硬梆梆的椅背上。

她不停眨眼睛，突然覺得噁心。彷彿自己不是在用鼻子在呼吸，而是用眼睛，這才醒覺到周遭的氣味是什麼東西。酒精。嘔吐物。

她費力撐開眼皮，卻什麼也看不清楚。眼前的境況完全無法合理解釋。

一個瘦削的男子朝著她彎下身來，棕色的中分頭髮，還蓄著短髭。他遞給她一張塑膠卡片，彷彿想證明自己的身分似的。

「我到底……怎麼回事？」她使勁想說話。但是她說的言語比眼前這個神情嚴厲的男子更難以理解。他說話很不客氣，這次提高了音量，她總算明白他在說什麼。即便只是搞懂那幾個字。但他沒好氣的要求到底是什麼意思，她還是一頭霧水。

「車票。」

「什麼？怎麼回事？」

嘉麗娜轉過頭去，很費力才看清楚身邊的查票員。她的對面還有一張長條椅，除了一位退休的老太太之外，沒有別人坐在那裡。她很是厭惡地打量著嘉麗娜，又不屑地對她翻白眼，接著低頭看自己的畫報。

「我……我知道……」

嘉麗娜終於嗅出那股氣味到底是打哪裡來的。便宜的紅酒。汗漬濺滿她身上的慢跑汗衫。

怎麼會這樣？

她最後記得的，就只是那個令人不寒而慄的聲音。冷。

然後她確信自己陷入一個無止盡的、沒有夢的睡眠。可是現在呢？

她按著自己疼痛不堪的太陽穴，驚訝地發現自己居然沒有摸到任何傷口。就連半點瘀傷也沒有。

「快一點，難道妳要搭霸王車嗎？」

幾秒鐘過去，周遭的細節拼湊成一幅詭異的完整畫面。到處是刮痕的窗子，她頭頂上閃爍的燈管、扶手。她知道自己人在哪裡，但還是不懂為什麼。她也可能醒來發現自己身在北極的冰層上。身在夜裡隆隆穿過柏林的區間列車車廂裡，對她來說，同樣是很不真實的事。

「我以為我死了，」她對查票員說，他聽了很無奈地笑了笑。

「沒有，妳只是看起來像個死人而已。」

他抓住她的右手，她還來不及縮回去，他就從她的指間抽出一個東西。

「有啦，就是這個。」他在車票上打了個洞，顯然很滿意的樣子。

「怪事年年有，今天特別多。醉得不省人事，居然還知道要買票。」

他把車票還給她，還建議她下個週末可以放輕鬆點，然後往前走去。

火車慢了下來，鑽進一座燈光昏暗的火車站，站牌還用花體字寫著：格林內瓦區間火車站。

再兩站就到萬湖。

嘉麗娜站起來，注意到其他乘客彷彿看到瘟神一般避之唯恐不及，接著踉踉蹌蹌地走到月台上。

她的腦袋仍然像在蜂箱裡一樣嗡嗡叫。那個「聲音」一定是用電擊棒攻擊了她的頭部，把劣質的酒澆在她身上，把她扔到區間火車站，就像個流浪漢似的。

可是為什麼？

清新的空氣令她神智清醒，她卻也因而更加恐懼。問題不在於她自己，而是西蒙怎麼了。羅伯怎麼了。她在荒涼候車室旁的樓梯口駐足，讓與她一起下車的乘客從身旁走過。

現在呢？

她感覺徬徨無助，就像上個鐘頭那樣，不知道要開車去哪裡援救西蒙和羅伯。只不過現在她多了一點身體問題。頭痛欲裂，反胃噁心，肚子咕嚕咕嚕叫，害得她一直覺得身體在震動。她伸手想按住自己的胃，卻誤觸到塑膠口袋。現在就連手指頭也震動了起來，同時聽到有什麼東西在嗶嗶直叫。

嘉麗娜試了兩次才打開拉鏈，她愣了一下，所有的錢、藥品，甚至是她的武器，都還藏在她的束腰裡。她掏出鬼叫個不停的電子記事本，那是她替羅伯保管的。

掀開皮套，凝視著一則閃爍著的項目。一個行程。那個嗶嗶聲是要提醒羅伯說他星期四有個約會，而且是跟她。

嘉麗娜關掉提醒，她知道這一切並不是偶然。遊戲從三天前開始，在高速公路旁的廢棄工廠，而且會繼續進行下去。

她冷得不停甩手，來回搓揉上身，彷彿要扯掉這齣瘋狂傀儡戲的無形操偶師用來操縱她的繩線。

過了好一會兒，她才拖著疲憊的腳步往前走。如果快一點，應該來得及。碰面的地方就在不遠處。

26

當史坦在克拉亞街的停車場上被綁上塑膠束帶時，他想起了幾年前一個女性當事人對他說的一句話：那就像是把你的生命掛在衣帽間一樣。

那個女的被捕固然罪有應得，可是史坦必須承認，那個偽造紙幣罪犯對於被捕時絕望無助的形容還滿貼切的。

「為什麼在這裡？」恩格勒對著後視鏡又問了史坦一次。「為什麼你一定要和我約在遊樂場碰面？」

探長坐在他那不起眼的公務車駕駛座上。只有內行人才知道這輛灰色大型轎車是特勤組所有。

「這樣我才能確定你有沒有遵守約定。」史坦勉強撐開眼皮。全身痠痛的他實在很想求老天爺讓他就此昏迷不醒，可現在還太早。

「我得先確定只有你一個人來。」史坦建議恩格勒透過著後車窗看看遠方璀璨閃爍的摩天輪，他們正要慢慢駛離此地。「那上頭的風景真是美不勝收。」

他剛才坐在摩天輪裡打電話給這名警察，要他先打開汽車警示燈，他在訪客停車場鎖定了探長的車子後，又坐了三圈摩天輪，才冒險下來。當他坐進探長的車子時，確實沒有其他支援人員從暗處衝出來。

「了解。」恩格勒點頭稱是，突然忍不住又打了個噴嚏。

「不過你的顧慮是不必要的。」他的鼻子終於和緩下來。聲音聽起來和第一次偵訊時一樣感冒得很厲害。很難想像從那時至今才過了三天而已。

「我們被人用 GPS 追蹤。」探長咳個不停。「情報中心一直都知道我們在哪裡。再說，我認為你只是個混蛋，而不是什麼危險人物，」他對著後視鏡訕笑說：「至少你沒有危險到我一個人對付不了的程度。」史坦點點頭，又看了一下堅硬的束帶在他左手腕上留下的痕跡。

「可是為什麼你指定要和我碰面？我和你可沒有那麼意氣相投。」

「就是這樣，我才更要指定你。我父親總是說，你只能和敵人做生意。敵人不會出賣你。再說，我覺得布蘭德曼不是很可靠。我不認識他。」

「你父親是個聰明人。那麼我們要做什麼交易？」

「我會提供你一些情報，讓你至少可以逮到兩名嫌犯：一個虐童者和一個復仇者。也就是我們至今找到的那些屍體的原凶。」

周遭突然暗了下來。大雨滂沱，透過車窗看不清車道左右兩邊的住家。他們剛剛經過惠騰街設有路燈的路段，駛入夏洛特堡和策倫多夫之間的連接道路，橫越了格林內瓦。

「好吧，那麼你要什麼回報？」

「不管你有多麼討厭我，也不管我現在跟你說什麼，你必須立刻派員保護我前妻的孩子。」

「為什麼？」

「因為我被勒索。所以我有第二個要求：你必須放我走，一直到明天早上六點。」

「你瘋了嗎？」

「有可能。可是沒有這裡的瘋子那麼厲害。」

「什麼意思？」恩格勒瞟了一眼副駕駛座。史坦用被上了銬的雙手很費力地從外套裡掏出一卷錄影帶，扔給坐在前面的探員。

「這是在萬湖從那房仲的房間裡拿到的錄影帶。如果你有勇氣的話，可以看看他和他老婆要怎麼玩西蒙。」

「他是幕後主使者嗎？」

「那個房仲？不是。」

史坦要言不煩地向恩格勒解釋他在剛才幾個鐘頭裡的發現。

「明天一大清早，有幾個戀童癖會碰面交易一個嬰兒。西蒙有個幻覺，他說他會在交易中殺死那個虐童犯。為了報仇。」

「你相信這種鬼話嗎？」

「我不相信。就算是真的，明天清晨現身橋上的也不會是西蒙，而會是另一個復仇者。一逮到機會，他就會擊斃那個賣家。」

恩格勒在惠騰街和艾克國王街的十字路口前減速。

「很好，假設你這個駭人聽聞的理論真有其事，」探長半信半疑地問道：「那個孩子又是怎麼知道的？」

史坦四下張望，看看有沒有人跟蹤他們，可是除了遠方一輛駛往阿武士賽道方向的摩托車之外，就只有他們的車子停在林蔭茂密的紅燈前。

「你的當事人，西蒙．薩克斯，他不僅看得到過去，甚至看得見未來，為什麼？」

「我不知道。」

雨下得越來越大。恩格勒調快雨刷的速度。

「如果你要我放了你，說『不知道』是個很差勁的答案。我怎麼知道你是不是也涉案？」

他們的車子繼續往前開，引擎聲音有些異樣，史坦愣了一下，聽起來像是恩格勒加了低辛烷值的汽油。

「正因如此，你不能把我關起來。明天清晨，我會證明給你看。在橋上。」

「那座橋到底在哪裡？」

「你同意這項交易，我就告訴你確切的地點。」

等一下，現在是怎麼回事？

史坦大惑不解地往前座趴。他搞錯了。引擎本身沒問題。他聽到那像割草機一樣的噪音是從外面來的。而且聲音越來越大。

「還有誰知道我們要碰頭嗎？」恩格勒突然問道。他看起來很緊張，這種情緒也立刻感染了史坦。

「沒有人啊，」羅伯遲疑地答道。

「那麼這個號碼是什麼意思？」

「什麼號碼？」

史坦摸了摸外套口袋裡的手機。它一直還在通話中。那意味著……

「你用這個號碼打電話給我。這是誰的手機？」

恩格勒越來越慌張，車子還在行駛之中，他就回頭看向後座。

「是那個房仲的，可是怎麼會……？」

雨刷向右撥掉雨水，在那片刻間，擋風玻璃似乎有放大鏡效果一般，他清楚看到前方的景象。

那個機車騎士。他掉頭了。車燈熄滅，沒有戴安全帽，直接朝著他們衝了過來。

號誌燈轉成綠色，恩格勒排入擋位。

啊，真該死。博舍特別警告過我們。每個小孩子都知道怎麼手機定位，而且……

砰的一聲。史坦的思緒就中斷了。

27

那三聲槍響聽起來一點也不危險，就像是潮濕的除夕炮竹的噓噓聲，裡頭只有一半的黑色火藥被點燃。可是它的滅音器聲響讓人產生錯覺。它以致命的動能穿過擋風玻璃，整片安全玻璃像五彩紙屑一般朝向車裡碎裂。

探長的頭埋在方向盤上，史坦不知道是哪一塊玻璃最先砸到探長的。現在仍是綠燈，須臾轉為黃燈時，車內燈亮了起來，驚魂未定的史坦卻沒有察覺。此時他的腦袋還忙著處理這駭人的場面：摩托車騎士，碎裂的玻璃，和探長不由自主抽搐的手。

史坦的下巴斷斷續續地打顫。他覺得很冷。因為驚嚇、疼痛、恐慌，也因為大雨直接打在他臉上。現在他才明白為什麼頭頂上的車內頂燈突然亮了起來：車門被人打開了。

「你沒有遵守約定，」一個男人在黑暗中細聲細氣地說。他的太陽穴頓感寒意。那個摩托車騎士正用槍口抵著他。

「『聲音』向你問好。你還想知道是否有靈魂轉世這件事嗎？」

史坦的眼睛閉得更緊了。他的頭因為緊張而不停震動。他知道上一秒鐘發生的事難以用筆墨形容。任何描寫生死關頭的電影。更別說是定格畫面。可是史坦卻在那個電光石火之際，感受到身體的每個細胞。他感覺到腎上腺素宛如渦流一般，從腎上腺髓質湧入血管中。

他聽到體內支氣管在擴張，心臟的收縮越來越強，彷彿要在胸膛裡爆炸似的。他的外在知覺也在改變。他感覺到吹來的風不再是完整的事物，而是像噴沙機一樣，由無數的氧原子所組成，和雨滴一起打在自己身上。

史坦聽到自己放聲大吼。他一輩子沒有這麼恐懼過。可是他的其他知覺也從沒有這麼強烈過。彷彿有人要向他最後一次證明，當人只有一線生機的時候，他仍有辦法感受到一切。接著，他感覺到一切都在消散。這個由原子與分子所構成的羅伯·史坦彷彿分解成極細微粒，以化解子彈射進身體時的力道。就在深層的悲傷如大衣一般覆蓋住他的同時，一顆致命的子彈救了他。

子彈射進去。一如預期命中太陽穴。頭殼裂開一塊指甲那麼大的洞，鮮血像是沒有旋緊的番茄醬一樣從瓶子邊緣噴出來。

史坦睜開眼睛，摸著自己的太陽穴，不可置信地探觸剛才被凶手用槍抵住的位置，此刻仍然隱隱作痛。他看了一下自己的手指頭，以為會聞到或觸摸到鮮血。但是什麼也沒有。

接著他張望前方。聽到恩格勒的手槍砰的一聲落在腳邊。探長半邊臉似乎滿是鮮血。過了半晌，他才明白那是十字路口的號誌燈轉成紅色映在他側臉上所致。

他救了我的命！羅伯心想。他拿起手槍，拚著最後的力氣轉過身來，把那個歹徒……

在那個當下，史坦心裡盼望探長的傷沒有那麼嚴重。恩格勒仍舊保持著轉身向後的坐姿，宛若父親在開車前查看孩子們是否都繫好安全帶，這輩子第一次，他看到探長以和善的眼神望著他。接著他嘴角流出一道血。恩格勒詫異地張開嘴，眨了眨眼睛，又歪歪斜斜地趴倒在方向盤上。他剛才握著槍的手和身體其他部位一樣癱軟無力。

汽車喇叭聲把羅伯從恍神當中喚醒，身體再次有了知覺。耳裡的白雜訊消失無蹤，生命又流回他的體內，疼痛也跟著回來了。他解開安全帶，從車子裡鑽出來。他看到恩格勒的槍掉在地上，於是下車把它撿了起來，對準那個凶徒。眼前是個長髮男子，圓瞪著不敢置信的眼睛，所剩無幾的生命從他的頭部一點一滴地滲漏到柏油路上。這個鬍子刮得很乾淨的幫凶，史坦從來沒有見過，卻覺得死者很面熟。

恩格勒救了我，偏偏是恩格勒。

他想走到自行車道上，但才沒走幾步就摔倒在地，從斜坡上骨碌碌往下滾。綁著束帶的手被壓在身體下面，他聞到濕泥、落葉和木頭的氣味，過了好一會兒，才鼓起勇氣抬起頭來，奮力坐直身體。

我必須離開這裡。

羅伯踉踉蹌蹌不小心一腳踩空，哼哼唧唧倒在一塊濕漉漉的樹樁上。可是無論身體如何疼痛，都無法壓抑心裡波濤洶湧的恐懼感。車子呼嘯而過，卻沒有人停下來。沒有人下車伸出援手。也沒有人要逮捕他。還沒有。特勤組的車子一定已經在路上了。

他們不會相信我的。我必須離開這裡。

史坦忍不住再次悲吒長嘯，這次是出於內心的痛苦，它比身體的任何疼痛都要更加劇烈。緊接著他跌跌撞撞走進樹林深處，想要找回他兩天前猶自痛深惡絕的殘缺生命。

28

晚上八點十七分。這意味著那個下流胚子已經遲到了十七分鐘，他最恨人家不準時了。當然還包括被放鴿子，更是讓他一肚子火。他們的腦袋裡到底在想什麼？沒有人可以長生不死，可是這些人的態度就像是有個流逝時間招領處，可以把他們虛擲的生命給領回去。

他怒氣沖沖地把冷掉的咖啡倒進水槽，也懊惱自己為什麼要這麼浪費。他也氣自己。他早知道那個傢伙不會回來了，為什麼還加點一杯咖啡？自找的。

隔壁房間傳來用湯匙敲打瓷杯的叮噹聲。「你想再來一杯茶換個口味嗎？」他用沙啞的聲音大聲說，並且捻熄幾乎快要燒到手指頭的香菸。「我正要燒一點開水。」

「不用，謝謝。」

這個不速之客似乎正好和他相反，渾不在意把一分一秒白白送給死神。或許要等到人掉了牙齒、長了痔瘡、腳趾甲變黃，才會覺得為一個不確定的約會枯等半個鐘頭有多麼令人不耐煩。他愁眉苦臉地坐在松木沙發上，那是他最後一次和妻子一起購買的家具。

馬利亞一直很守時。她甚至都會提早到。她的肺癌也和她一樣提早到。真是諷刺。他是個老菸槍，而馬利亞卻從來不抽菸。

怎麼回事？男人盛了半壺水，關上水龍頭，走到窗邊，側耳傾聽那惱人的噪音是否還在。也許是他沒有把垃圾桶蓋好，這意味著他必須在這種惡劣的天氣裡出去檢查，免得野豬刨壞了他的草皮。

眼前的原木窗戶居高臨下，平常，從陽台一直到池塘邊的橡皮艇船塢都可以一覽無遺。可是現在燈火通明的廚房和外頭的漆黑一片反差太大，窗子下面不到幾公分處什麼也看不見。更令他大吃一驚的是，一張滿是血汙的臉突然貼在玻璃上。

搞什麼鬼……

老人嚇得往後退，差一點被廚房的餐椅絆倒。那張鬼臉消失，而他的呼吸卻留在玻璃窗上的霧氣中。老頭看到一雙被綁著束帶的手，正在敲打著他的窗子。

他又被嚇了一跳，心想平常用來自衛的魚叉究竟被他擺到哪裡去了，接著聽到叫喚的聲音，才知道自己搞錯了。

「哈囉？是你嗎？」

雖然他很難相信這個熟悉的聲音是發自於這張扭曲變形的臉，卻沒辦法推翻一個事實：外面的那個傢伙不是陌生人。剛好相反。

老人從他的小廚房蹣跚走到渡假小屋的後門。

「你又遲到了，」他沒好氣地說，好不容易才打開門上的拴。「每次都這樣。」

「對不起，老爸。」那張狼狽不堪的臉靠近了一些。男人瘸了一條腿，上身似乎很僵硬。

「你怎麼了？是被公車撞到了嗎？」

「更慘。」

羅伯・史坦從他父親身邊走過去，逕自進入起居室，他作夢也不敢相信，有個人在那裡等著他。

29

「妳在這裡做什麼？」他愣了一會兒才問道，門廊的地板突然在他腳下以逆時鐘方向旋轉起來。他最後聽到的，只是斷斷續續的尖叫，以及瓷杯的破碎聲。接著他就癱軟倒在咖啡杯碎片旁，那個女人看到他的時候嚇得從手裡滑落的杯子。

他醒過來的時候，既不知自己身在何處，也不明白嘉麗娜為什麼睜大驚慌的眼睛俯身凝望著他。她額頭上的一綹鬈髮宛若羽毛似的輕盈起舞，羅伯渴望全身都能得到這樣溫柔的撫觸。可是當他頸部肌肉收縮，想要撐直身體時，疼痛又讓種種不愉快的回憶浮上心頭。

「西蒙？」他尖聲叫道。「妳知道……」

「當然，」她哽咽低聲說。蒼白的臉落下一滴眼淚。「我跟畢卡索通了電話。他們派了個警衛守在他的病房外面。」

「謝天謝地。」史坦突然全身顫抖起來。

「現在幾點了？」他聽到廚房的水壺笛聲，那是個好兆頭。如果說他的父親還在忙著沏茶，那麼他暈厥的時間就沒有太長。

「快要八點半，」嘉麗娜確認了一下說。

他看到她抬起手臂，拿起準備好了的刀子，三兩下就割斷了束帶。

「謝謝。妳有蘇菲的消息嗎？妳知道那對雙胞胎還好嗎？」他的舌頭似乎腫得像網球一樣。

「是的。她傳了個簡訊給我。一定是有哪個鄰居看見我們，然後報了警。他們去搜索了她的家。」

史坦的胃有點痙攣。至少孩子們平安無事。

「我們不能待在這裡。」

羅伯欲言又止，因為他看到有人趿拉著灰綠色的刷毛拖鞋走過來，站在他身旁。他緊咬著牙齒，雙手撐著破舊的地毯，挺起上身。

「先是遲到，現在又馬上要走，很好啊。」如果史坦把一枚銅板塞在父親緊皺的眉間，它應該也不會掉到地上。喬治．史坦端著圓腹茶壺走進起居室，聽到兒子的話，氣得砰的一聲把茶壺摔在金屬托盤上。

「妳沒跟他解釋什麼，對吧？」羅伯問嘉麗娜，她看起來似乎和他一樣也挨了一頓臭罵。而且她身上有火車站酒館的氣味。

「沒有那麼直接啦。我只是說我們遇到了麻煩，必須躲一下。」

「可是妳怎麼知道……？」

「是啊，麻煩，」他父親氣沖沖地插話說。「又來這一套，是吧？如果不是要避風頭，你也不會想到要來找我。」

「對不起，請你……」史坦坐在長條凳上，嘉麗娜則是不甘示弱地擋在他父親面前。

「你沒看到你兒子這副狼狽模樣嗎？」

「有啊，我看得一清二楚。我可沒有瞎，孩子。反倒是他。他似乎不知道站在他面前的不是什麼白痴。」

「你這話是什麼意思？」

「我是說，這世界上還有電視這種東西。你們或許以為我老了不中用，可是我還認得自己的兒子，當他像個逃犯似的出現在晚間新聞裡。再說，有個叫布蘭德曼的警探也來騷擾過我好幾回。他遲早還會再出現的。羅伯這次總算說對了，他不能待在這裡。」

「可是我就不明白了，你明知道他的遭遇，為什麼還要發那麼大的脾氣。」

「正是因為如此，孩子們。」那父親擊掌說。

「我當然明白他身處險境。十年了，今天只是又多了一兩個麻煩而已。可是我該怎麼辦呢？羅伯從來都不告訴我。他每次都只是來坐一下，閒聊天氣、足球或者我去看診的事。我自己的兒子把我當外人，也不讓我過問他的事。就連現在，當他亟需我幫忙的時候……」

他轉過頭去，史坦看到他老爸乳白色的眼睛裡泛著淚光。

「我確實把你罵得很不堪，孩子。每當我們講電話或見面的時候。可是你充耳不聞。我一點也不了解你。可是我真的很想……」

他清一清喉嚨，接著又對悵然若失的嘉麗娜說話。

「也許妳比較了解他，孩子。我知道妳膽子很大。三年前，妳和他一起來找我，那時我胡扯了一些蠢事，妳還會跟我抬槓。妳看看，現在妳又與我頂嘴。我習慣了。」

喬治彷彿要說什麼重要的事，最後卻只是拍拍手，把佝僂的背部轉向他們。

「夠了，」他自言自語說：「現在不是感傷的時候。」

他拖著腳步離開起居室，過了幾秒鐘，拿了一只褐色的小型旅行用盥洗包回來。

「拿去。」

「這是什麼？」嘉麗娜伸手接過來問道。

「馬利亞的家庭藥局。她的醫藥包。我太太最後把鴉片當巧克力糖吞。那些藥當然都過期了，可是那個叫曲馬多的止痛藥或許還有用。羅伯看起來吞下一整瓶止痛劑都沒問題。」他微笑說。

「這個是給你們倆的。」

史坦接住他父親扔向他的鑰匙。

「這鑰匙是做什麼用的？」

「是一輛露營車。」

「你什麼時候也開……」

「不是我。是我鄰居的車。艾迪出門旅行去了，只要暖氣加油車開到他家，我就得替他移車。拿去，然後趕快滾，找個安全的地方過夜。」

喬治跪下身去，從羅伯雙腿間的長條凳子下抽出一只旅行袋。「這裡是一些乾淨的衣物，套頭毛衣什麼的，你們可以把衣服換掉。」

史坦站起來，不知道該說些什麼。他很想抱抱他的父親。可是他從來沒有那麼做過。自有記憶以來，每次道別的時候他們都只是握握手而已。

「我是清白的，」他喃喃說。

他父親正要上樓，驚訝地轉過身來。

「你把我當作什麼人了？」他惱火地問道。聲音聽起來比剛才還要憤怒。「你真的認為我有半秒鐘懷疑過你嗎？」

過了很久，在柴油引擎的噪音漸漸遠去，紅色的煞車燈也消失在往社區農圃的道路上之後，喬治．史坦仍舊站在小屋門外，凝望著外頭大雨滂沱的黑夜。直到一陣風吹來，雨滴撲打在他臉上，他才回到小屋裡，到起居室收拾他們喝過的茶杯，把冷掉的茶倒在廚房的排水槽裡。然後從充電插座上拔起手機，撥了一組號碼，那是那個男的讓他在緊急狀況下打的。

30

阿武士汽車旅館就在交通繁忙的高速公路旁，它後方的大型車停車場，應該是眼下最好的避難所。它位於展覽場附近，在每個展會期間，免費停車場都停滿了各種大貨車和露營車。多一輛或少一輛車，幾乎沒有人會注意。

「這是個陷阱，」嘉麗娜說，他們把車子停在距離一輛小型搬家貨車兩個停車格的位置。

這段路的車程很短，他們沒有時間討論到最迫在眉睫的事情。

「你明天不可以去橋上，絕對不行。」

一臉倦容的史坦費力地從副駕駛座上翻身坐直，接著爬到後車廂去。他吞了好幾顆母親藥包裡的藥，鴉片的麻醉效果漸漸生起，他全身無力地癱倒在露營車廂裡那出人意料舒服極了的臥鋪上。嘉麗娜拉起煞車，熄掉引擎，也從駕駛座爬到後面。

「我別無選擇。」史坦思考過所有選項。「我也沒辦法再去投案了。」

「為什麼？」

「已經太遲了。我應該待在恩格勒的車子裡，不能逃走。更何況我還拿走了他的警槍！可是我當時驚慌失措，只想著要逃跑。我覺得他們不會相信我是單獨和恩格勒碰面的，而且又是槍戰中唯一的倖存者。」

「你的顧慮可能是對的。」

「再說，我覺得這裡頭一定有內奸。那個『聲音』對於我們的每個步驟都瞭若指掌。如果我現在去投案，他會改變他的計畫。取消交易，藏匿起來，我就永遠沒辦法知道……」

……腓力到底發生了什麼事，史坦喟然而嘆。

「也許他已經那麼做了？」

嘉麗娜坐在他身旁，解開他的襯衫的第一顆鈕釦，要他坐直起來。

「妳是說取消交易？有可能。他一定知道我還活著。可是他不知道我是否找出了那座橋的確切地點。再說，他也一定要逮到那個復仇者。只要他安插在警方裡的內奸沒有叫他住手，他一定會做到底的。到現在為止，他們沒有理由要中止交易。我只有跟恩格勒說過此事，而他已經死了。」

史坦像褪皮的蛇一樣，脫掉被汗濕透了的棉質襯衫，然後躺下來。他聽到嘉麗娜看到他的脊椎到處都是挫傷時倒抽一口涼氣的聲音。緊接著突然感覺到腰椎處有一股不舒服的涼意，忍不住抽搐了一下。

「對不起。藥膏一開始會很涼，馬上就會變熱。」

「但願如此。」

他不想在嘉麗娜面前示弱，可是眼下有如驚弓之鳥的他，即使只是一隻蝴蝶停在背上，應該也會尖叫出聲吧。

「我們還是談談妳吧，嘉麗娜。妳現在也因為誘拐兒童而被通緝。他們在那個房仲的別墅門鈴上採到了妳的指紋，而妳的車子又停在正門口。如果我沒有辦法提出反證的話，妳就得和一個殺警嫌犯不斷逃亡，」羅伯逐一列舉說：「我們必須想一想，怎麼樣讓妳去投案而不會……」

「噓……」她說，他不清楚她是要他別擔心或者是別再說了。

「你翻一下身。」

他咬牙翻過身來。這個動作讓他感覺輕鬆了一點。止痛藥開始起作用了。

「……而不會到頭來遭到誣陷，像我一樣。」

「現在別說話了，」嘉麗娜輕聲說，順手撥開史坦前額上沾著血漬的頭髮。她的手指輕輕畫著一個個同心圓，從頸部一路滑到肩膀。她摩挲著他的胸膛，在他怦怦跳動的心臟停留了許久，接著又往下滑。

「我們沒有多少時間了，」他低聲說：「來做點有意義的事吧。」

「我們會的，」她打斷他的話，把車內燈熄掉。

這真是太瘋狂了，他心想到底是什麼東西使他知覺麻痺。是他血管裡的止痛藥劑，或是她在他的皮膚上輕吐的氣息。他想坐起來阻止她，卻又疼得呻吟起來。接著她宛如一個鬧彆扭的孩子，退縮到他意識的某個角落，在那裡，她以及他種種潛抑的恐懼和擔憂，都處於備戰狀態。

雖然心裡很不願意，但史坦感覺放鬆下來。他張開嘴唇，品嘗她留在他嘴裡的甜美氣息，以及自己的眼淚，那應該是嘉麗娜的舌頭蒐集到的。陣風吹打在露營車外殼上的刺刺聲，現在都變成了悅耳的旋律。史坦想要把念頭放在腓力、那個有胎記的孩子、那個可能解決他們問題的計畫上，可是他甚至來不及為了幾年前和嘉麗娜分手的錯誤決定感到懊悔。在這短短的幾個鐘頭裡，露營車蛻變成一個繭，將他們兩人和完全失控的外在世界隔絕開來。

很可惜這如夢似幻的安全狀態並沒有持續太久。不到五點，大雷雨的隆隆聲把他拉回現實世界，而嘉麗娜則還在夢裡對抗某個隱形的敵人。史坦輕輕掙脫她不安的擁抱，穿上衣服，摸著仍然疼痛不已的臉，坐回露營車的駕駛座上。二十分鐘後，他把車子停在湖屋醫院的停車場前，她才睜開眼睛，伸個懶腰，起身爬到前座。

「我們來這裡做什麼？」她問他說。她坐到副駕駛座上，凝望窗外。她的聲音聽起來很清醒，彷彿有人朝她臉上潑了一杯冷水。

「妳在這裡下車。」

「絕對不行。我要跟你一起去。」

「不行。我們沒有道理一起去送命。」

「那麼我要在這裡做什麼？」

史坦從頭到尾思考過一遍，得出一個可笑的計畫，它甚至稱不上是個計畫。他解釋給她聽。而她一如預期的堅決反對。可是後來她也知道，他們沒有其他選擇了。

羅伯把她拉到身邊，臨別前深情擁抱她，他知道她會抗拒，也知道她抗拒的不是他的吻，而是這個吻代表的意義。他們分手這麼久，昨晚終於重聚，可是幾個鐘頭後，他卻又決定和她分離，這次可能比流逝的那三年更久。或許是永遠。

第五部

真相

我知道，正如你在這裡看到我，
我已經來過幾千回，也盼望再來幾千回。

——歌德（Johann Wolfgang von Goethe, an Johannes Daniel Falk）

按著命定，人人都有一死。

——《希伯來書》9:27

寬恕是罪人和上帝之間的事，我來到這裡，只是要安排會面。

——丹佐・華盛頓（Denzel Washington in "Man on Fire"）

萬物都有個盡頭
那麼我們為什麼不去
一個只有我們知道的地方？

——基恩（Keane）

1

史坦在過去幾個鐘頭裡目睹過太多：腦袋破了個洞的屍體，診所和冰箱裡的死人。有人在他眼前挨揍、縊死、處決。他看到孩子被套上塑膠袋，拚命吸氣，而男人卻在孩子面前繞著房間跳舞。他的世界觀也因此完全改變。頑固的學究變成一個懷疑論者，自從西蒙看到接二連三不可思議的現象以後，他不再絕對排斥靈魂轉世的可能性。

行凶、勒索、虐童、逃亡和難以想像的疼痛。這些他都扛了下來，只為了要知道他兒子到底發生了什麼事。以前他的週末活動和其他柏林人沒有太大差別：他會去動物園散步、到舞廳去跳舞、在遊樂場裡坐幾圈摩天輪。他的下一個目的地也是眾多城市導覽雜誌都會提到的旅遊景點，它們當然也會清楚介紹它的各種交通路線和開放時間。

羅伯在破曉前一個鐘頭開上一條公路，疾駛在柏林格林內瓦區大雨傾盆的黑暗中。他把露營車停在赫爾街，徒步走一小段路到湖邊。現在，被雨淋濕了冷杉樹枝宛如一把把扇子似地拍打他的臉，他的皮膚被尖銳的枝椏劃破而流血。他蹀躞而行，避免一個趔趄踩到水坑、被樹根絆倒，或是傷到自己不良於行的腳。眼下的疼痛還可以忍受，他認為那是腎上腺素提高的緣故。他不再吃任何止痛藥了。

如果他馬上就要目擊一樁兒童交易的話，史坦不想喪失自己的反應能力。

或者是謀殺案。

直到現在，他才必須對抗另一個危險：強風。每走三步，風雨就會折斷腐爛的樹枝，將其掃落在地，其間還聽得到樹冠斷裂的聲音。而史坦也凍得發僵，幸好他總算憑著一支小手電筒的微弱燈光回到平坦的路面上。

他應該回到了哈弗爾大道上，不久就會到達湖邊。而那座「橋」就在正前方。它搖晃得很厲害，僅是遠遠望去，就會有種要暈船的感覺。間歇性的陣風拖曳著雙桅船，緊扯著嘎吱嘎吱叫的船纜，想把遊艇從碼頭吹跑。

「本市最新鮮的魚」，入口處發光路標底下的廣告如是說。

自昨天起，史坦就想通了這廣告的弦外之音。對於外行人而言，這座「橋」只是春暖花開時尤為怡人的旅遊景點。只有在星期一的公休日，「祕密團體」才會在這裡碰面。

照片、影片、地址、電話號碼、兒童……

羅伯實在不願意想像每個星期在這裡進行著怎樣不堪聞問的恐怖交易。

他抹去臉上的雨水，看了一下手表。還有五分鐘。

接著他躲在街邊一輛拖船掛車後面，等待那個男子出現，至今為止，他只認得那個人沙啞的聲音而已。對方似乎還沒有到。除了兩盞航跡燈以外，船上沒有任何燈火，就連訪客停車場也空無一人。

在這個時候，哈弗爾大道為了保護動植物，是禁止車輛通行的。因此，雖然耳畔強風獵獵，史坦卻還是聽到遠方八汽缸引擎的嘟嘟聲，緩慢而持續地從策倫多夫方向接近。

一輛越野車閃起了煞車燈，車速有點過快。史坦原本希望那個駕駛沿著湖邊的替代道路繼續向前開。可是緊接著車頭燈完全熄滅，那輛壯碩的車子沙沙作響的大輪胎轉進了通往「橋」的小路。車子在距離碼頭五十公尺的入口處停了下來。一個男子下車。史坦在黑暗中只能看到對方有如剪影一般的輪廓，覺得似曾相識。魁梧挺拔的身材，兩肩寬闊，像壓模一樣沉穩有力的步伐。他認得眼前看到的一切。甚至是時常看到。

可是那到底是誰的身影？

那個男子翻起他的深色風衣衣領，把棒球帽壓低到額頭，打開後車廂蓋。從行李箱裡拿出一只籃子，上頭鋪了一條淺色被子。

陣風瞬間轉向，史坦不確定他緊繃的感官是不是在跟自己惡作劇。他覺得似乎聽到一個嬰兒的哭聲。

羅伯耐心等待男人打開碼頭的鐵柵門，接著摸了摸自己的口袋。他經常讀到，當人手裡有武器時，情緒會比較穩定。他不是很確定。或許也要看看這把手槍是屬於誰的吧。那個為了水火不容的仇敵而捨身的男人。

但是在他的計畫裡，他並不打算和一個經驗老道的凶手駁火。假如西蒙真的可以預見未來的話，那麼幾秒鐘後還會有人出現在螢幕上。買家！也許又是個戀童癖。然而他也有可能其實就是「復仇者」。過去十五年來陸續手刃那些嫌犯的人。不管怎樣，如果警方要阻止一場災難的話，他們的動作就得快一點。

史坦又看了一次手表。快六點了。如果嘉麗娜依照計畫行事的話，這條杳無人煙的大道至少在十分鐘內就會變成擠滿了巡邏車、警車和特勤車的賽車道。可是如果搞砸了的話，比如說，因為警方裡真的有內奸而阻礙了逮捕計畫，那麼史坦就要事先揭露那個「聲音」的身分。那個自稱知道當時在嬰兒室裡發生了什麼的男子的身分。

以及他兒子是否還活著的真相。

史坦從掛車後面走出來。時間到了。要開始了。

2

他矮著上身偷偷溜到「橋」前方鋪著鵝卵石的小路上，才走幾步路，就感覺上氣不接下氣。他蹲在掛在越野車後車廂上的備胎旁邊。調勻呼吸後，又拿起手電筒探照一下。剛好夠他看到車牌號碼。第一個線索。

柏林的車排號碼很短，很容易辨認。但他心想，即使查看通行證也沒什麼用。於是他窺探車尾四周，看到甲板上也有手電筒照射的燈束。顯然那個人口販子也持手電筒在摸索前進。

好吧。那就跟在他後面！

史坦想要尾隨走上舷梯。他必須挨近那個「聲音」，才有辦法偷窺他的臉。他的心跳加速。他知道自己的動作必須迅捷。只要那個所謂的嬰兒買家還沒有現身，就算「聲音」察覺到停車場有任何風吹草動，應該還不致於起疑。

史坦祈禱自己撐得住快速衝刺到船邊引起的疼痛。他剛要起跑，卻瞥見越野車副駕駛座的車門。

他愣住了。難道車門……？果然。是開著的。車門沒有關好。他打開車門，卻嚇了一跳。

真該死！

車內燈頓時亮了起來，史坦覺得簡直有如一道光束射向天際。他忙不迭鑽進車裡，把車門關上，從漆黑的車廂裡往外觀望「橋」上那個陌生客是否察覺到什麼。甲板上的燈光消失了。輪到駕駛室裡點亮一盞小燈。史坦看到一個身影。那個「聲音」還沒有發現他的存在。

趕快。

他坐在副駕駛座上，四下查看。陷阱！史坦一看到鑰匙還插在上頭，心裡就覺得不妙。他摸到自己的手槍，強忍住逃跑的反射動作，轉身爬到後座，探頭檢視敞開的行李廂，確定車裡只有自己一個人之後，才關上中控鎖。

史坦對著後視鏡查看是否有其他車輛駛近。只見枝椏像釣竿一樣隨風搖曳，後方仍沒有任何動靜。他打開置物箱，裡頭只有一盒保濕紙巾。接著他翻下遮陽板查看隔層：什麼也沒有。沒有駕照。

史坦的眼睛漸漸適應了慘白的晨曦，發現車廂裡像新車一般乾淨整齊且空無一物。既沒有唱片，也沒有加油收據，地圖或一般車輛裡看得到的其他雜物。史坦摸索座椅下方，想找找看是否有什麼暗層。什麼也沒有。他用手肘撐著前座中間的置物架，正準備要下車，心中卻不由得一凜。

托架！

當然。要把這個置物架當成是扶手，似乎嫌太寬了點。他一開始找不到邊角，可是緊接著輕輕喀噠一聲，它就自己打開了。皮質的掀蓋底下還是什麼都沒有。只不過多了一樣東西。史坦用兩根手指頭夾起一張沒有封套的銀色光碟。「橋」上微弱的燈光足夠他辨識出DVD上用簽字筆寫的日期。

那是他兒子過世的日期。

3

湖屋醫院是座大型醫院，在這裡，沒有人會主動來招呼訪客。他們必須自行向大門警衛問路，在門口熄掉香菸或是偷偷塞到旋轉門旁的盆栽裡。不會有人注意一個穿著灰色慢跑服或用繩子拖著沉重的行李的女子，即使她大清早就行色匆匆地奔向電梯。

嘉麗娜知道現在大家都忙著準備早餐，等一下就要換班。過勞的醫師和護士們打開玻璃門，走進神經科護理站的走廊，他們的注意力閾值已經降到了谷底。不過她還是用汗衫的風帽遮住臉龐，那件連帽汗衫是昨晚羅伯父親一併拿給他們換穿的，好讓他們不致於暴露身分而功敗垂成。

走出電梯，她看了一眼走廊盡頭的大掛鐘。還有兩分鐘。一百二十秒鐘，她必須把所有人都驚醒。這是計畫裡最重要的一部分。

「快要六點的時候，妳到妳的護理站按下警鈴，我要你的同事都知道妳去找守在西蒙病房門口的那個警衛，」羅伯對她耳提面命說。

她要大家都看到她是自動投案的，這樣他們就不好意思替她上手銬。而且她還要答應他一件事。

「妳投案以後要馬上告訴他們我在哪裡。可是要在六點整。一秒鐘都不能提早。」她跑到走廊上的時候，心裡還想著他們最後的對話。

「為什麼不能提早？」她問他說。「援手至少要五分鐘才有辦法趕到吧？」

「沒錯。我必須在那段時間把關於我兒子的真相查個水落石出。如果『橋』上真有嬰兒被交易，那麼時間空檔越大，孩子的處境也越加危險。」

「但如果他們太晚趕到，你也會沒命。」

他只是疲憊地搖搖頭。

「我想那個『聲音』不想要我的命。否則的話，他這幾天有太多下手的機會了。」

「可是他要什麼呢？」

史坦沒有回答，而是給她一個臨別的吻，然後開車離去，企圖在這段時間內發現真相。

嘉麗娜佇立原地。

護理站的霧面玻璃門一般都是開著的，但現在顯然有一部分女性員工輪休去吃早餐了。嘉麗娜剛才聽到門後有個清脆但陌生的笑聲。她猜想那是其他護理站來代班的臨時工。

答的一聲，掛鐘指針又吃掉了他們計畫裡的一分鐘。她伸手想要敲門，卻又縮手了。

但這不可能啊……她的腦袋閃過一個念頭。剛才她走進大廳時，不敢冒險朝著二一七號病房望去。生怕門口的警察會在她投案前就認出她來。雖然如此，但她還是從眼角餘光中瞥見某個不可能的事。

也就是：什麼都沒有。

她慢慢轉身，望著那消毒過的長廊。

真的，一個人都沒有。男人，女人，警察。

當然也有可能是那警察正好跑去抽菸了。

二〇三、二〇五、二〇七病房。她的腳步隨著經過的每一扇房門而加快速度。

或者是他們收隊放棄保護證人了？在西蒙被誘拐過之後？偏偏是今天？

她小跑步經過二〇九病房。

「嗨，嘉麗娜？」她聽到身後有個女子激動地叫她。或許是那個代班的。可是和那笑聲正好相反，聲音似曾相識，但她沒有轉身。那不是當務之急。

她打開二一七號病房的門，卻差一點叫出聲來。因為她看見了一直在擔心的事。什麼都沒有。孩子不見了。西蒙不在病房裡。只有一張剛換過床單的病床在等候新病人。

「嘉麗娜・弗來塔？」那個聲音又問，這次就在她正後方。

她轉過頭去。的確是個新人。有一次在醫院餐廳裡那個紅髮女孩坐在她旁邊用餐。叫什麼馬利安、抹大拉之類的……。不管她叫什麼了。嘉麗娜現在心裡只惦記著一個名字，而那個人現在不見了。

「西蒙，他在哪裡？」

「他們替他轉院了，可是我……」

「轉院？轉到哪裡？」

「甘迺迪醫院。」

「什麼？什麼時候？」

「我不知道，值班日誌上有寫。我剛剛才來換班而已。拜託，別為難我。他們交代過我，只要妳一出現，我就要去找主任醫師過來。」

「那麼妳就去通報吧。最好也去報警。」

「為什麼？」那個護士剛拿起電話話筒又放了下來。

「因為西蒙被綁架了。甘迺迪醫院根本沒有神經科。那只是一家私人內科診所。」

「啊……」

「是誰批准的？在妳之前值班的人是誰？」

那個紅髮女孩顯得侷促不安。她說出了幾個名字，嘉麗娜請她再說一遍其中一個名字。接著她飛快衝出護理站，和那個護士擦身而過時，還差一點被自己的腳絆倒。

畢卡索？他什麼時候又換到大夜班了？

4

史坦轉動汽車鑰匙，讓越野車裡的現代音響有電可用。播放器咻的一聲把光碟吸了進去。他不再注意「橋」上的動靜，眼裡只有汽車螢幕，覺得自己像個心情焦慮的學生，在考試及格的名單上找不到自己的名字。只不過這次考試關乎他兒子的性命。或者也可能和他自己的生死存亡有關。

畫面剛剛出現的時候，羅伯還以為是他看過的那張DVD拷貝。起初是夜間的嬰兒室泛著綠色的影像。腓力又躺在他的小床上，他又伸出右手掌，張開小小的手指頭。史坦很想別過臉去閉上眼睛，可是他知道那是沒有意義的動作，因為接下來的定格畫面早就永遠烙印在他的視網膜上了，自從那天他在別墅的老舊電視機裡第一次看到它：腓力一動也不動的身體，藍得發紫的嘴唇，沒有表情的眼睛，都經過十年了，依舊在控訴他作為父親為什麼沒有阻止死神。史坦合掌禱告，輕咬著舌頭，渴望有一天能從這個夢魘裡醒來。他沒有勇氣再看一次兒子臨終的畫面。

那麼這是何苦呢？你真的笨到相信有其他可能的解釋嗎？

「沒錯。」他坦然承認，第一次大聲把那個念頭說出來：「腓力還活著。我不要他的心臟停止跳動。拜託不要讓他死去。不要再死一次。」

那與其說是禱告，不如說是哀求，雖然他不知道在向誰乞求，但是那些話似乎起了點作用。

現在是怎麼回事？

接下來的畫面和上一張ＤＶＤ大相逕庭。突然間，有個影子撲向嬰兒床。攝影機拉近，影像顆粒變粗。接著發生了令人費解的事。一雙男子的手掠過畫面。兩隻手一前一後，沒有戴手套，生硬地伸向腓力，放在他脆弱的頭上。史坦虛弱無力地眨了眨眼，深怕接下來的畫面會更加慘不忍睹。他想要伸手關掉播放器，可是雖然他的靈魂想要用一個按鍵結束痛苦，但他的大腦卻仍然在負隅頑抗。黑暗湖畔停車場裡的真相之旅終於結束了，他也總算熬過了無法迴避的恐懼階段。ＤＶＤ冷酷無情地播放下去，史坦看到那男子的手探向嬰兒。伸向腓力！一隻手抓著頸部，另一隻抓著上半身。孔武有力的手臂肌肉緊縮，那個陌生人……

親愛的主，請救救我……

……抱起腓力，然後……

不可能。那怎麼……

……把他從嬰兒床裡抱出來！

那怎麼可能？

不到幾秒鐘後。床墊上又躺了一個嬰兒。相同的嬰兒睡袋，體型相仿，長相類似。只不過有個顯著的差別：那不是腓力。

或者其實還是他？

那個新的嬰兒長得和他的孩子像極了，但是看起來就是有哪裡不一樣。

鼻子？他的耳朵？

畫面影像品質太差了。羅伯實在難以辨認。他揉一揉眼睛，兩著手撐在儀表板上，把臉貼近螢幕。那一點意義也沒有。嬰兒的輪廓反而更加模糊不清。他可以確定的，就只是那個嬰兒還活著而已。不知怎的，比起剛才一樣躺在那張床上的嬰兒，這個嬰兒的動作看起來更加熟悉。

那意味著……

羅伯看到畫面插入的日期，整個人頓感茫然若失。

就像是自閉症的症狀一樣，他心裡只想著要理解那個畫面。但是沒辦法。

換嬰嗎？不可能啊。腓力是嬰兒室裡唯一的男孩。而且他親眼看著孩子死去。這兩段影片，到底孰真孰偽？

史坦屏息凝神地審視著整個騙局。鏡頭再次拉近，只拍到嬰兒的頭部。還有那個男子毛茸茸的雙手，把一個號碼牌掛在嬰兒的右手腕上。那是嬰兒室的識別證，剛才孩子一直沒有戴這個東西。

接著所有畫面都消失了。影片到此為止。螢幕一片漆黑，史坦這才注意到，在這段時間裡，他的手機一直在震動。

5

「早安，史坦先生。」

羅伯一直以為自己早就陷入了絕望的谷地。當他聽到那個沙啞的聲音響起時，卻又燃起一絲希望。遊輪酒店的酒吧區的燈光剛剛熄了，現在又點亮。一個身影出現在面向停車場的落地窗前。

「你把我兒子怎麼了？」史坦很費力地問道。

「我們把他換掉了。」

雖然他不抱什麼期望，但是對方的回答卻讓他不可置信。

「那怎麼可能？」

「為什麼不可能？你剛才自己都看到了。」

「沒錯。三天前你寄給我一段影片，他在影片裡明明過世了，」羅伯咆哮說：「現在又要我怎麼想？哪一段影片才是真的？」

「兩段都是真的，」那個聲音很平靜地說。

「你說謊。」

「我沒有。其中有個嬰兒死了。另一個還活著。腓力現在十歲大，住在一個寄養家庭裡。」

「在哪裡？」

那個「聲音」沉默了很久，就像是演講者拿了一杯水來喝似的。他仍舊是個破鑼嗓子，雖然不像先前那樣變聲而沙啞。

「你真的想知道嗎？」

「是的，」史坦聽到自己回答說。眼下的確沒有比這個答案更重要的事。

「那麼打開置物箱。」

他就像是被遙控一樣照做。「然而呢？」

「拿出盒子，打開它。」

史坦用顫抖的手指拿出濕紙巾盒。他拆掉塑膠包裝，裡面的空氣啪的一聲跑出來。

「我打開了。」

「很好。抽出一張保濕紙巾，摀住自己的口鼻。」

「不行，」他本能地回答說。他不用看到骷髏頭的標籤，就知道瀰漫在車廂裡的氣體有多麼毒了。

「我以為你想要再見你兒子一面，不是嗎？」

「沒錯，可是我不想死。」

「誰說你會死了？我只是要你用保濕紙巾蒙住臉而已。」

「如果我拒絕，那會怎麼樣？」

「不會怎麼樣。」

「不會？」

「是的。你現在就可以下車回家去。」

然後再也無從知道我兒子的下落。

「而且那會是個錯誤的決定。為山九仞，功虧一簣。」

「你在說謊。那些影片是偽造的。」

「不是。」那個「聲音」嘆了一口氣說。

「那麼你說看看你是怎麼辦到的。你說裡面有兩個嬰兒。」史坦的聲音隨著他的問題越來越嘶啞刺耳。「為什麼我們沒有人發覺到？那個孩子是誰的？你為什麼要掉換？」

從他在蘇菲的懷裡過世後，這麼多年來為什麼沒有人發覺他們的孩子走失了？

「好吧，我就跟你說個明白。可是接下來就輪到你了。」

史坦闔上盒蓋，搖搖頭。

「在這之前，你必須知道我的生財之道是什麼。」

「你在販賣兒童。」

「這只是其中之一。我們的生意範圍很大。不過販嬰可以說是暴利。」

史坦簡直無法置信。他看了看後視鏡，六點兩分，那個「復仇者」還沒有現身。

「我的生意模式要感謝棄嬰箱這個偉大的發明。你知道很多醫院都有這種『人類垃圾桶』，讓母親把棄養的孩子放在裡頭，而不會到處亂扔或是害死他們。」

「我知道。」

可是這和腓力有什麼關係？

「你什麼時候聽說過有嬰兒被丟棄在那裡的？據說相當罕見。最多一年兩次吧。可是那是騙人的。其實，這種事一直都在發生。」

那個「聲音」咂著嘴嘖嘖說。

「母親剛把孩子丟到箱子裡，醫院就會啟動無聲警報。某個員工會出來照顧棄嬰。每三件案例就有兩件是和我有生意往來的看護負責的。」

「不可能！」史坦氣喘吁吁說。

「是真的。這就是無聲警報的好處。沒有人聽見。基於個資保護的理由，棄嬰箱前禁止裝設監視器。所以說，醫院的管理階層根本不知道有多少嬰兒被棄置。只要有母親自願把孩子丟在那裡，我就去撿回來。更妙的是：大部分是德國的嬰兒。膝下猶虛的父母親會出最高價購買。這其實是個很簡單的交易，如果不是有個人接二連三地殺死我的合夥人的話。」

史坦簡直噁心得想吐。那是個天衣無縫的犯罪手法。兒童販子甚至不必冒險去誘拐孩子。總會有人「自願」把嬰兒送上門，而且不會有父母親急著要找尋他們下落不明的孩子。

「我還是不明白，這和腓力有什麼關係？」史坦覺得自己氣力用盡了。外頭疾厲的強風吹得車子晃個不停，彷彿三兩下就可以把車吹翻似的。

那個「聲音」沉默片刻，史坦屏息以待。接著他滔滔不絕地說：「腓力在對的時間裡住進不對的醫院。他出生的前一天，棄嬰箱裡多了一個非常可愛的嬰兒。我通知迫不及待的客戶說他們的運氣來了。可是我的一個醫師檢查出那棄嬰有致命的心臟瓣膜缺陷。」

史坦覺得胸膛似乎被套了個鐵箍。

「他一出生就被判了死刑，就算開刀也回天乏術，當然就不予考慮。也不會有人知道這個孩子的存在。」

鐵箍套得越來越緊。

「你知道我的處境很尷尬：那是我剛開始的一筆生意。我不想退掉交易。可是我也不想出售瑕疵品。」

「所以你把嬰兒掉包？」

「沒錯。剛剛分娩。幸運的是，那個棄嬰和腓力長得很像。而且就算他大一點、胖一點、或是醜一點，也不會有人察覺到他剛出生就被掉包。而你甚至是在第二次看到你兒子的時候才發現他身上有個胎記。那個時候他早就被掉包了。」

史坦不由自主地點頭。那個「聲音」說的沒錯。在辛苦分娩之後，他們用被子裹著全身是血的小生命交給筋疲力竭的蘇菲。而且腓力是嬰兒室裡唯一的男孩子，當他第一次被推出去餵奶的時候，他們不疑有他。誰會做這麼殘忍的事呢？

「現在你總算明白了吧？除了出生的第一秒鐘以外，你抱在懷裡愛撫的孩子都是那個棄嬰。」

嬰兒室裡的模糊畫面再次閃過史坦的回憶。

「而這個嬰兒……」

「……過世了，正如預料的，在掉包兩天後就死了。你自己在監視器攝影畫面裡也看到了。」

「等一下，當時並不是……」

「不是固定式監視器的畫面？」那個聲音揶揄說：「為什麼不是？因為剪接、影像失焦、鏡頭拉近、特寫鏡頭或其他數位效果？你不相信現代的影像處理軟體無所不能嗎？舉例來說，我們可以在一個十歲大的男孩肩膀貼上一個義大利地圖形狀的胎記。我必須對你說謊，你才會相信我說的是實話，這不就是命運諷刺的地方嗎？」

史坦大叫道：「什麼？你又對我說謊？」

「你要自己去發現真相。我不便也不想多說什麼。你做個決定吧。如果你想再見到你兒子，就抽一張保濕紙巾出來。」

史坦凝視著手裡的塑膠盒。

「不然的話，那就再見了。」

「橋」上的所有燈光都熄滅了，波濤洶湧的湖水前方全都陷入了黑暗。史坦把手機緊貼著耳朵。可是通話已經結束。那個「聲音」掛斷電話了。

現在該怎麼辦？

他的眼睛盯著汽車鑰匙，他可以啟動車子然後離開這裡。可是要去哪裡？回到一個空虛寂寥卻又充滿痛苦懷疑的生活裡？他隱約知道剛才聽到的也可能是個瘋子深思熟慮後的謊言。可是那並不重要。重要的是他要不要相信。

史坦打開盒子，遲疑了片刻，還是抽出一張濕紙巾。拿在手裡有點沉甸甸的，浸泡過某種物質，雖然或許不會致命，卻也和死神不遠了。他把它覆在臉上，覺得像是一塊裹屍布。接著他屏住呼吸，又想起了腓力。他的肺部快要炸開了，張開口鼻深呼吸。他有意識地吸了三口氣，然後周遭一切又歸於無止盡的沉寂。

6

房裡充斥著汗水和嘔吐物的臭味。嘉麗娜心下惴惴不安地走進休息室裡，那裡提供連續值班三十六小時的醫院員工小憩。

「我看到他進來過，」紅髮護士站在門外的走廊上悄聲說。嘉麗娜不打算打開像儲藏室那麼大的房間裡頭的燈。天花板的鹵素燈早就壞了，可是沒有人通知大樓管理員。反正到裡頭休息的人並不怎麼需要燈光。因此窗子的捲簾也總是放下來。

不過即使是從走廊透進來的微弱光線，也足以讓嘉麗娜看清楚眼前駭人的景象。

畢卡索！

他倒臥在狹長沙發前的一灘汙物裡，不是跌倒就是根本爬不起來。

「這是怎麼回事……天啊，」她身後的護士用顫抖的手摀住嘴。

「趕快去叫醫師和警察來，」嘉麗娜低聲說，同時俯身查看癱瘓在地上的同事。

紅髮女孩似乎沒有聽懂嘉麗娜的話，她全身冒冷汗，下脣抖個不停。

「他……他……」她沒有力氣說出下一個字。

死了嗎？

嘉麗娜跪在那個看護旁邊，臭味又更重了。她緊緊抓住他厚實的肩膀，把他翻過身來，讓他可以仰臥著。她覺得很噁心，不過注意到一個好徵兆。她聞到尿液、汗水和嘔吐物的臭味。但是沒有血！

證實了自己的猜想，她不覺吁了一口氣。「醫師，去找醫師來！」她用盡全身的力氣吼叫，才讓那個驚魂未定的護士回過神來。

畢卡索的眼皮不停地顫抖，接著睜開眼睛，嘉麗娜在昏暗中看到他比預期的中毒症狀清醒許多。

「你聽得到我說話嗎？」

他眨一眨眼。

謝天謝地。

她想要握一握他的手安撫他，卻感覺到他抓著一張紙。

「這是什麼？」她大聲問道，彷彿認為畢卡索現在有力氣回答似的。他鬆開手，她順勢把紙張抽了出來。

那是一張平滑的電腦列印紙。嘉麗娜就著走廊的殘餘燈光看出那是醫院的資料表格。畢卡索從醫院電腦裡列印出加護病房的床位表。

可是為什麼？

她看到表格上兩個名字底下畫了紅線，不覺倒抽了一口涼氣，用手摀住嘴巴。

這怎麼可能？

她又往回查看前幾個禮拜的床位表。的確是，毫無疑問。

驀地身後一隻手拍了拍她的肩膀。她迅即轉身，好像在黑暗中被某個闖入者嚇到似的。

「喂，喂，冷靜一點。妳最好跟我來，直到……」

嘉麗娜轉身甩開那隻手，把和另一名護士一起趕來救助的主任醫師推到一旁，拉開腰袋的拉鏈，抽出了她的手槍。

「他中毒了，」她看了畢卡索一眼說，他正試著自行爬上沙發。那個人在他的咖啡裡不知道摻了什麼東西，好讓他把西蒙擄走，可是對這頭熊來說，劑量太低了一點。

「你們不要跟來。在這裡等警察來，告訴他們立即把所有警力調到哈弗爾大道。在盾角半島附近。」

「嘉麗娜？」

她身後的醫師欲言又止地喊了她一聲。看到她手裡拿著槍，也沒有哪個護士敢去追她。

現在呢？

手槍對她沒什麼利用價值。可是她也不能在這裡乾等警方到來。她必須馬上趕去幫忙史坦。可是怎麼去？她自己的車子還停在房仲的別墅前面。

「妳不能走，」醫師叫道。

沒錯。除非……

嘉麗娜跌跌撞撞地跑到護理站，抓起畢卡索的皮夾克。在進電梯之前，她在吸菸室對面的一個房間前停下來，為了確定一件事，她打開了房門。她最擔心的事都應驗了。

她在走下樓梯到醫院大門的時候，摸了摸夾克的口袋。有了。

信封袋、口香糖、鑰匙串。

嘉麗娜衝出敞開的玻璃門，和一個忙著講電話的大門警衛擦身而過。她知道畢卡索平時都把他低車身的跑車停在哪裡。

「它的最高時速達到兩百八十公里。」有一次他遊說她跟自己出去兜風，曾聽他這麼誇口。嘉麗娜懷疑它是否能趕得及阻止災難的發生。

7

史坦醒來時發現，覆在臉上的裹屍布突然變得更牢固了。更厚、更密實、更粗糙，扎得皮膚很不舒服。就像廉價的套頭毛衣一樣。而且令人作嘔。不是因為氯仿的關係，它早從他的體內揮發掉了。而是他嘴裡的東西。那塊海綿又甜又鹹，好像有人用出汗的手把它擰乾，然後塞在他的舌頭下面。

他很想吐，而他的喉頭肌肉一收縮，疼痛的感覺就從頸部蔓延到前額。他的腦袋一輩子沒有痛得這麼厲害過。也沒有這麼害怕。

他睜開眼睛，周遭的黝暗不但沒有消散，反而更加揮之不去。剛才他緊閉著的眼皮仍然可以感覺到熒熒微光，可是現在就連那一點光線都消失了。在那心驚膽戰的幾秒鐘裡，他彷彿停止心跳。

我癱瘓了，他的腦海閃過這個念頭。從頸部往下延伸。連嘴脣都動不了。

他試圖張嘴，卻打不開。幸好下顎肌肉還可以動，卻又駭然發覺自己只能用鼻子呼吸。

他們先堵住我的嘴巴，然後用一只袋子套住了我的頭。

「我在哪裡？」儘管嘴上貼了膠帶，他仍然大聲悶哼。恐慌像壁蝨一樣牢牢附著在他的神經系統上。他感覺快要窒息了。

這個時候，頭上突然點亮了微弱的燈光。他希望他們剛才把他的眼睛也矇住。蒙住他的頭的，不是什麼袋子。當他的瞳孔習慣了柔和的光源，視網膜上的閃光漸漸消失，他好一會兒才明白，那個戴著滑雪面罩、用充滿恐懼的目光瞪著他的人是誰。是他自己！

他對著後視鏡眨了兩下眼，接著小心翼翼地轉頭。就像是慢動作鏡頭一樣。不過他仍然沒辦法把塞在嘴裡的東西一下子就吐出來。

這真的是……？是的。毫無疑問。他坐在一輛空車裡。在副駕駛座上。而且他知道這輛賓士是誰的。是他自己的。

這是哪裡？

擋風玻璃外的灰黑色斑點漸漸形成一個輪廓。起初他以為那搖晃的桅桿是自己的錯覺。或許是麻醉藥物的副作用。此外他還看到約莫六十公尺外的樹木正在竭力對抗著颼颼朔風。在賓士車和樹木邊緣之間，有一片像停車場那麼大的空地。

史坦慢慢把重心向前挪，以減輕被綁起來的手臂支撐軀體的壓力。他闔上雙眼，思忖著這處荒涼的地方到底是何地。就在快要想起來的時候，後座的一個聲音又使他分了心。有人用手帕摀著嘴咳嗽。

「很好，你醒來了。提早了將近半個鐘頭。」

史坦認得這個聲音。沒有經過變造的聲音，聽起來顯然比較有人性一點。

那個男人下了車，一陣冷風吹進車裡。全身疼痛的羅伯嚇了一跳。淺黃色的車內頂燈光在那個瞬間投射在凶手特徵明顯的側臉上。足以讓他從後視鏡辨認出那個傢伙是誰了。史坦一看到他，整個人都愣住了。因為那人根本不應該出現在他眼前。

「你瞧，現在你相信有靈魂轉世了吧？」恩格勒哈哈大笑，打開副駕駛座的車門，史坦就像一袋馬鈴薯似的被他拖出車子。

他往前仆倒，只能用雙手撐住被人們踩硬了的壤土，摔了個倒栽蔥。由於地上厚厚一層落葉與濕泥，雖然重重摔倒，卻只聽到一聲悶響，史坦很懊惱自己為何沒有不省人事。

恩格勒？重案組組長？這怎麼可能？

兩隻強壯的手把他拉起來，他驀地明白了兩件事：他認得這座停車場。而且他知道自己為什麼來到這裡。

「你不應該相信你肉眼所看到的一切。」探長讓史坦坐直。

「嗨，提芬瑟醫師在嗎？」他促狹地模仿在診所外面的那個啞謎。

接著他用一塊塑膠之類的東西摀著嘴巴，改換成沙啞的聲音繼續說：「你看到繃帶剪了嗎？用剪刀刺入他的心臟。」

恩格勒後退一步，砰的一聲把那塊東西扔向副駕駛座敞開的車門，令史坦想起提芬瑟的診所裡的敲門聲。這時史坦才發現，恩格勒的兩種聲音從來沒有同時出現過。他在診所裡一直用變造的聲音，只有在走廊上才使用正常聲音。

「在診所裡的那個程咬金是我的同事，我費了好大的勁才把他弄走。」

恩格勒笑說：「簡直像是安排好的意外事故一樣。他媽的，老兄。一切都照著計畫走，結果你突然說要去投案？我當然要阻止你。幸好你太好騙了。三顆子彈、一塊碎掉的擋風玻璃、嘴巴裡一點演戲用的鮮血，對付你，這樣就足夠了。好吧，也許再來一片DVD。」

他歇斯底里狂笑個不停。恩格勒朝著泥濘的草地上吐了一口痰，這才恢復平靜。「那場加映的摩托車騎士的戲，你還喜歡嗎？我花了五十歐元，就只是要他替我打破玻璃，然後拿槍抵著你的腦袋。可是別擔心。他一點也不值得同情。那個傢伙也喜歡玩小孩。再說，提芬瑟的死，他也有責任。記得嗎？他就是你從診所裡跑出去窮追不捨的長髮男子。」

史坦蹣跚走到他的賓士後車廂前，覺得如果不找個東西撐住身體，自己隨時都會倒下去。倒在這座荒涼偏僻的萬湖湖濱浴場的停車場裡。

「噢，還有，」恩格勒似乎想起另一件重要的事。「那座『橋』讓我豁然明白了很多事。所以我和那個想殺我的人約在另一處地方碰面，而且延後了四十五分鐘。不過我想，在我們意外的訪客到達之前，我們不會太無聊的。」

8

什麼也沒有。沒有燈光。沒有汽車。沒有生命跡象。有時候，闃如也和熙來攘往的喧囂人群一樣醒目。嘉麗娜站在那座「橋」前面的停車場，孤單感壓得她喘不過氣來。

他們人在哪裡？羅伯在哪裡？西蒙呢？

除了她的車以外，遊輪酒店的碼頭沒有其他車輛。窸窸窣窣的葉子、嘎嘎作響的船帆，以及驚濤拍岸的聲音，或許蓋過了周遭其他的聲響。但是她的本能告訴自己，這裡不會再有其他聲音。只有她一個人。

嘉麗娜拿起手機想要再次打電話告訴警方，她已經到達現場。至於羅伯，她沒想要打電話過去。他的手機要不是關機，就是收不到訊號。她握著手槍走到碼頭上了鎖的柵門前，心裡猶豫著要不要翻過去。搖搖晃晃的柵門上頭架設了鐵絲網，很可能會劃破她的肚皮。

嘉麗娜不由得想起一部電影，裡頭的男主角抓著纜繩，像空中飛人似的盪到那艘船上。可是她手無縛雞之力，所以想都別想了。

驀地她身後傳來一陣頂著飆拂強風疾駛而來的車輛聲音。她拿起手機，在黑暗中摸索著通話鍵，試著重撥緊急電話。接著背靠柵門，感覺到它在搖晃。就在她閉上眼睛的那個瞬間。

嘉麗娜嚇得手機滑落地上。一開始是電池，接著是手機的其他部分，一個個彈出碼頭，掉入黑暗而洶湧的湖水裡。嘉麗娜慢慢轉身，四下查看，告訴自己別為了失去唯一的通訊工具而懊惱。

真的。一直都在這裡。就在她背靠的地方，在那上鎖的柵門上，一直掛著偌大而醒目的瓦楞紙板。正因為它太顯眼了，她才一直都沒有注意它。直到現在，她才想起，那上頭到底是寫著開放時間，還是說水深危險，閒人勿入。

她又看了一眼，如果說這是一直掛在這裡的告示牌，實在顯得太不像樣了。因為它看起來像是用電腦列印出來，隨隨便便拿鐵絲綁在柵欄上的。

此外，告示牌上的句尾那個笑容燦爛的貼圖，也令她心下起疑。在微弱蒼白的西沉月色下，那是她唯一辨認得出來的東西。

嘉麗娜從腰間口袋裡掏出打火機。當黃色的火焰照亮整段文字，她最後的希望也燃燒殆盡。

致所有遲到的人！

今天的晨跑破例改在萬湖湖濱浴場舉行。

請在六點四十五分準時到場。

羅伯安排了一個小小的驚喜。

☺

9

那一點道理都沒有，雖然如此，但所有事情卻豁然開朗。在此時此地，在這個令人難耐的破曉時分。

那張DVD、恩格勒的假死、羅伯自己的賓士，都只是意味著：恩格勒的虐待狂計畫並不是為了要告訴他關於腓力的真相。正好相反。讓他到頭來不明不白地死去，探長才最開心。史坦茫然若失地點點頭，就像一個人終於發現自己鑄成大錯。這一切漸漸拼湊成一個畫面，而他最後將是畫面裡的一具屍體。

「你不必這麼吃驚地瞪著我，」恩格勒忍俊不住，用力踩踏汽車四周的泥土。他穿著緊身運動衣和拳擊鞋，卻很荒謬的看似一個舉止優雅的男模。

「你是咎由自取。」

探長從後座拿出一只帆布袋，丟在史坦的腳前。

「首先是哈洛·祖克，接著是撒母耳·普羅提斯基。你就是不肯放過在地下的人是吧？」

史坦感覺到掠過雙腿之間的風，很希望它變成颶風把自己給吹走。遠離這個夢魘。

「我好幾年前就發現了以前同事們的屍體。如果可以選擇的話，我會讓他們繼續在藏屍處腐爛。」

「為什麼？」羅伯不知所措地喃喃說，彷彿是在模仿中槍野獸的哀鳴。雖然他嘴巴裡塞著東西，但恩格勒似乎明白他在說什麼，彷彿他剛才問了個很蠢的問題。

「因為我不想自己調查自己。」

天啊！

史坦的大腦中似乎被打開了一道水閘，一切真相頓時洞然明白：所有被害人都是恩格勒的同夥。只要他們被認定是失蹤人口，就不會有人想要找尋他們。這些人渣在人間蒸發，是皆大歡喜的事。直到冒出西蒙，還發現了屍體。現在全世界都在追查凶手。還有他殺人的動機。恩格勒必須比他們早一步找到「復仇者」。在其他人發現恩格勒也在獵殺名單之列以前。

史坦渾身發抖，他漸漸明白自己在最後一場戲裡將扮演怎樣的角色。

刑警看了看手錶，滿意地點點頭。一切都在計畫中。「我們還有五分鐘。我要利用這個空檔謝謝你的警告。儘管我不明白西蒙怎麼會知道今天清早在『橋』上的交易，不過沒關係。自從你提示了線索給我，我就知道那個買家只是佯裝要跟我訂購一個嬰兒。而且對方相當專業。這一切都和幾秒鐘後即將要現身的『復仇者』有關。」

而且你要我李代桃僵。讓我當你的替死鬼。

史坦拚命掙脫束縛，想要大叫，現在他知道，在過去幾個鐘頭裡，自己的一舉一動，都只是在自掘墳墓而已。是他自願跑進屠宰場的。他會在這場販嬰的買賣中遇害。而且將被人當作涉嫌販賣人口的戀童癖。

史坦感覺到嘴裡有血，不自覺地嚥了下去。恩格勒在塞住他的嘴巴時，動作顯然不是很講究。

我怎麼會這麼蠢？

他一直以為自己在追緝那個「聲音」。其實他只是跟著它留下的足跡走而已。最後它引誘他掉入這個陷阱。一開始，他出現在每一具屍體的犯罪現場，以及他那一套靈魂轉世的鬼話，讓人認為他涉嫌重大，接著他又從醫院裡誘拐了小男孩，在提芬瑟醫師的診所裡，甚至是某個戀童癖的別墅裡，他還留下了一大堆指紋，到了故事的高潮，他更親手交給恩格勒一段影片，在影片裡可以看到自己裸著上身衝進房間，而一個半裸的孩子正在遭受虐待。

門鈴上也有嘉麗娜的指紋，而她的車子就停在房仲別墅的門口。恩格勒身為重案組組長，把史坦和他的共謀列為虐童嫌犯，也是很合理的事。而唯一能替他開脫罪嫌的，卻是個色情片的製片商，還曾經因為性侵案件上法庭。實在是居心叵測。恩格勒把他自己的罪行都推給史坦。不，尤有甚者：他設法讓史坦把它們都攬在自己身上。

「你不必在那裡自怨自艾，」恩格勒最後咕噥說。他突然咳了起來，擤一擤鼻涕，對著袋子吐了一口痰。

「你沒有做錯什麼。起初我只是想要你替我找出那個『復仇者』是誰。你找到了源頭。

西蒙。天啊，第一次偵訊的時候，你簡直快把我搞瘋了。多年來，你專門替那些討厭鬼辯護。然後突然有個委託人來找你，我正好可以利用他，你卻要推掉這個案子。我不能容忍你這麼惡搞。於是第二天我就安排了一個籌碼。」

那張ＤＶＤ。

「話說回來，那是整個遊戲裡唯一的巧合。我的人掉包了一個孩子，而那偏偏就是你的兒子，我的大律師，你是解決我身上附骨之疽的關鍵人物。」

羅伯抬頭望著烏雲密佈的清晨天空，黑夜漸漸變成灰濛濛的色調，令他想起偵訊室的顏色。

恩格勒，那個「聲音」，又大笑起來，他彎腰打開袋子的拉鏈，這時候史坦突然感到腰間疼痛難當。

「再說，很可惜你沒有把嘉麗娜帶來。否則她正好可以和你作伴。不過讓我猜猜看，也許你跟她講好要在某個時間點報警是吧？現在你想知道為什麼這對我來說沒什麼差別嗎？」

恩格勒拿出一只裝滿東西的灰色塑膠袋。從外表看來，裡頭的東西體積很大卻很輕。像一顆枕頭似的。

「因為警察早就到了。有三組人。」

史坦轉了一圈，在晨曦中卻什麼也看不見。

「大概有二十人左右。在視線範圍之外，才不會打草驚蛇。他們都在等我的信號。」他拍了拍藏在臀部槍套裡的無線電裝備。

「通往湖濱浴場的路是一條死巷。只要我通知他們買家到了，巷口就會被封鎖，他們也會展開行動。」

探長把塑膠袋拿到後車廂。「你不必用那種不可置信的眼神瞪著我。這個埋伏行動是我策畫的，根據我的調查，今天你要和一個虐童者在這裡碰面。」

他揶揄地笑道：「我不是來這裡玩的。我是要來逮捕你的。我只擔心來得太晚了，沒辦法阻止你們即將製造的悲劇……」

說著說著，恩格勒打開了賓士的後車廂。史坦朝著裡頭看，卻只能悶聲驚呼。塞在他嘴裡的東西似乎膨脹許多，幾乎要把他的下顎甚至整個腦袋都炸開。恩格勒一把扯掉蓋在一個昏迷不醒的孩子身上的醫師袍。在後車廂微弱的燈光下，西蒙看起來好像已經沒有生命跡象了。

10

史坦的視線沒有辦法離開那孩子，他像個廢棄的雪地輪胎蜷縮在後車廂裡。

「站住不要動！」

恩格勒緊跟在他身後，他倏地感到有人推了自己的背部。他的肘關節被人反扭而疼痛難當，正思忖著警察是不是要扭斷它，突然間啪的一聲，雙手被人鬆綁了。恩格勒割開了塑膠束帶。

「不要輕舉妄動，」恩格勒附耳對他說。儘管滑雪面罩的材質很厚，史坦還是聞得到他的濕熱氣息。

「轉過身來！」

他覺得有點暈眩。按照著探長的命令費力轉身，卻因而看不到西蒙。現在恩格勒站在他面前，左手拿著手槍，槍管上還架著鹵素照明燈。另一隻手抱了一個嬰兒在懷裡。

史坦瞪大眼睛，過了好一會兒，才看清楚那是一顆洋娃娃的頭。那個唯妙唯肖的假人裹在白色紗布巾裡。「它還會說話唷，」恩格勒戲謔地說，按了一下它的腹部。

真的。史坦想起在那座「橋」前面聽到的嗚咽聲。

恩格勒又關上後車廂的車門。沒有呻吟，沒有顫抖。什麼都沒有。自始至終，西蒙似乎一動也不動。

「現在我要給你最後一個指令。然後我會坐在你車子後座監視你。你如果動什麼歪腦筋，沒有照我的命令行事，我就下車打開後車廂，把你的小朋友勒死。聽懂了嗎？」史坦點點頭。

「你讓我滿意了，西蒙就會被人發現昏迷不醒地躺在你的屍體旁邊。反正他被麻醉了，什麼也不記得。我不是在唬你。我可以饒他一條小命。信不信由你，我和普羅提斯基不一樣，我很不喜歡害死小孩。好的生意人不會隨便毀壞他的商品。現在都要看你自己了。」

滑雪面罩底下的汗水感覺像是某種酸液，宛如被一種棉製的螺旋夾鉗勒住，慢慢地讓他窒息。恩格勒聽了史坦覆述他所有命令以後，就從後座拿出一只小籃子，裡頭躺著那個洋娃娃，把它交給史坦。接著他感覺到探長把一個信封塞在他褲子臀部的口袋裡。

「那是什麼？」史坦問道，恩格勒盯著史坦睜大的眼睛。

「我遵守我的承諾，」探長語帶諷刺地說：「我把腓力的地址寫在上面。說不定你下輩子可以去找他。」

恩格勒的笑聲漸漸遠去，賓士的車門關上後，就再也聽不到了。

史坦用盡一切的意志力，不讓自己因為恐懼而引發過度換氣。他斜倚著頭，好讓自己的眼睛儘快適應周遭的黑暗，可是仍舊看不到恩格勒預告的小路樹木間的燈光。

不過一切很快就要風雲變色了。死神已經在路上，幾分鐘後就要到了。史坦以為會有一陣劇痛襲來，因而全身緊繃。接著他猶豫不決地往前走。

11

當人要與惡對抗的時候，神要賜予他多少力量，那一直是個神蹟，男子心裡想著想著，乾咳了一下。接著又忍不住咳得不停。他注意到一個不小心超速了，趕緊放開油門。汗水從滿是皺紋的額頭流下來，和濃密的眉毛糾纏在一起。其實他的身體應該應付不了今天想做的事。多年來，他已經透支太多了。幾十年的復仇。這一切都是從一篇關於虐童的社論開始的。那是他替一家名不見經傳的周刊寫的文章，因為主編生病了，而他是唯一有辦法代筆的人。

現在回想起來，他覺得那似乎是個天意。那不僅僅只是個巧合而已，為什麼偏偏由他來評論這駭人聽聞的罪行，他八歲的弟弟在該案件中失蹤。半年後，他弟弟的屍體被人發現，簡直慘不忍睹，有人勸他的父母還是不要去指認比較好。

從那篇文章開始，他陸陸續續又寫了一系列的評論並集結成書，不過沒有哪一家出版社想要出版它。他也不覺得報導這個黑暗的事件有任何意義可言。孩子不會因此忘記他們遭受的痛苦。凶手也不會因而放棄他們病態的計畫。弟弟再也不會回到他身邊了。一切不會因而產生任何改變。有個星期天，當他認清了這個殘忍的事實，就像讓他在夜裡輾轉反側的那些畫面一樣歷歷在目，他決定採取行動。頭兩次行凶是最困難的。接下來再下手時就容易多了。祖克那次不一樣，原來根本不必用到斧頭的。可是那個傢伙太強壯了，浴血負隅頑抗，還差一點奪走他的槍。幸好神賜給他一把鶴嘴鋤。那又是個天意。雖然當時廢棄的工廠早就燒得差不多了，牆上的滅火器旁邊卻還掛著它。自此之後，他就再也不吃堅果。因為他再也不想聽到頭殼碎裂的聲音。

老人揩去額頭上的汗水，想要打開汽車收音機。別再想這些了。他雖然聽著音樂，心裡卻仍然悄悄在規畫最後的行動。

多年來忠實地陪著他走過死蔭幽谷的車子，剛剛駛過了惠騰街的路口，還有幾公里。我們快要到了。

一如往常，他在行動前都會有一點尿意。是因為緊張的關係。只要他看到壞人的臉，就會忘記膀胱的收縮。為了今天的行動已經準備了好幾個月。他必須像以前一樣，用一個他最厭惡的身分偽裝自己：戀童癖。上次他除掉一個眼中釘，已經是很久以前的事了。兩年半。很多以前的掮客都洗手不幹了，有些人看到他突然又出現在手機螢幕上也起了疑心。不過他還是聯絡上了那個大家都叫他「老闆」的傢伙。是透過網路接上線的。他們約好在今天碰面。當然他不確定是否真的有機會斬草除根。他也不知道為什麼對方在最後一刻變更碰面的地點，而且延後了四十五分鐘。他只知道自己的命運掌握在神的手裡。風燭殘年的他去死不遠，不像那些孩子，反正他也沒什麼損失。

那男人開車到西班牙街的路口，摸了摸放在副駕駛座上的左輪手槍。他當然也時常自問這麼做到底是不是正當的。每個主日他都和神對話。祈求一個神蹟。告訴他是否應該罷手。有一次她向他提到西蒙的事，他心想那應該就是神給他的暗示了。可是他搞錯了。

於是他繼續做下去。直到今天。

車子開進陰暗的林間小徑，老人打開遠光燈。通往萬湖湖濱浴場的死巷。

12

還有四十公尺。

史坦瘸著腿蹣跚前進。一隻腳還可以，另一隻腳卻腫脹不堪。照著恩格勒的指示，朝著明亮處走去。

在冱寒的雨天早晨枯等的時間，對他而言就像是心驚膽顫的永恆片刻。恩格勒才丟下他一個人不過幾分鐘，就有一輛車打著遠光燈從路口開向荒涼偏僻的停車場。羅伯一直在想怎樣才能拖延這個無法避免的結局到來，可是苦無良策，只好一步步走向那減速滑行的車子，像一隻待宰肥羊一樣面對著自身的死亡。

那輛破舊的中古車猛地搖晃兩下子才停住，史坦再次心跳加速。磨得差不多了的手煞車嘎嘎的金屬聲隨著冰冷刺骨的風吹向他。幾乎在同時，車門彈開來，一個身影顫巍巍下車來。

那會是誰？

才走了兩步，刺眼的探照燈便沿著他的脊椎不停地閃爍。史坦覺得強光幾乎可以照亮大雨中陰暗的停車場。那個男子拖著沉重的腳步走到引擎蓋前，站在兩盞車頭燈中間。史坦覺得曾在哪裡見過他，卻一直想不起來，當然他們也可能素未謀面。他覺得自己就像快要渴死的人，眼前出現海市蜃樓的景象。一切看起來都那麼不真實。他越是走近反射的燈光，輪廓就越加膨脹。只有一件事是確定的：那個男子已經不再年輕。也許很老了。動作遲緩，踩著小碎步，姿態佝僂，站在炫目的車燈前一動也不動，史坦難以辨識他的身影。滿天烏雲中灑下些許熹微的晨光，在那陌生人身上形成難以言喻的靈光。就像身後有光環的死亡天使，史坦心想，同時眨了眨眼睛，擠出裡頭的雨滴。

還有三十公尺。

他再度放慢腳步。就他記憶所及，這是他唯一的退路。他不能違反攸關生死的規定。筆直前進，恩格勒如是說。不可以往右。不可以往走。也不可以往回跑。

他很清楚後果是什麼。他也知道正要執行的計畫暗藏玄機。每一個腳步不僅縮短了距離，也縮短了他的生命。

他摸了摸胸前的籃子，裡頭躺著一個洋娃娃，恩格勒故意拿掉裡頭的電池。不可以讓「復仇者」分心。不能讓他警覺到等一下要交易的是個假貨。恩格勒設計了一場決鬥，而史坦卻必須手無寸鐵地現身。如果那個人真的是「復仇者」，那麼他一定會以為史坦就是「老闆」而當場把他擊斃。在幾秒鐘內。

還有二十公尺。

現在他走到了聽得到對方的距離，可是塞在他嘴裡的東西脹得越來越大，他完全沒辦法說話。史坦感覺到無止境的絕望，就像在腓力墳前時的那種感受。

或許裡頭埋的是個不知名的嬰兒？

他再也沒有任何希望。沒有所謂的救援。他的任何舉動都只會危及西蒙的性命。只要稍有閃失，他就是在自掘墳墓。

還有十五公尺。

史坦心裡很清楚，在這次挑釁的處決行動裡，恩格勒不可能放過任何人的性命。在他腦袋挨一顆子彈之後，恩格勒跟著就會解決掉「復仇者」，而西蒙也會成為他的槍下亡魂。他只要一分鐘，把屍體隨便遮一遮，就可以打信號要其他人展開行動。史坦彷彿看到偵查報告上面寫著：

人口販子（羅伯．史坦）把孩子（西蒙．薩克斯）交易給某個戀童癖（姓名不詳）。交易失敗。

雙方展開槍戰，以上三人傷重不治。

臥底證人（馬丁．恩格勒探長）為了自身安全而不得不緊急撤退。

還有十公尺。

可是誰知道呢？史坦心裡閃過一絲不理性的希望。西蒙被麻醉了，不是會對他不利的證人。屍體越多，風險越大。如果沒有絕對必要，或許恩格勒會不再殺人滅口，或許他會放過西蒙？

那個身影越發顯得有稜有角了，羅伯越看越覺得似曾相識。

「你的貨物健康嗎？」

史坦嚇了一跳，不由自主放慢腳步。雖然恩格勒跟他說過，那句話是他們的暗語，可是在他耳裡，卻像是個劊子手在問他還有什麼遺言要說似的。

還有七公尺。

他停下腳步，依照約定，慢慢蹲下去，小心翼翼把籃子放在停車場泥濘的地上。原本他接著應該站起來，用左手食指和中指比畫一個V字的勝利記號。

「這樣交易就完成了，」恩格勒剛才告訴他。

然後我就成了槍靶子了，史坦心想，不自覺地多蹲了一秒鐘。

而這一秒鐘卻改變了一切。也許是因為車頭燈的反射角度有所不同。也許是因為距離更近了，或者是太陽漸漸升起。對史坦都沒什麼差別。因為他突然認出這個被風吹亂稀疏頭髮的人是誰了。雖然他們這輩子只見過一次面。

他猛地晃了一下，回過神來，慢慢站起身。

我現在該怎麼辦？

蒙著令人發癢的羊毛面罩的他滿頭大汗。

我要怎麼打暗號給他，而不會讓恩格勒起疑？

史坦舉起像鉛錘一樣不由自主擺動的手。

一定有辦法。你一定做得到的。

他想要扯掉頭上的面罩和膠帶，吐出塞在嘴裡的東西，可是這啟人疑竇的動作很可能會要了西蒙的命。

陌生人把手慢慢伸到臀部位置。史坦隱約知道他想從口袋裡掏出什麼來。

一把槍？一把左輪手槍？不管是什麼。只要再兩秒鐘，你就一命嗚呼了。史坦覺得喘不過氣來。雖然他看不到「復仇者」的手，但很確定這時候有一把槍指著自己的腦袋。

他乾渴的喉嚨輕輕咕嚕一聲，那聲音幾不可聞，似乎只有他自己才聽得到，卻又宛如當頭棒喝，腦袋裡的種種滯礙因此一掃而空。

沒錯！就是這樣！

也許很白痴，老掉牙，而且根本行不通。但是他不想坐以待斃。

喀嚓。

在他前面七公尺的那個似曾相識的陌生人扳開擊錘。可是史坦舉起手來，閉上眼睛，開始哼起歌來。只有六個音，再簡單不過的旋律。然而那卻是他這張木乃伊臉孔唯一可以傳達的信號。

「Money, Money, Money。」

他希望這個阿巴合唱團的老歌迷聽得出來。他心裡祈禱這個線索可以證明他剛才左手比畫的勝利記號是個騙局，可以讓那個男子突然愣一下，想起來他就是前天在醫院裡撞翻他的輪椅的那個人。

「Money, Money, Money。」

他又哼一次那段副歌，接著閉上眼睛，以為腦袋會被打爆而命喪黃泉。

過了兩秒鐘，仍然沒有任何動靜，他膽怯地眨一眨眼睛，心跳加速，慢慢睜開眼睛，心裡燃起欣快的希望，也許那個男子真的聽懂了他的暗號。說時遲那時快，他聽到了第一聲槍響。

13

恩格勒看到史坦踉踉蹌蹌地往後倒，腦袋撞到柏油路面上。那律師一倒下，探長一個箭步就往前衝，撲向開槍者的背後。撞擊的力道之大，使那老頭扭傷了兩節腰椎，斷了一根肋骨。探長站起身來，一腳踢掉那不停地慘叫的老頭手裡的槍，接著把老頭翻過身來，騎坐在他的臀部，令他的手動彈不得，然後用槍抵著他的太陽穴。

「你他媽的到底是誰？」他大聲喝道。

他槍管上的手電筒照著一張滿是皺紋的臉，他一輩子從來沒看過的臉。

「羅森斯基，腓特烈．羅森斯基，」那老頭氣喘吁吁地說，然後對著探長的臉啐了一口鮮血。探長用袖子揩去臉頰上的血，用手指按住那老頭的下巴。他正要把槍插到那老頭的嘴裡，卻又停下來。

「是誰派你來的？你替誰工作？」

「我替他工作。」

「到底是誰？誰是你老闆？」

「他也是你老闆。就是上主。」

「真是豈有此理。」恩格勒用槍管抵住他的下巴。「這麼多年來，我們居然一直被一個滿嘴聖經的退休老頭耍得團團轉。」

恩格勒的狂笑變成聽起來像是支氣管炎似的咳嗽。

「好吧，今天我替你捎來一個福音。」他喘氣說：「你的老闆，仁慈的上主，今天要跟你開一個重要的會，我就是來送你去的。祂有點急，所以……」

「手舉起來！」

恩格勒揚起眉毛，抬頭往左望，從三兩株松樹間，走出一個女子。

「歡迎加入派對，」他認出是嘉麗娜，又笑了起來。「反正時候也到了。」

她朝著他走了兩步，約莫在三個車身的距離停下來。

「放開那個人，把槍丟掉！」

「如果我不肯呢？」

雖然距離不是很遠，恩格勒卻必須頂著越來越強的風高聲叫喊。

「那麼我就把你擊斃。」

「用妳手裡的那個玩意兒嗎？」

「沒錯。」

恩格勒笑說：「妳昨天塞在腰間口袋裡的，就是這把槍嗎？」

「你到底想說什麼？」

「妳不妨扣扳機看看。」

「這話是什麼意思？」

嘉麗娜原本是單手持槍，現在另一隻也緊握著槍把，看起來很像在禱告的樣子。

「就算是我請求妳吧，」探長叫道。被他壓制在地上的老頭氣喘吁吁。「妳不必朝我開槍。隨便對空鳴槍試試看。」

「可是為什麼？」

嘉麗娜的手臂開始有點顫抖，彷彿手裡的武器越來越沉重。

「因為妳會發現那個該死的東西裡頭沒有子彈。或者妳認為我會沒有清空彈匣就把槍還給妳嗎？」

「誰告訴你說我不會重新裝填？」

「妳驚慌失措的眼神已經告訴我了，弗來塔小姐。」

恩格勒把手槍對準嘉麗娜的上半身。「再見囉，」他說。

喀嚓，嘉麗娜扣了扳機。喀嚓，喀嚓，喀嚓。在恩格勒的冷笑中，她試了四次都沒有成功。

那把沒有用的手槍從她的指間滑落，掉在她腳前的爛泥地上。

「真可惜。」

探長扳開擊錘，用雷射瞄準器對著嘉麗娜的額頭。

當槍聲掠過濁浪排空的萬湖湖面，就連風雨似乎也為之屏息。接著漫天狂風撲天蓋地襲來，吞沒了死亡的聲響。

第六部

當初

出生兩次並不會比出生一次更令人驚訝。

——伏爾泰

把每天都當作生命的最後一天去過。

——拉倫茲醫師（Viktor Larenz）

子彈永遠說實話。

——克里斯多夫．華肯，《火線救援》

他們會說我死了。我不相信，他們都在說謊。我絕對不會死的。

——克勞斯．金斯基

1

宛若音量調得太大的 MP3 耳機刺耳的聲音在嘶嘶作響。車子越是晃動，那個噪音就越大，吵得西蒙沒辦法好好睡覺。他睜眼眼睛，像是要拍一張快照似的，快門的時間剛好夠他認出救護車後座還有兩個男人陪著他。

「潛隱記憶？」一個枯啞的聲音問道，他馬上就認出來了。

博舍！

「是的，」慕勒教授答道。「在輪迴轉世的研究領域裡，當然這一切都還有爭議，不過這是目前最合理的說法，如此才能以邏輯和自然科學的角度去解釋表面上超自然的轉世經驗。」

西蒙想要坐直起來。他口很渴，薄睡褲底下的左膝覺得很癢。通常他醒來時身旁都不會有人。他得花一點時間才能「恢復清楚的頭腦」，就像嘉麗娜說的。她每次說這句話時，他就忍不住想起雪花水晶球。那種玻璃做的東西，他們會搖一搖水晶球，然後靜靜看著裡面的保麗龍雪花緩緩飄落。有時候他醒來會覺得自己的腦袋就像水晶球一樣。在一天的前幾分鐘裡，他會耐心等著那些畫面、聲音和幻象都回到它們所屬的地方。所以他決定多睡一會兒，整理一下思緒，順便偷聽那兩個男人在竊竊私語什麼。

「我高中沒畢業也能聽懂嗎？」博舍疑惑地說。

「我想沒問題吧。那真的很簡單。直到最近，科學一直假設我們的大腦有個過濾器。你一定知道你的大腦構造有辦法每分鐘同時處理數十億個訊息吧？然而不是所有訊息都那麼重要。比方說，眼下你只想聽我說什麼，試著理解我的論述，而且在救護車急轉彎時要避免從座位上滑下來。在這時候，這只醫療箱的編號多少，或者我的鞋子有沒有鞋帶，就一點也不重要。」

「你穿的是便鞋。」

「我知道。你的眼睛一直盯著它看，可是你大腦的過濾器會過濾掉不相關的訊息，直到我提醒你注意這一點為止。這也有它的好處。你想想，你到樹林裡散步的時候，會數算每一棵樹有多少葉子嗎？在咖啡廳聊天的時候，你也可能突然沒辦法過濾鄰座的談話。」

「我想我會尿褲子。」

「你笑了。不過你是對的。如果沒有過濾器，你的大腦必須處理太多訊息，使得你就算是最簡單的身體功能都控制不了。」

「可是你也說過濾器理論已經過時了，不是嗎？」

西蒙覺得有個看不見的力量把他的頭往前拉。他的擔架床正對著車子行進的方向，救護車剛剛一定是緊急煞車。

「還不算是，」慕勒醫師答道。「不過，關於學者症候群的研究有個新的理論，而且言之成理。」

「那是什麼玩意兒？」

「或許自閉症這個名詞對你而言比較熟悉。」

「雨人嗎？」

「沒錯，那是其中一個例子。你提醒了我怎麼對一個門外漢深入淺出地解釋它。」

那孩子雖然閉著眼睛，卻可以想像主任醫師因為腸枯思竭而下垂的嘴角，使得他忍不住要笑出來。

「好吧，別管過濾器了。你想像一個閥門。」

「好。」

「由於我們大腦幾乎不設限的資料儲存能力，很多人認為我們的第一個步驟是把所有東西儲存起來。不過是在無意識的層次上。我們大腦裡的生化閥門，可以防止長期記憶的超載，只留下我們真正需要的資訊隨時準備提取。」

「所以說，一切都會先歸檔到資料夾裡，可是我們很難再打開它，是嗎？」

「是有人這麼說。」

「那麼這和西蒙的轉世有什麼關係？」

「很簡單。你是否曾經在電視機前面睡著過？」

「一直都這樣。上次是看一個關於焚燒女巫的無聊紀錄片。」

「好極了。你是睡著了，可是你的大腦其實還在活動。它吸收了來自電視的所有訊息。」

「我不知道有這回事。」

「正是如此。你把整部紀錄片都儲存起來，而閥門不讓你主動回想起它。可是透過催眠，受過專業訓練的治療師可以激起你的潛意識。」

「然後打開蓋子。」

「沒錯。」

西蒙聽到喀答一聲，接著是右耳附近窸窸窣窣不規律的聲音。他猜想是主任醫師在用原子筆畫什麼東西跟博舍解釋。

「在大多數的前世催眠裡，個案不是神志恍惚就是被催眠，他們的情況就是這樣，相信他們的靈魂漫遊到自己的前世。其實他們只是想起不自覺儲存在大腦最深層意識裡的某些東西。例如說，如果有人對你，博舍先生，做這種前世催眠，那麼你就可能會想起在電視上看到的中世紀紀錄片，認為自己前世是個在火堆上被人燒死的女巫。你甚至可以說出確切的時間和地點，因為電視主持人都告訴了你。」

「可是我沒有看到任何畫面。」

「你有的，而且是你的幻想裡的畫面，它們往往比現實印象更加栩栩如生。而那可能是你在不知道哪一本書裡讀到的。」

「嗯嗯，是的。很久以前。那個就叫作『潛水記憶』嗎？」

西蒙感覺到救護車又開始加速。嘉麗娜上一次也是用這個速度開到廢棄的工地，他就是在那裡和史坦初次見面的。

羅伯和嘉麗娜。他們到底人在哪裡？

「是『潛隱記憶』。這是專業術語，就是說，你把潛意識認知到的外來經驗當作自己的。你知道我在說什麼嗎？」

「大概懂。可是西蒙沒有在電視機前面睡著吧？」

西蒙忍不住眨一眨眼睛，接著趕緊又緊緊閉著。眼皮越是壓迫瞳孔，夢裡的影像輪廓就越加清晰。

那是一扇門。上頭寫著十七號。

「沒有，他沒有，」慕勒答道。「可是很類似。我想你知道上個月我們中斷對他的放射線治療。」

「我知道。」

「因為副作用。西蒙得了肺炎，發燒到四十一度，被送到加護病房。那時候還有另一個病人也被送進去。」

「腓特烈．羅森斯基。」

「沒錯。六十七歲，以前是記者，有輕微的心肌梗塞。除了胸口有一圈地方會疼痛以外，沒有其他更明顯的症狀，他意識清醒，暫時留置在加護病房接受觀察。」

「讓我猜猜：他的病床就在西蒙旁邊。」

「就是這麼回事。你在報上看到了，羅森斯基連續殺死了好幾個戀童癖。」

「他就是那個『復仇者』。」

「他是個信仰相當虔誠的人。在這個時候，他和販賣兒童的首腦聯絡上了。他在確定要和那個『老闆』碰面之後就心肌梗塞，我想應該不是巧合而已。」

「在加護病房的那個晚上，羅森斯基和西蒙聊過天？」

「沒有。西蒙根本沒辦法講話。他燒得太厲害了，我們都以為他危在旦夕。儘管這樣，或者說是正因為如此，羅森斯基對他說了一些事。」

「就像電視機一樣？」

「你要這麼說也行。我們猜想，羅森斯基認為，在他旁邊偏偏躺著一個病危的孤兒，一定是上主的神蹟。他對這樣的孩子感覺特別歉疚。於是那一夜他在加護病房裡對神告解。他對西蒙講述他接二連三的行凶。羅森斯基是個作家，他有辦法把整個犯案過程講得既生動又詳細。」

「這太瘋狂了。」

博舍不由得咳起來，西蒙也很想咳嗽，卻不願意因此引起他的注意。

他想先搞清楚這兩個大人的談話和他夢裡的那個旅館房間有什麼關係。

「是的，真的很瘋狂。但是如果我們像羅森斯基一樣，在一生中看到那麼多虐兒事件的話，應該也會喪失理智吧。無論如何，西蒙出乎意料地康復了，故事就自然而然地發展下去。因為在他十歲生日那天，在前世催眠的出神狀態下，那就像是提芬瑟醫師用外科縫針刺進他的某個潛意識區。記憶的氣泡被戳破，西蒙回想起一個月前在高燒譫妄時跑到他的腦袋裡的事情。」

「羅森斯基的告解。」

「邏輯上他也不知道為什麼會有這些記憶。你懂我的意思了嗎？」

博舍哈哈大笑。「我想那就像是有人在老掉牙的褲子裡找到一張二十塊錢鈔票，卻忘記自己什麼時候穿過這麼難看的東西。」

「很好的比喻。你發現了錢，然後就把它花掉，因為你以為那是你的錢。西蒙在他的腦袋裡找到關於那些令人髮指的行凶記憶，而深信自己就是凶手。所以他通過了測謊。」

「那麼他怎麼會知道未來的事？」

「羅森斯基在告解後還請求西蒙一件事。在這裡……」西蒙聽到報紙翻頁的簌簌聲。

「今天每家八卦報紙都刊登了這一則報導。他們找到了羅森斯基的日記，並且摘錄了其中幾段，」慕勒念了其中幾段：

「我對西蒙講述我的最後一個大計畫。我告訴他，我還要再做一次。十一月一日早上六點，在『橋』上。『西蒙，』我是這麼說的：『那個壞蛋把嬰兒交給我以後，我就會把他擊斃。可是我不確定自己是否仍然走在正確的道路上。所以我請你幫我最後一個忙。如果你不久就要……』」

「……就要去見我們的造物主，那麼請你告訴祂，我的所作所為，都是出於清潔的心。」西蒙睜開眼睛，接下去說出羅森斯基告解的最後一段話，把慕勒和博舍嚇了一跳。

「請你問祂，我是不是做錯了。如果我錯了，請祂賜給我一個神蹟。我就會馬上停止。」

「你醒了。」

「是的，有一會兒了，」西蒙承認說。他乾咳幾聲，用歉疚的眼神望著主任醫師。

「所以報上說的都是對的？」博舍彎下腰問他。

「我不是很清楚你們在說什麼。可是我現在又想起那個聲音。它聽起來……很慈祥。」

救護車又慢了下來。西蒙有點遲疑地坐直身子。

「所以我沒有做過什麼壞事？」

「沒有。完全沒有。」博舍和醫師異口同聲說。

「我沒有殺死任何人？」

「你沒有。」

「可是為什麼羅伯和嘉麗娜不見了？」

「你知道嗎……」教授修長的手指溫柔地撫摸西蒙的額頭。「你整整睡了三天三夜。」

「在這段時間裡……我是說，發生了一些事，」博舍接下去說。

「發生了什麼事？」西蒙大惑不解。這兩個大人的聲音很奇怪，好像在對他隱瞞什麼。

「我做錯了什麼嗎？你們再也不喜歡我了嗎？」他轉頭看著博舍。

「胡說。你不許胡思亂想。」

「那麼我就不懂了。」

「你難道什麼都想不起來了嗎？」安迪問道。西蒙只是搖搖頭。這幾天夜裡，他時常醒來。時間很短。而且總是只有他一個人。

「我不記得。怎麼了？」

隔熱玻璃窗外的太陽似乎下山了，柴油引擎的聲音也變得不一樣，使西蒙想起他們坐著那個醜八怪太太的車子開進別墅車庫那個不愉快的情景。

「我們到了，」前座有人叫道並且下車。

「羅伯和嘉麗娜到底怎麼了？」西蒙又問了一次。救護車的拉門這時候剛好打開。

「呃，我想你最好問別人吧，」慕勒教授說，同時小心翼翼地牽起西蒙的手。

2

黑白的畫面歪歪斜斜的，廉價的家庭攝影機品質就是這樣。在炫目的車燈之下，攝影機的畫面有點像是曝光過度的紅外線影像。

「那是男孩或女孩？」他們播放錄影帶給檢察官看，他看了以後開玩笑說。在播放過程中，布蘭德曼的確也花了一番工夫才分辨出車子前面的那兩個男人是誰。

「你看到羅森基斯掏出手槍。」他乾咳幾聲，用即拋式打火機的尾端點了一下屏幕某個對應的地方。

「你擋到畫面了。」

「噢，對不起。」布蘭德曼趕緊離開投影機的畫面。「請注意，那個老頭似乎有點遲疑。現在，羅森斯基舉起手槍。然後砰的一聲！」

槍口的火焰產生刺眼的強光，屏幕上留下一道黃色的爆炸紋路。史坦彷彿被重錘打在身上，整個人往後彈，後腦勺撞到湖濱浴場的停車場地上，然後一動也不動。

「這個影片是恩格勒自己拍的。他把攝影機架在後車窗的層板上，自己則是躲在車子裡。」

那探長一如往常在說話前又清了清嗓子。他忍住煙癮，把影片暫停。

「那原本是個完美的影音證據。一樁失敗的兒童交易。兩個人渣同歸於盡。恩格勒是個攝影狂。我們猜想他讓攝影機繼續拍下去，以後可以當作凶殺紀實片出售。或者是在家裡觀賞，誰曉得。當然，我們原本也不應該會看到以下的片段。」

3

「你們要帶我去哪裡？」

輪椅底部在樓梯間的壁紙上留下一道黑色的刮痕。坐在輪椅上的西蒙轉身看到博舍汗流浹背地抓著把手。「你必須去做復健，」他氣喘吁吁地說。在後面幫忙抬的救護車司機的呼吸也越來越急促。

「什麼樣的復健？」

「特別治療。為了重症……」博舍欲言又止。「……像你這種病患。」

「那麼我們在哪裡？」

他們總算到了最下面一層，西蒙看到慕勒醫師在底層的樓梯口等他們。

「在一家私人診所，」主任醫師笑吟吟地往上走了幾步。

「這是什麼診所啊？居然連電梯也沒有？」

「你最好自己看看。咻……」

西蒙忍不住噗嗤笑了出來。突然間他覺得好像是在遊樂場坐碰碰車似的。一會兒往前撲，一會兒又被往後拉，現在又在轉陀螺。

「快停下來，」他笑道，可是博舍又把西蒙轉了兩圈，接著一溜煙地從樓梯口把他推到空洞洞的走廊上。

「我要吐了啦，」西蒙哼哼唧唧說。他的輪椅總算停止不動。和眼前搖擺不定的影像正好相反，博舍、慕勒和救護車駕駛漸漸停止晃動。

「這……是什麼？」

西蒙試探性地摸一摸假髮。他睡覺的時候都會把假髮放在床頭櫃上。可是現在假髮扎得他的手指頭發癢，所以這一切並不是在做夢，雖然看起來很像。

「你說呢？」

西蒙瞪大眼睛半晌說不出話來，就已經是最好的回答了。就像是剛剛服過藥似的，他慢條斯理地把蓋在腿上的白色被子折疊好，擱在輪椅扶手上。

他也說不上來為什麼要這麼做。或許是要在接二連三的美妙印象使他呆若木雞之前，讓顫抖不已的手找點事做吧。接著他不由得笑逐顏開，而身上沉重的盔甲也隨著表情的變化而卸下來。

西蒙猶豫不決地轉身。他身旁的人都像是在鼓勵他似的對著他微笑，使他更是大惑不解。

尤其是滿臉堆笑的博舍，額頭的汗水都滴到他的眼睛上了。於是他壯著膽子試看看。他站起來走了兩步，來到一間極為寬敞的大廳門口。雖然裡面處處透著古怪，但是他的視線卻沒辦法離開門口的棕櫚樹。他閉上眼睛，害怕當他再次睜開眼睛時，這個複雜蜃景會從此消失無蹤。可是一秒鐘過去了，一切都還在那裡：深褐色的竹屋、無所不在的海浪聲，以及一個頭上戴著花環、巧笑倩兮的女子。

「歡迎光臨，」嘉麗娜朝著他盈盈走來。

一股怡人的暖氣從房間裡撲向西蒙的胸口。

「我可以進來嗎？」他怯生生問道，很納悶自己的聲音為什麼變了。所有男人都笑著拍手鼓掌，於是他像一隻小狗似的，光著腳踩在乳白色的沙丘上。

4

布蘭德曼再次按下播放鍵，凍結了的靜止畫面又開始轉動。在屏幕上，羅森斯基被恩格勒壓制在地上。

「弗來塔小姐就在這個時候出現，」布蘭德曼解釋為什麼影片裡的恩格勒會突然轉頭。「她一直不在畫面裡。很可惜她的手槍裡沒有子彈。」

「或者說幸好沒有。」

「是的，這是見仁見智的問題。」

在影片裡，恩格勒舉起他的手。他拿槍瞄準嘉麗娜，扳開擊錘。槍口閃起火焰。在他身後。恩格勒的後腦勺挨了一顆子彈。

「就是這樣，」羅伯．史坦證實畫面是真的，他很費力地站起身，接著哼起歌來。

「阿巴合唱團，」布蘭德曼笑說。「我真的認為羅森斯基把它當作上主的神蹟，當他聽到『Money, money, money』時，才會立刻改採對空鳴槍示警。」

「我也是這麼猜想的。我只是嚇得仰天跌了一跤而已。而不是因為他的子彈。我在倒下時發現自己沒有中彈，便順勢跌了個四仰八叉，好讓恩格勒真的以為我死了。基本上我只是以其人之道還治其人之身而已。上次他詐死的把戲也騙到我了。我只是在這裡有樣學樣罷了。」

史坦摸了一下膚色的護頸，接著又摸一摸額頭上的繃帶。雖然感覺到腦震盪，他還是奮力往前爬，總算搆著了恩格勒從羅森斯基手裡踢掉的手槍。然而如果不是嘉麗娜在關鍵時刻轉移了恩格勒的注意力，他也沒辦法及時拿起手槍瞄準射擊。

史坦瘸著腿走向特勤組幹員。

「我一直以為你是我的敵人。所以沒有找你投案，偏偏落入你搭檔的圈套。」

「我可以理解，」布蘭德曼應該乾咳了不下二十回，他感覺很煩躁，不停用大拇指撥弄打火機的點火輪。

「不過，恩格勒不是我的搭檔，我的職稱是聯邦刑事警察局心理專家。可是那是個幌子。其實我是隸屬於內部調查科。我們很早就懷疑恩格勒涉及非法買賣。他在馬約卡島擁有渡假別墅，還有若干投資，那是一般警員的收入負擔不起的。可是沒有人想到他的副業做得這麼大。起碼出乎我的意料之外。」

布蘭德曼露出自責的表情。

「所以你根本不是在調查我的案子？」

布蘭德曼搖一搖他碩大的腦袋。

「剛開始不是。我們不認為恩格勒的弊案和西蒙的屍體指認有任何關聯。」他又清一清喉嚨，舔一下乾燥的嘴脣。

「我們的策略是惹毛他，所以我才會插手介入他的案子。我們要讓他不小心露出馬腳。如果我們持續對他施壓，讓他心慌意亂，或許會流出什麼沒有加密的電子郵件或是手機通聯記錄。讓我們能循線追蹤到他的金主。可是西蒙的案子越來越離奇，局長認為我的專長經驗或許派得上用場。於是我加入團隊，對西蒙進行測謊，採集證詞，又協助恩格勒進行犯罪現場鑑識工作。」

「所以你也把你的電話號碼告訴畢卡索。」

「沒錯。還有你父親。我告訴他們，只要有任何風吹草動，就馬上打電話通知我。可惜那個看護在發現看守西蒙的警員被撤走之前就失聯了。此外我們知道了是誰在畢卡索的咖啡裡摻入過量的羅眠樂。」

史坦驚訝地揚起眉毛。

「就是那個看護西蒙的警員。他是恩格勒的共犯。他供稱遭到你的襲擊。可惜他在接受偵訊時不知道恩格勒已經死了。」布蘭德曼笑說。

「一切似乎天衣無縫。我在想，經過這麼多年的雙重身分，恩格勒一定認為自己沒有任何破綻。他的計畫真是天才，卻也太瘋狂了。他讓你、嘉麗娜、甚至要手刃他的人，都在湖濱浴場的停車場落入陷阱，而且就在警方眼前。」

「那麼你在這段時間裡都躲到哪裡去了？」史坦的問題有點挑釁。「你不是應該監視恩格勒的嗎？為什麼偏偏在緊要關頭沒有出現？」

布蘭德曼又乾咳幾聲，兩手一攤表示歉意。

「在案情逐步升溫時，海茨利希局長把我撤走了。我剛才說了，我只是負責調查異常的財務狀況而已。我的工作原本應該停止，以免妨礙後續的調查。其實我已經準備要收拾行李了。」

「那麼現在呢？有什麼後續發展？恩格勒還有哪些共犯？應該一直有人在協助他吧？」

布蘭德曼不停地說「嗯」，表示同意他的每個問題，他的喉結就像汽缸一樣在脖子的肥厚皺褶底下來回運動。

「是的。過去幾年來，『復仇者』一直在懲惡除凶，可是恩格勒就是有辦法找到更多心理變態的助手。身為重案組組長，他幾乎是掌握了源頭。不過我們也查扣了堆積如山的資料，足以把他的同夥一網打盡。電腦、筆記、錄影帶、DVD，別忘了還有恩格勒的車子，它的後車廂裡還有最新科技的攝影設備……」

在他一一列舉的時候，羅伯想起恩格勒和布蘭德曼在動物墓園裡大玩攝影的情景。當時史坦以為那些畫面是現場拍的。不過那其實是事前錄好的，而不是現場直播。一個低級把戲。就像在提芬瑟醫師診所的那場戲一樣。

「我們在恩格勒家裡搜索到唯一令人開心的東西，就是他的狗。那隻拉不拉多現在和我一起住。」布蘭德曼笑說。

「此外你還發現什麼嗎？」史坦有點遲疑地問道。

「沒有你影射的東西。老實說，現在我也不願意你抱持太大的希望。」

羅伯不由得心跳加速。他的左邊身體麻痺了，彷彿有人在裡面噴了冷凍噴劑似的。雖然他心裡早就有底，但是親耳證實不祥的猜測，則完全是另外一回事。

「我們還在評估當中，可是依據目前的證據，我們找不到任何關於你兒子的線索。沒有任何紀錄、照片或影片。不管是嬰兒或是長大後的資料。至於棄嬰箱的說法……」他又開始咳嗽，從聲音聽起來，布蘭德曼應該是喉嚨裡真的有痰。

「我們當然會追蹤線索，到全國各地的醫師查證是否屬實。可是至今我們仍然找不到任何證據可以證實你的說法。」

當然。

史坦身體的整個重心都放在右手的拐杖上面，牢牢地定著在地下室的水泥地板上，左手從褲子口袋裡掏出一只皺巴巴的信封。恩格勒在道別時塞了一張十歲男孩的照片在他身上，照片裡的孩子正在吹熄生日蠟燭。四月，蛋糕上以印刷體字母寫著「四月」。

他又被騙了一次。史坦不停地眨眼睛，彷彿有什麼東西跑進去了。也許有一天他們會查到恩格勒是如何取得監視器的畫面的。以及他以假亂真的照片處理手法。也許他們真的找到那個過生日的孩子，恩格勒以現代的修圖軟體，把他的臉部修得和他兒子一模一樣。也許那完全是人工合成的照片。在電腦上產生的像素奇蹟。

史坦聽到血液在耳朵裡的怒吼，於是試著平息狂暴的耳壓。所有臆想都無法改變一個事實，那就是這個十歲孩子的影片只是個很低級的誘餌。腓力過世了，那是很久以前的事。史坦慶幸自己從來沒有對蘇菲提到這個不理性的希望。

「我們追查了所有跡證，關於你兒子是否……」特勤組探員欲言又止，有點訝異望著天花板。樓上隱隱然播放著雷鬼音樂，傳到底下的地下室來。

「那是什麼？」他大惑不解地問道。

「那個嗎？那是我們的音樂鬧鐘。」

史坦蹣跚走到地下室門口。

「謝謝你給我看這個替我洗刷我罪嫌的影片。可是我恐怕你現在必須放手了。」

「為什麼呢？」布蘭德曼的表情很古怪，好像史坦在他褲襠裡倒了一杯冰水似的。

羅伯打開門，加勒比海的音樂更加響亮了。

「因為官方調查的部分已經結束了，我還想要履行另一個承諾。」

5

「你真的在這裡！」

西蒙笑容燦爛，穿過人造海灘，舉步維艱地走向羅伯。十幾個派對外辦公司的助理昨天連夜把別墅的底層鋪滿了細沙。接著以閃電般的速度把所有的牆壁和窗子都貼上南海主題風景照片，在沙丘上擺設一大堆人造的棕櫚樹、香蕉葉和火炬。就連堆著漂流木的壁爐，現在看起來也像是《魯賓遜漂流記》裡的篝火。

可是真正令人拍案叫絕的，還是在起居室中央用竹子搭建洋溢著島嶼風情的海灘酒吧，博舍正在那裡調製不含酒精的雞尾酒。

史坦突然感覺到很想逃離此地的衝動。隨著他灰暗的念頭飄然遠颺。到哪裡都好，只要能離開這棟他再也認不得的別墅。不是因為珊瑚沙或棕櫚樹，而是因為這個充斥著他多年來不容許在這個空間裡存在的聲音：笑聲、音樂、歡樂。他看到西蒙、嘉麗娜、博舍、布蘭德曼、慕勒教授，甚至他父親。所有熟稔的面孔，他們都是他親自邀請來的，可是他卻覺得說不出的陌生。

然而就在西蒙慢慢走近他，而他又忍不住想逃開的時候，心境卻產生了微妙的變化。那孩子彷彿手裡拿了一支隱形的火炬，周遭一片熠熠生輝。史坦這才察覺到他有多麼想念這個孩子。

西蒙好不容易走到他面前，臉上洋溢著天真無邪的笑容，大多數成人早就失去的真誠，此時羅伯才真正體會到為什麼嘉麗娜要他到廢棄的工廠碰面。那孩子並不需要他的協助。事實上正好相反。

「謝謝你！」西蒙笑道，在那個瞬間，羅伯心裡所有椎心刺骨的問題都瘖啞無聲了。

「酷斃了，謝謝！」

史坦摩娑著他細嫩的小手，隱隱覺得幾天來他一直在找尋的答案，也許一點也不重要。那孩子拉著他的手走到沙灘酒吧，羅伯這才看到他始終視而不見的一切：西蒙、嘉麗娜、那對雙胞胎姊妹，以及他自己。他們都還活著。他身旁的孩子再也不會被莫名其妙的行凶夢魘糾纏不清。他可以盡情歡笑、吃冰淇淋、跳黏巴達舞，享受這一刻，雖然他的腦袋裡有個比悲傷的念頭更要命的東西在咆哮著。

如果他都可以了，或許我也能做得到，史坦心想。不是永遠，也不要多長久。或許只是今天。現在。當下。

他倚著吧檯，對博舍和嘉麗娜點點頭，他們相顧而笑，莫逆於心。接著他把冰淇淋拿給西蒙，他們以前說好的冰淇淋。

他們整整慶祝了兩個鐘頭，點起營火，隨興的在沙灘烤肉，然後一起跳舞。狂歡過後，史坦坐到嘉麗娜和西蒙中間，打斷他們的聊天。

「喂，你們剛才在說誰的壞話呀？」他問道。

「沒有哇，」西蒙調皮地笑道。「我只是不敢相信這真的是你家。」

「是的，嘉麗娜這次破例說對了。」

「你住這裡嗎？」

「如果不必睡在露營車上，我應該會住在這裡。」

史坦送給嘉麗娜一個燦爛的笑容，她也大方地回應他。

「可是家具都跑到哪裡去了？」

「哎呀，你別擔心這個啦，」嘉麗娜笑說，她很清楚羅伯的別墅擺設從來沒有像今天這麼溫馨舒適。她站起來想去拿一點飲料來喝。史坦看到她在柔軟的沙灘上留下的纖細腳印，不覺看得痴了。

「小心，」他愣了好一會兒，轉身看到身邊的西蒙正躺下來仰望著天花板。他們在原本的吊燈位置上掛了一串串真正的椰子。

「慕勒教授跟我說，他想試看看再做一次療程。有時候大腦電腦斷層掃描攝影會騙人，你知道的。他明天要檢查看看另一邊大腦腫瘤到底有多大，然後……」

史坦頓了頓。

「西蒙？」

「怎麼？」

「你怎麼了？」

「我……我不知道。」

男孩坐直起來，和史坦一樣驚慌地看著他的左腳。

「嘉麗娜？」史坦站起身來叫她。

「別擔心，只是癲癇發作而已，」他這句話比較像在安撫自己而不是孩子。小腿的抽搐一直蔓延到整隻腳。而已這次看起來不同於以往。雖然沒有擴及於全身，看起來卻更加危險。

「閃開！」嘉麗娜叫道，她和主任醫師趕緊過來查看，手裡已經拿著樂耐平錠。

「沒關係，沒關係。」

她撫摸西蒙的額頭時，假髮也跟著掉下來。

「我們必須馬上把他送回去，」慕勒教授低聲說。

史坦點點頭，站起來，感覺像是被後方來車追撞似的。剛剛他們還在盡情歡笑，現在卻必須眼睜睜看著博舍把生病的孩子抱到門口。

「把車子開到屋子前面，快點。」他趕緊跟在他們後面，聽到嘉麗娜叫道。腳下溫暖的沙子轉瞬間變成了泥淖，使他的腳踝深陷其中而跑不快。他感覺彷彿花了一輩子的時間才走到前院，現在速度總算快一點了，他跳上救護車，跪在西蒙的擔架床旁邊。

「你聽著，」他輕輕地說，以免讓孩子感覺到他的焦慮。

「不要害怕，知道嗎？你會好起來的。」

「是的，也許吧。」

「不，你聽我說。只要慕勒教授穩住你的病情。我們就一起去真正的海灘，好嗎？」

他握著西蒙的手，卻感覺不到任何回應。

「你不必難過，」那孩子說。

「我沒有，」史坦噙著淚水說。

「那真的很美好。我們玩得很開心。」西蒙的聲音聽起來似乎越來越疲倦。「我從來沒有這麼快樂過。舞廳、動物園、和雙胞胎姊妹一起看卡通影片，還有酷斃了的派對……」

「我們別再講以前的事了，好嗎？」

「不，我想要說。」

史坦有些哽咽。「你想說什麼？」

「我們得走了，」前面的駕駛說。嘉麗娜拍一拍他的肩膀，輕輕拉著他。但是史坦甩開她的手。

「你想說什麼，西蒙？」

男孩的眼皮像枯萎的葉子往下掉落。

「地下室的電燈。」

「什麼？」引擎發啟動，史坦的內心也有個東西在漸漸死去。

喀喇。

「它又開始閃爍不定。就在剛才。我睡了好久。」

不，不，不，史坦的頭越來越痛。

喀喇。喀喇。

「這次它更暗了。暗得很可怕。我幾乎什麼都看不見。」

不要，請不要。別再讓這個夢魘重來一次，史坦心想，就在這個時候，那孩子跟他說了一個地址，他感覺到一劑冰冷的毒藥注入他的血管裡。接著西蒙就喪失了意識。

十天後

公園旅館。

請洽詢我們的每週優惠專案。

不知道是誰很久以前在接待櫃台的看板上寫了這幾個字，顯然早就不再指望這種季節真的會有人來光顧。汽車旅館的接待處和他們剛才駛經的街道一樣寂寥蕭索。

「哈囉？」史坦四下張望，想找看看有沒有在旅館裡常見的桌鈴。可是櫃台上只有兩個壓克力支架以及廣告傳單。

「現在該怎麼辦？」

他轉身看了一下嘉麗娜，她沒有別的地方可以坐，就只能坐在旅行箱上。

「哈囉，有客人來啦。」史坦放聲叫喊。沒有人回應，反倒是聽到隔壁傳來沖馬桶的聲音。

「裡頭有人，」嘉麗娜喃喃說。不多久，從櫃檯的百葉門後面冒出一個胖女人。

「你們在急什麼啊？」她氣喘吁吁地問道。

「我叫史坦，」史坦不在意她不友善的待客之道，把證件擱在櫃檯上。

「我們有預約房間。」

「好啦，好啦。其實你們不必預約，我們所有的房間都空著。」

那婦人用長滿繭的手指了一下右邊掛得整整齊齊的鑰匙板。

「我們今天套房有優惠。」

史坦可以想像那是什麼樣的房間。也許只是比其他寒酸的房間多了一台電視機。

「不，我就要那個房間。我在電話裡跟妳說過的。」

「真的嗎？十七號？嗯嗯。真的？那不是我們最漂亮的房間。」

「我無所謂，」史坦據實以告。反正他們沒有要過夜。

「十七號，別的不要。」

「隨便你吧。」

史坦接過鑰匙時碰到那婦人乾癟的皮膚，讓他嚇了一跳，彷彿扎到玻璃碎片似的。「蜜月旅行嗎？」她對著嘉麗娜揶揄地笑說。

「是的，」史坦說，因為他不想和她再瞎扯淡了。

「你們出去順著房間號碼走就行了，」她在他們身後叫道。「右邊最後一間。」

下了好幾天的雨總算停歇，天上的風還在和烏雲打撞球。現在是中午，可是感覺上要更晚。一堵髒兮兮的牆遮住了陽光，使得通往旅館客房的水泥小徑更加陰暗。

十七號房是汽車旅館唯一的獨棟小屋。門鎖和鑰匙似乎沒有很吻合，史坦來回轉了兩次才打開。

「我要在外頭等嗎？」嘉麗娜問道。

「不必，不過不要碰任何東西。」

他摸索牆上的開關，一盞很簡陋的電燈照亮了出奇寬敞的房間。

嘉麗娜很大聲地吸了一口空氣。史坦也很納悶房間裡出乎意料居然沒有任何灰塵或霉味。

「她知道我們會來，」他喃喃自語，開始他的搜索工作。

他首先從衣櫥著手。他把所有衣架都拿出來丟到床上，剛好在嘉麗娜和她的旅行箱旁邊。接著他敲一敲層板，想找看看是否有空心的隔層。什麼也沒有。

他躺到床上，房間裡空空蕩蕩的，只有一間浴室，使他有點失望。他以為會有浴盆，底下應該有個夾層。可是浴室裡就連淋浴隔間都沒有。洗澡水直接從浴室地磚的排水口流下去。

他查看了抽水馬桶的水箱和水管，過了五分鐘，又回到臥室。

「然後呢？」嘉麗娜問道。

「什麼也沒有，」他把濡濕的袖子捲高。「還沒有找到。」

他趴到地板，查看床底下。嘉麗娜聽他的話站起來。他用刀子在床墊上戳了好幾個洞，她則是找看看石板地面有沒有凹凸不平的地方，是否隱藏著什麼暗門或是祕道。可是連一道凹槽都沒看到。

史坦從旅行箱裡取出一只噴霧罐，那種用來噴灑室內植物的，接著在地板上到處噴灑一層無色的顯影劑薄霧。

「別害怕。」他關掉他們頭上的電燈泡，整個房間頓時一片漆黑。

「我們到底要找什麼？」嘉麗娜問道。羅伯手裡的紫外線手電筒如鬼魅般的光線掃過她的臉龐。

「妳等一下就會瞧見了。」

史坦隨著順時鐘方向轉了一圈。

「或者什麼也看不到，」他過了一分鐘後又說。或許某個地方有房客留下鼻血，不過紫外線並沒有發現任何更大片的血漬。

「現在呢？」

史坦嘆了一口氣，躺在被戳得坑坑洞洞的床墊上，望著再度打開的電燈。

「現在我該打電話給他了。」

他從牛仔褲裡掏出手機，撥了一個寫在字條上的號碼。

「我是羅伯．史坦，」他說。

「你太晚打來了。訪客電話的開放時間到下午一點為止。」

「現在是十二點四十七分，請你讓我跟他講電話。」

那個怏怏不樂的聲音把電話交給了另一個人，聽起來更加友善而且有教養。可是和療養院主任不同的是，有許多個亡魂死在他手裡。

「羅森斯基？」

「我在聽。」

「你知道我為什麼打來，是嗎？」

「是的，為了十七號房間。」

「你知道什麼？」

「什麼也不知道。」

「你沒有跟那孩子提到這個地址嗎？」

「沒有，我根本不認識這家旅館。我沒有對西蒙說過，而且我也不知道他為什麼要你去那裡。」

史坦聽到羅森斯基咳個不停。

「我為什麼要說謊？我都向警方一五一十地招供了，也帶他們到西蒙還沒有提過的每個犯罪現場。十五年內，七具屍體。就這麼多了。我有什麼還好隱瞞的？」

我不知道。

「我住在一家監獄醫院，早晚都要死在這裡。年輕人，我還有什麼好損失的？」

沒有，史坦在心裡對老人說。他想了一下，便掛了電話。

「在我們賠償人家的損失離開之前，我可以先洗個澡嗎？」嘉麗娜問道。

史坦默默點頭。他聽到浴室的水聲，起床拉開窗簾，打開玻璃門，讓它完全敞開。清涼的空氣鑽進了狹小的空間。

史坦走到門外，眺望著遠方。公園汽車旅館所在的海灘綿延好幾公里。他們剛到的時候，岸邊兀自波濤洶湧，現在則安靜了一點。史坦閉上眼睛，海風宛如絲巾一般拂過他臉龐。接著他又感覺到皮膚上有一股怡人的暖流。他睜開眼睛，從雲層裡穿出的金色光芒使他感到目眩，陽光彷彿扯掉身上襤褸的短褐，灑在羅伯．史坦身上，就像沐浴在初春裡。

「嘉麗娜，」他欲言又止，腳邊似乎碰到某個柔軟的東西。

他低頭一看，注意腳邊有一顆像保齡球那大的橡皮球。太陽越來越大，他把雙手放在前額遮住陽光，才看得到那顆球是從哪裡滾過來的。

「可以把球還我嗎？」他聽到一個清脆稚嫩的聲音。史坦朝著那孩子走近了兩步，心裡的焦灼幾乎讓他不能自已。那個男孩就站在只有兩肘之遙的沙灘上，咬了一口手裡的檸檬冰淇淋。在這個瞬間，史坦知道他為什麼要來這裡了，雖然除此之外他一無所知。

他認得這個孩子。那張皺巴巴的照片，那張翻拍自電視螢幕的照片，一直塞在他的褲子口袋裡。

當那個十歲大的孩子對他露出燦爛的笑容，羅伯．史坦感覺好像看到鏡子裡的自己。

作者識

怎麼，我在哪裡逮到你們？在椅子上、沙發上、地鐵裡、床上？或者是在書店裡考慮要不要大膽投資一個德國驚悚小說作家，一個名字很怪的作家？不管怎樣，我都要謝謝你們。你們捧著我的書展卷閱讀，就算只是翻到後面看看寫這樣的故事的人會想要感謝哪些朋友。而且沒想到你就是其中之一。

我首先要感謝的，是那些如果被我忘記了會很生氣的人，因為我幾乎每天都要遇見他們。

馬努埃拉（Manuela）：請保持運動的習慣，並且吃得健康。因為如果哪一天妳不在了而沒辦法替我安排生活，那麼我就完蛋了。

葛林德（Gerlinde）：謝謝妳的協助、支持和愛，尤其是在我緊鑼密鼓地寫作的時候，總是把飯菜端到我的書桌上。要不然我一定會餓死。

克列門思和莎賓娜（Clemens & Sabine）：你們一定希望我不再以病人或變態當作主題。可是以後你們還一直會是我的醫學顧問團。你們讓我的寫作順遂許多。

派提（Patty）：謝謝妳關於妳親身經歷的靈魂轉世的生動描述，也謝謝妳准許我把妳的經驗應用到這本書裡。

佐特・巴克斯（Zsolt Bács）：在我學會怎麼念你的名字之前，我就已經愛上你了。世上不會有比你更好的腦力激盪者。

恩德（Ender）：謝謝你不斷介紹一些怪咖和我認識，讓他們變成我書裡頭的角色（博舍！）。可是請你告訴他，我沒有別的意思，他不必扭斷我的大拇指。

莎布里拿・拉伯（Sabrina Rabow）、多馬士・科什維茲（Thomas Koschwitz）、阿諾・慕勒（Arno Müller）：謝謝你們的友誼以及多年來在專業上的支持，雖然我總是強迫你們接受雜亂無章的稿件檔案夾。

彼得・蒲朗格（Peter Prange）：你總是用壓路機為我鋪好前方的道路。光是這點，你就應該是我第一個要感謝的人。此外我也很榮幸有你這個暢銷書作者作為我的朋友。

羅曼・霍克（Roman Hocke）：我不知道你是怎麼辦到的，但你是最優秀的。沒有你的經紀能力，我的書就沒辦法銷售到二十個國家並且拍成電影，而只能為我自己以及我的狗而寫。你和克勞地・霍恩斯坦（Claudia von Hornstein）、克里斯丁・齊爾（Christiine Ziel）以及烏微・諾因馬博士（Dr. Uwe Neumahr），組成一個卓越的團隊，我同樣感謝你們大家。

阿普羅波斯版權代理公司（Apropos Agent）：坦雅・霍瓦特（Tanja Howarth），我只想說，英國和美國。謝謝這一切。

我當然也要感謝德勒美・克瑙爾出版社（Droemer Knaur）最棒的團隊：

＊優布萊斯博士（Dr. Hans-Peter Übleis）：謝謝你這麼相信我，在你的出版社裡一直支持我。

＊慕勒博士（Dr. Andrea Müller）：謝謝你不辭辛勞地給我詳盡的意見，激發我的潛能。你替我的作者之路打下基礎，為此我要對你致上十二萬分的謝意。

＊加洛林・葛萊爾（Carolin Graehl）：不可思議且建設性的最後衝刺真是好玩極了。我很期待下一次的校稿馬拉松。

＊貝提・庫克茲（Beate Kuckertz）：謝謝妳身為出版社總編輯的敏銳嗅覺，妳總是知道怎麼把我混亂的想法變成真正的驚悚小說元素。

＊克勞斯・克魯格（Klaus Kluge）：謝謝你為我以及我的作品付出你豐厚的行銷知識。能和像你這樣的專家共事，是非常開心的事。安德烈・費雪（Andrea Fischer）也是其中之一。

＊安德烈・魯多夫（Andrea Ludorf）：你在全國追著我到處跑，這是好事！請你務必繼續如此完美地為我規畫活動和簽書會。

＊蘇珊・克萊因（Susanne Klein）、莫尼加・諾伊戴克（Monica Neudeck）、派翠夏・克斯勒（Patricia Kessler）：謝謝你們讓報社為我大作文章。

＊多明尼克・胡伯（Dominik Huber）：雖然你是虛擬世界的大師，我還是很高興能在現實世界裡認識你。

此外，我還要謝謝所有書商以及業務代表，你們把我的書帶到它該去的地方。我更要特別感謝德勒美出版社的主管伊莉絲・哈斯（Iris Haas）、海德・波格那（Heide Bogner）、羅斯威塔・庫爾特（Roswitha Kurth）、安卓亞斯・提勒（Andreas Thiele）、克里斯丁・特明（Christiane Thöming）以及卡特琳・恩伯格（Katrin Engelberger）。當然還有喬治・瑞吉斯（Georg Regis）。由於你不眠不休地為我奔波，才會有我正向的未來。

好了，我還漏掉誰呢？太多了，好比說我父親弗來慕特・費策克（Freimut Fitzek），我從你那裡遺傳了對於文學的熱愛；還有西蒙・耶格（Simon Jäger）、德克・史提勒（Dirk Stiller）、彌夏・托洛伊特勒（Michael Treutler）、湯姆・漢克（Tom Hankel）、馬提亞・科普（Matthias Kopp）、安德烈・坎曼（Andrea Kammann）、莎賓娜・霍夫曼（Sabine Hoffmann）、但以理・畢斯特（Daniel Biester）、科杜拉・雍布魯特（Cordula Jungbluth），你們都知道我為什麼要謝謝你們。我真的虧欠你們很多。

我很期待你們造訪我的專屬網站：www.sebastianfitzek.de，你們也可以寫信到：fitzek@sebastianfitzek.de，不管你們是否喜歡這本書。我保證會在我有生之年回覆你們。

費策克，柏林，二〇〇七年九月

PS：當然我也要感謝你，西蒙・薩克斯。不管你現在人在哪裡……

國家圖書館出版品預行編目資料

孩子 / 瑟巴斯提昂・費策克(Sebastian Fitzek) 著 ; 林宏濤 譯. -- 初版.
-- 臺北市 : 商周出版 : 家庭傳媒城邦分公司發行, 2020.1
面 ;　公分. --
譯自 : Das Kind
ISBN 978-986-477-775-4（平裝）

875.57　　　　　　　　　　　　　　108021663

孩子

原著書名 / Das Kind
作　　者 / 瑟巴斯提昂・費策克（Sebastian Fitzek）
譯　　者 / 林宏濤
企畫選書 / 賴芊曄、林宏濤
責任編輯 / 陳名珉

版　　權 / 黃淑敏、林心紅
行銷業務 / 莊英傑、李衍逸、黃崇華
總 編 輯 / 楊如玉
總 經 理 / 彭之琬
事業群總經理 / 黃淑貞
發 行 人 / 何飛鵬
法律顧問 / 元禾法律事務所　王子文律師
出　　版 / 商周出版
城邦文化事業股份有限公司
臺北市中山區民生東路二段141號9樓
電話：(02) 2500-7008 傳眞：(02) 2500-7759
E-mail：bwp.service@cite.com.tw
Blog：http://bwp25007008.pixnet.net/blog
發　　行 / 英屬蓋曼群島商家庭傳媒股份有限公司城邦分公司
臺北市中山區民生東路二段141號2樓
書虫客服服務專線：(02) 2500-7718・(02) 2500-7719
24小時傳眞服務：(02) 2500-1990・(02) 2500-1991
服務時間：週一至週五09:30-12:00・13:30-17:00
郵撥帳號：19863813　戶名：書虫股份有限公司
讀者服務信箱E-mail：service@readingclub.com.tw
歡迎光臨城邦讀書花園 網址：www.cite.com.tw
香港發行所 / 城邦（香港）出版集團有限公司
香港灣仔駱克道193號東超商業中心1樓
電話：(852) 2508-6231　傳眞：(852) 2578-9337
E-mail：hkcite@biznetvigator.com
馬新發行所 / 城邦(馬新)出版集團 Cité (M) Sdn. Bhd.
41, Jalan Radin Anum, Bandar Baru Sri Petaling,
57000 Kuala Lumpur, Malaysia
電話：(603) 9057-8822　傳眞：(603) 9057-6622
Email：cite@cite.com.my

封面設計 / 李東記
排　　版 / 新鑫電腦排版工作室
印　　刷 / 韋懋實業有限公司
經 銷 商 / 聯合發行股份有限公司
電話：(02) 2917-8022　傳眞：(02) 2911-0053
地址：新北市231新店區寶橋路235巷6弄6號2樓

■2020年（民109）1月7日初版
定價 420 元

Printed in Taiwan
城邦讀書花園
www.cite.com.tw

ISBN 978-986-477-775-4

商周出版

廣　告　回　函
北區郵政管理登記證
台北廣字第000791號
郵資已付，免貼郵票

104台北市民生東路二段141號2樓

英屬蓋曼群島商家庭傳媒股份有限公司　城邦分公司

請沿虛線對摺，謝謝！

商周出版

書號：BL5084　書名：孩子　編碼：

請於此處用膠水黏貼

商周出版

讀者回函卡

感謝您購買我們出版的書籍！請費心填寫此回函卡，我們將不定期寄上城邦集團最新的出版訊息。

不定期好禮相贈！
立即加入：商周出版
Facebook 粉絲團

姓名：＿＿＿＿＿＿＿＿＿＿＿＿＿＿＿＿ 性別：☐男 ☐女

生日：西元＿＿＿＿＿＿年＿＿＿＿＿＿月＿＿＿＿＿＿日

地址：＿＿＿＿＿＿＿＿＿＿＿＿＿＿＿＿＿＿＿＿＿＿＿＿

聯絡電話：＿＿＿＿＿＿＿＿＿＿＿＿ 傳真：＿＿＿＿＿＿＿＿＿＿＿＿

E-mail：

學歷：☐ 1. 小學 ☐ 2. 國中 ☐ 3. 高中 ☐ 4. 大學 ☐ 5. 研究所以上

職業：☐ 1. 學生 ☐ 2. 軍公教 ☐ 3. 服務 ☐ 4. 金融 ☐ 5. 製造 ☐ 6. 資訊
☐ 7. 傳播 ☐ 8. 自由業 ☐ 9. 農漁牧 ☐ 10. 家管 ☐ 11. 退休
☐ 12. 其他＿＿＿＿＿＿＿＿＿＿＿＿

您從何種方式得知本書消息？

☐ 1. 書店 ☐ 2. 網路 ☐ 3. 報紙 ☐ 4. 雜誌 ☐ 5. 廣播 ☐ 6. 電視
☐ 7. 親友推薦 ☐ 8. 其他＿＿＿＿＿＿＿＿＿＿＿＿

您通常以何種方式購書？

☐ 1. 書店 ☐ 2. 網路 ☐ 3. 傳真訂購 ☐ 4. 郵局劃撥 ☐ 5. 其他＿＿＿＿

您喜歡閱讀那些類別的書籍？

☐ 1. 財經商業 ☐ 2. 自然科學 ☐ 3. 歷史 ☐ 4. 法律 ☐ 5. 文學
☐ 6. 休閒旅遊 ☐ 7. 小說 ☐ 8. 人物傳記 ☐ 9. 生活、勵志 ☐ 10. 其他

對我們的建議：＿＿＿＿＿＿＿＿＿＿＿＿＿＿＿＿＿＿＿＿＿＿＿＿
＿＿＿＿＿＿＿＿＿＿＿＿＿＿＿＿＿＿＿＿＿＿＿＿
＿＿＿＿＿＿＿＿＿＿＿＿＿＿＿＿＿＿＿＿＿＿＿＿

請於此處用膠水黏貼